KB234500

성홍근 장편소설

전쟁과 부활

k (주)학은미디어

1

토성리는 신광면 면소재지다. 간혹 찾아가 보면 작가
가 살았던 60여 년 전의 모습과 크게 달라지지 않았다. 변화
가 아주 없었다기보다는 머릿속에 남은 당시의 그림자를 지
워 버리지 못한다. 인연이란 그렇게도 질긴 것인가?

토성동은 밋밋한 원뿔 모양의 언덕에서 햇볕 잘 드는 남
쪽으로 완만하게 기울어진 비탈의 윗목에 수백 채 민가가
자리 잡아 동서로 길게 뻗어 있다. 마을 아래로 신작로가 지
나가고 그 너머는 논밭이다. 논밭 사이로 앞걸(앞개울)이 흐
른다.

마을 뒤편, 사방이 훤하게 내다보이는 원뿔의 꼭짓점 자리
에 신라 초기의 토성이 있다. 성이 무너져 내린 비탈에 키
큰 활엽수들이 울창하게 자라 작은 숲을 이뤘다.

토성 앞쪽에 약간 비켜나 앉은 면사무소에서 정문 앞으로 곧게 뻗어 나간 내리막길이 마을을 좌우로 갈라놓는다. 왼쪽은 주로 주택이고 빈농과 지주들이 어울려 산다. 오른쪽으로는 신광 국민학교·경찰지서·장터가 있다. 길을 따라가는 좁은 밭 너머로 학교 운동장이 낮게 내려다보인다. 정문에서 바로 오른쪽으로 돌면 학교 뒷담이 이어진다. 그 길도 약간 내리막이다. 담이 끝나면 남북으로 뻗은 신작로를 만나고 장터에 들어선다.

장터 뒤로 흐르는 좁은 개울에서 마을은 끝난다. 개울 건너로 서북쪽 완만한 오르막 들녘 끝에 죽성동 중성 마을과 상읍동 아래위 두 마을이 보이고 그 뒤로는 두 날개 활짝 펼치며 우뚝 솟아난 비학산이 막아선다.

신광은 분지다. ‘신광 사람은 남의 물 안 먹는다.’ 는 말이 있다. 바깥에서 흘러드는 개울이 없다. 높고 낮은 능선으로 둘러싸인 자기만의 세계를 만들어 시골집에서 흔히 보는 암탉의 둥지를 연상케 한다. 농부가 볏짚을 두툼하게 엮어 둥근 둥지를 만들고 비를 피해 추녀 안쪽에 매달아 놓으면 마당에서 모이 줍던 암탉이 깃들어 마음 놓고 알을 낳거나 병아리를 깐다. 신광면이 둥지라면 토성동은 그 안에 웅크린 어미 닭이다. 어미 닭이 따뜻한 가슴으로 달걀을 품듯이 마을은 신광 국민학교를 감싸고 있다.

누가 이런 기막힌 터를 잡았나? 때가 오면 꿈 많은 햇병아리들이 연약한 부리로 딱딱한 껍질을 깨뜨리고 ‘삐악삐악’

어미 닭 가슴을 벗어나 세상 밖으로 당당하게 걸어 나올 것이다. 윤승부(尹勝夫)도 그중의 하나일까?

4학년인 승부는 며칠 전에 여름방학을 맞았다. 해방되고 미 군정청이 4월 학제를 9월로 바꿨기 때문에 여름방학이 끝나야 5학년으로 올라간다. 무척 기다렸던 방학이다. 같은 반 서명세(徐明世)·박한기(朴翰基)와 어울려 종일토록 개천이나 야산 자락으로 돌아다니며 즐거운 시간을 보냈다.

요즘에 승부는 막힐 줄 모르고 풀어 놓는 한기의 구수한 이야기에 푹 빠졌다. 지난번엔 가난한 선비가 출세하는 사연이었다면 이번에는 탐욕스런 부자의 아름답고 착한 외동딸 이야기다. 어제는 세상을 휘젓는 산적이 등장했다면 오늘은 병든 어머니를 살리려고 손가락을 자르는 효자가 주인공이다. 무궁무진이다. 녀석은 어디에서 이야기보따리를 주워 왔나? 장래에 소설가라도 되려나?

남에게 뒤지기 싫은 그는 한기에게 멋진 이야기 한 방을 날려 되갚고 싶었다. 영리한 명세나 한기에게 먹혀들려면 어둔 밤의 별처럼 반짝이는 지혜를 긁아내야 한다. 며칠을 고심하다 마침내 기막힌 아이디어를 잡았다.

"그렇지! 바로 그것이야."

학교에는 석고로 정교하게 빚은 열두세 살 내외의 사내아이 크기 인체모형이 있다. 사람 몸의 구조를 가르치는 시청각 교재다. 3학년이던 지난 가을 어느 과학 시간에 선생님이 교무실에서 가져와 꼭 한 번 설명해 주셨다. 두개골 뚜껑을 들자 겹겹이 포개진 우윳빛 뇌수가 보이고, 한쪽 턱을 뜯어 내니 혀와 이빨과 목구멍이 드러났다. 앞가슴을 열어 갈비뼈 와 심장과 폐를 살필 수 있었고, 볼록한 배에는 간이나 창자 등이 가득 찼다.

승부가 알기로 그날 이후 인체모형은 한 번도 옮겨진 적이 없다. 무슨 까닭인지 교무실로 돌려보내지 않았고, 다른 학 년에서 가져다 쓰는 일도 없었다. 후배들 차지가 된 그 교실 옆을 지나다 보면 마냥 앞쪽 창가에 세워져 있었다. 방학하 던 날에도 역시 그랬다. 어른 아이 할 것 없이 관심을 두지 않았다. 1학년인 동생 진구 말에 따르면 요즘 들어 느닷없이 이상한 소문이 나돈다고 했다.

"형, 3학년 교실에 인체모형이 있잖아."

"있지."

"우리 반 아이들이 그러는데 밤에 그 모형이 교실 밖으로 걸어 나와 접시를 굴리며 복도로 지나다닌대."

"복도에서 접시를 굴린다고?"

"그렇다니까."

"그건 사람 손으로 빚은 모형이야 모형. 바보처럼 허무맹 랑한 소문에 넘어가지 마라."

자신 있게 잘라 말했지만 승부 생각에도 뒤끝이 남았다. 각 학년이 쓰는 여섯 교실과 그 중간에 낀 교무실이나 교장 실 등이 모두 하나의 긴 복도로 이어져 있다. 마을 꼬마들은 굵은 철사를 굽혀 둥글게 만든 굴렁쇠를 북두칠성 별자리 모

양으로 꼬부린 철사 꼬챙이에 걸어 쓰러지지 않게 굴리면서
이 골목 저 골목을 누비고 돌아다닌다. 그처럼 복도를 오르
내릴까?

 하긴 인체모형에 귀신 씌었다는 말에 코웃음만 칠 수는 없
다. 아이들은 당연히 귀신이 사방에 널려 있다고 생각한다.
헛소문이 돌기 전이라도 해가 지고 넓은 운동장에 어둠이 내
려앉으면 오금이 저려 모형을 세워 둔 3학년 교실 가까이 다
가갈 엄두를 내지 못했다. 사람처럼 생겼으니 귀신이 깃든다
고 믿는다. 어른들도 마찬가지다. 비가 축축하게 내리는 밤
에 귀신이 잘 나온다고 믿고 있으니 말이다.

 승부는 저녁 먹고 나가서 명세와 한기를 만났다. 셋은 학
교 뒷길 담 밑에 세워 둔 소달구지에 걸터앉았다. 늘 하는
버릇이다.

 학교 터는 길보다 훨씬 낮게 내려앉았고 담은 높이가 겨우
60cm 안팎이다. 서쪽으로 갈수록 길이 낮아지면서 담이 조
금씩 높아져 마지막에는 1m가 넘는다. 그 끝에 뒷문이 있
다. 여닫는 문이 아니라 담을 뚫어 놓은 통로다. 길에 서면
양철 지붕의 교사가 담 너머로 약간 내려다보였다.

 오늘따라 하늘에는 유난히도 별이 많다. 그믐밤이다. 전
기가 없는 마을인 데다 남포(램프)도 비싼 석유 많이 든다고
대개는 호롱불을 켜다 보니 그 어둠을 틈타 별이란 별은 모
두가 제 잘난 듯 얼굴을 내밀었다. 승부는 담 너머로 길게
뻗은 교사와 몇몇 부속 건물의 희미한 윤곽을 응시하며 혼자

빙그레 웃었다. 등골이 오싹할 무서운 이야기를 빈틈없이 꾸며 놓았다. 바람은 때때로 시원하게 불었지만 그래도 한여름이다. 어둠과 고요가 무더위와 어울리면 몰래 꾸며 놓은 이야기에 꼭 맞는 무대 배경이다. 멋진 연출만이 남았다.

승부가 명세를 향하여 느닷없이 입을 열었다.

“내 이야기 하나 할까?”

“무슨 이야긴데?”

“아니 뭐, 재미도 없을 테니 그만두어야지. 한기 이야기나 듣자.”

명세가 돌아보자 한기가 빙그레 웃으며 말했다.

“괜히 꽁무니 빼지 마라. 네 이야기도 한번 들어 보자.”

승부가 한참 뜸을 들이더니 못 이기는 체 시작했다.

내가 하루는 말이야, 수업 끝나고서 너희와 어울려 놀다 깜빡 잊고 책보를 학교에 두고 오지 않았겠나. 언제더라…, 칠월 들어 첫 장날, 아 그래, 7월 5일이었지. 숙제를 해야 하니 그냥 넘어갈 수 있어? 명 선생 손맛잘 알잖아? 뺨 한 대만 맞아도 집으로 돌아갈 때까지 손자국이 그대로 남지. 맞기도 겁나지만 앞에 불려 나가는 창피를 당하기 싫으니까 어쩔 수 없이 깜깜한 밤중에 혼자서 책보를 찾으러 갔어.

승부는 특유의 너털웃음을 싹 감추고 주위에서 엿들을까

두렵다는 듯이 좌우로 살핀 다음 은밀하게 속삭인다. 그의 목소리는 밤공기에 눌려 차분하게 내리깔렸다.

이 이야기를 함부로 해도 괜찮을까? 어떻든 너희 둘만 알고 있어. 밤중에 혼자서는 좀 무서웠지만 사내답게 큰마음 먹고 교실로 들어갔지. 더듬더듬 내 자리를 찾아 책보를 꺼내 들고 돌아서서 막 나오려는데 말이야, 저-쪽 1학년 교실에서 '드르륵…' 문 여는 소리가 들리는 거야.

그의 목소리가 떨리자 듣는 둘은 저절로 인체모형 귀신을 떠올리며 갑자기 무겁고 싸늘한 긴장 속으로 빠져들었다. 보나마나 모형귀신이 나타날 것이다. 어쩌자고 밤중에 혼자서 갔었는지 안타깝고 민망했다. 하지만 그럴수록 결말이 어떤지도 들어 보고 싶어 기다리는 눈치다.

승부는 잠깐 숨을 돌리고 다시 입을 연다. 지나가는 가벼운 바람에 오한을 일으킨 것처럼 어깨를 움츠리며 훔치듯이 주변을 살피자 덩달아 겁에 질린 둘이 바짝 다가앉아 이마가 맞닿을 만큼이나 서로 좁혀들었다.

그는 좀처럼 이야기를 하지 않았지만 본래 입담이 좋다. 한 마디 한 마디 말 사이에 알맞은 간격을 두면서 듣는 이의 마음을 끌어당기고 초조해지도록 만드는가 하면 나지막하게 천천히 이어 가다 갑자기 억세고 급한 억양으로 상황을 확

바꿔 놓는다.

깜짝 놀라서 살금살금 창문가로 다가가 열린 문틈으로
고개를 내밀고 복도를 살폈지. 억! 그 모형이었어, 모
형. 두 손과 입에서 시뻘건 피가 뚝뚝 떨어지더군. 아
이, 무서워. 소름끼쳐. 사람 냄새를 맡은 모양이야. 코
를 벌름거리며 고개를 쑥 빼서 1학년 교실을 들여다보
더니 거친 목소리로 "없-구-나-."라며 낙심해서 중얼
거리는 거야. 다시금 저벅저벅 복도를 걸어와서 2학년
교실 문을 '드르륵…' 열더니 또 "없-구-나-."라는 거
야. 간이 콩알만 해져서 교실 구석에 쪼그리고 숨었지.

승부는 두 손으로 '저벅저벅' 하는 억양에 맞춰 귀신이 한
발 한 발 다가오는 모습을 실감 나게 연출하면서 계속했다.

모형귀신이 다시 걸어와 이번에는 3학년 교실 문을
'드르륵…' 여는 소리가 나더니
"여기에도 없구나. 휴…."
실망스럽고 지쳤다는 듯이 긴 한숨을 몰아쉬는 거야.
하지만 그만두지 않고 교장실과 교무실도 둘러보더구
나. 마침내 우리 교실 쪽으로 걸어오는 거야. 아! 어쩌
면 좋겠어, 어쩌면 좋아? 나는 두 눈을 꼭 감고 머리를
구석에 처박은 채로 엎드렸지.

‘저벅 저벅 저벅 저벅’

‘어쩌면 좋겠어?’ 라는 말에 가벼운 흐느낌이 곁들자 듣고 있던 둘은 이미 제정신이 아니었다. 자기가 교실에 들어갔던 승부가 된 기분으로 호흡을 멈추고 어둠 속의 그를 뚫어지게 바라보며 가슴을 조였다.

‘저벅 저벅 저벅’
마침내 우리 교실 문 앞에 이르렀어. 아니나 다를까 거침없이 ‘드르르 럭…’ 문을 열어젖히더니, 숨 쉴 틈도 주지 않고 곧바로 나를 향하여….

승부는 잠깐 말을 멈추고 마주 앉은 둘을 번갈아 바라보며 이 기막힌 마지막 장면에 누구를 주인공으로 초대할까 저울질해 보았다. 한기는 두 살이나 어리고 최근에서야 서로 친해져 얼른 내키지 않았다. 명세가 좋다. 어둠 속에서 낌새를 알아차리지 못한 둘은 숨을 죽이고 다음을 기다렸다.

그 순간이었다. 승부는 귀신이 사람을 잡아먹는 모습을 흉내 내어 입을 딱 벌리고는 갈퀴 모양 웅크린 손으로 ‘으아악’ 하면서 와락 덤벼들어 석고처럼 굳어 있는 명세의 두 어깨를 덥석 부여잡았다.

“으흐흐흐….”
명세는 신음 소리를 내면서 한동안 정신을 잃다시피 했다.

귀신의 상대는 이미 승부가 아니었다. 기발한 재치로 눈 깜짝할 사이에 그에게 덤벼들게 만든 것이다. 한기도 명세 못지않게 놀랐다.

"핫·핫·핫·핫."

잠시 후 뜻밖에도 승부의 통쾌한 웃음이 거침없이 터져 나왔다. 둘은 어안이 벙벙했다.

"히·히·히·히. 꾸민 이야기야, 내가 꾸민 이야기. 뭘 그렇게 놀라? 핫·핫·핫·핫."

승부가 모형귀신의 습격이 자기가 꾸며 낸 이야기라면서 다시 한바탕 크게 웃었다. 그런데도 둘은 익살스러운 녀석을 원망하기보다는 그가 무사한 것에 안도의 숨을 내쉬었다.

밤이 깊어지자 헤어져 집으로 돌아왔다. 어머니는 마당에 모깃불을 피워 놓고 홀로 평상에 앉아 부채로 더위를 식히며 기다리고 계셨다.

"승부야, 어디 갔던?"

"친구들과 이야기하고 놀았어요. 명세, 한기하고요."

"그래….'

"진구는요?"

"방에서 잔다."

동생 진구는 1학년이다.

"요즘에는 박 교장 아들 한기하고도 잘 어울리나?"

"한기는 공부도 잘하고 마음이 착해요. 명세와 마찬가지로 참 좋은 친구랍니다."

"다행이구나. 장차 훌륭한 사람이 되려면 젊어서 좋은 친구를 사귀고 본받아야 한다. 옛날부터 사람 됨됨이를 알려면 먼저 그가 사귀는 친구를 보라고 말했다."

"명심하겠습니다."

"해방 3년이 지났건만 아직도 세상이 시끄럽구나. 함부로 나다니지 말고 조심해라."

"어머니, 조심하겠습니다."

"밤이 늦었다. 그만 들어가서 자거라."

어머니가 큰방으로 들어가시는 뒷모습을 지켜보았다. 교장이던 아버지는 지난해 봄에 알 수 없는 병으로 갑자기 돌아가셨다. 서른다섯 어머니의 삶은 하루아침에 어둠의 골짜기로 굴러떨어졌다. 자신과 동생의 앞길은 짙은 안개 속에 잠겨 버렸다. 큰방은 텅 빈 공간으로 변하고 웃음이 사라진 집 안에는 한숨만 남았다.

후임으로 박 교장이 부임하자 한기가 아버지를 따라 전학 왔다. 처음에는 괜히 그를 좋아하지 않았다. 내 아버지가 있어야 할 자리를 한기 아버지가 차지한 것처럼 느껴졌다. 눈치 챈 어머니의 따끔한 충고가 없었다면 아직 그런 기분을 버리지 않았을는지도 모른다.

올해 들어 명세가 두 사람 사이를 가깝게 만들어 주었다. 그는 서 진사 댁의 3대 독자다. 성격이 원만하여 부잣집 외동아들이 흔히 갖는 이기적 면모를 찾아볼 수 없고 누구와도 친하게 지낼 아이다.

셋은 그림자처럼 함께하며 서로 믿고 배워 좋은 벗이 되었다. 그들이 어리다고 우정이 가벼운 것은 아니다. 사나운 불길도 처음 타기 시작할 때는 작은 숨결에 흔들리고, 도도한 강물도 처음 흐르는 곳에서는 한 방울 한 방울 떨어진다. 어린 우정이 인생을 바꿔 놓아 마침내 큰 꿈을 이루게 될 것이다.

2

'저벅 저벅 저벅'

교실 앞에서 멈춰 선 인체모형이 '드르르 럭…' 문을 열고 들어왔다. 승부는 너무 무서워 구석에 머리를 처박아 얼굴을 숨기고 혼자 중얼거렸다.

"정말 이상하네. 인체모형에 귀신이 붙어 교실마다 돌아다닌다는 이야기는 1학년 철부지들 사이의 헛소문을 내가 이야기로 꾸며 낸 것인데 이렇게 나타나다니…."

귀신은 저벅저벅 들어오더니 곧장 다가와서 제 딴에는 숨는답시고 구석에 머리 박고 엎드려 곧추세운 승부의 궁둥이를 손가락으로 톡톡 두드렸다. 승부가 더욱 구석으로 파고들자 달래듯이 말했다.

"승부야, 그만 일어나."

잘못 들은 것일까? 그 목소리가 어쩐지 귀신답지 않게 부드러웠다. 하지만 냉큼 일어날 엄두가 나지 않았다.

모형귀신은 또다시 말했다.

"해치지 않을 테니 무서워하지 말고 일어나. 언제까지 그러고 있을래? 그만 일어나라니까."

귀신이 독촉하자 그는 어쩔 수 없이 고개를 돌리고 등 뒤를 올려다보았다. 눈에 익은 인체모형이 서 있었다. 귀신임에 틀림없겠지만 그가 꾸몄던 이야기나 상상하던 것과는 모습이 달랐다. 사람 잡아먹은 피를 입에 묻혔거나, 머리를 길게 풀어 내렸거나, 날카로운 이빨을 드러내지 않았다.

승부는 그제야 배짱과 용기가 생겨 일어섰다.

모형귀신이 다시 말했다.

"승부야, 고개를 들고 나를 보아라. 너를 해칠 생각은 눈곱만큼도 없다. 제발 두려워하지 마라. 꼭 해야 할 이야기가 있어서 찾아왔단다."

여전히 고개를 푹 숙인 채 다음 말을 기다렸다.

"너는 지금 꿈을 꾸고 있다. 이건 현실이 아닌 꿈이다. 깨어나면 곧바로 사라져 잊어버리기 쉽다. 이야기를 나눠 봤자 서로 믿을 수 없다. 나는 비록 귀신이지만 황당한 이야기로 너를 홀리려는 것이 아니다. 진졍으로 말하는데, 꿈이 아닌 현실에서 꼭 한 번 만나고 싶구나."

귀신은 잠깐 쉬어 한숨 돌리고는 다시 말을 잇는다.

"내일 밤에 나를 만나러 오너라. 하고 싶은 말이 있다. 나를 두려워할 것 같아 이렇게 먼저 꿈에서 나왔다. 너는 본래 용기 있고 모험심 많은 아이가 아닌가. 겁낼 것 없다. 다만 우리가 만난 일을 어머니와 두 친구는 물론 어느 누구에게도 말하지 마라. 절대로 말해서는 안 된다. 가볍게 입을 놀리면 너는 큰 화를 당한다. 가슴속에 깊이깊이 새겨 두어라. 내가 어디 있는지는 너도 잘 알지? 그렇지만 깜깜한 교실 안에 들어오기가 내키지 않을 테니 그 앞에 있는 화단 가에서 기다리겠다."

승부는 잠을 깼다.

'아! 꿈이었구나.'

등에서 식은땀이 흐른다. 모형귀신의 말처럼 꿈을 꾸었다. 정말 다행이다. 어떤 위기도 그것이 꿈이라면 잠을 깨는 순간에 벗어난다. 하지만 꿈 치고는 너무나 또렷하게 기억에 남았다. 쉽게 잊어버리고 말 꿈 같지 않아 마음에 걸린다. 그런저런 생각에 한동안 눈이 말똥말똥해졌으나 잠시 뒤에 다시 잠들고 말았다.

이튿날은 일요일이었다. 이른 아침에 집을 나서서 큰댁에 갔다. 터일(기일동) 사람에게 부탁해서 산 토종꿀 한 단지를 할머니께 갖다 드리고 오라는 어머니의 심부름이었다.

할머니는 포항 읍내에서 큰아버지와 함께 사신다. 뜨거운 햇볕이 숨 막히게 내리쪼이는 사십 리 길을 걸어 큰댁에 이르자 이미 정오에 가까웠다.

"승부 왔구나. 내 새끼 많이 자랐구나. 엄마 말 잘 듣고 공부 열심히 했겠지? 날씨가 이토록 더운데 꿀이 뭘 그리 급하다고 어미가 널 보냈나. 시원할 때 가져오지 않고…."

할머니는 손을 어루만지고 눈물을 글썽인다. 아비 없는 자식을 애처로워하시는 마음이 묻어난다.

승부네도 아버지가 신광 국민학교로 부임하기 전에는 큰집 가까이 살았다. 신광에는 아무런 연고가 없지만 아버지가 돌아가신 뒤 어머니는 다시 읍내르 옮기지 않았다. 보나마나 심통 사나운 큰어머니의 맏동서 행세에 진절머리가 나서 가까이 살고 싶지 않을 것이다.

어머니는 여고보 다닐 적에 공부를 썩 잘했고 미인으로 소문이 났다. 졸업 후 국민학교 교사로 근무하다 아버지와 혼인했다. 부잣집 딸이면서도 일찌갑치 국민학교를 중퇴하여 문맹에 가까운 큰어머니가 시샘하는 눈치였다.

승부는 황혼 무렵에 돌아와 저녁을 먹고 나니 몹시 피곤하고 졸렸다. 눕자마자 곯아떨어졌다. 꿈에서 귀신이 당부하던 말 따위를 생각해 볼 겨를도 없었다.

모형귀신이 꿈에 다시 나타났다. 이번에는 별로 무섭지 않았다. 승부에게 눈을 흘기며 욱질렀다.

"왜 내가 시키는 대로 찾아오지 않았나?"

"어머니 심부름 갔다 오니 너무 고단해서요."

"알고 있다. 고단했겠지. 그렇지만 심부름을 다녀오지 않았으면 내 말을 따랐을까? 잘 생각해서 내일 밤에 꼭 찾아오너라. 꿈이니 깨어나면 그만이라고 무시한다면 정말 참기 어려워. 그러다간 큰코다친다."

"밤에 그곳에 가기가 너무 무서워요."

"무섭다고? 내가 시키는 대로 따르면 결코 너를 해치지 않는다고 약속하지 않았나. 해치지 않을 뿐만 아니라 외롭게 살아가는 너를 지켜 주겠다. 하지만 내 말을 거역하면 큰 벌을 받는다. 내일 아침 뒷마당으로 가 보아라. 뒷마당 감나무를 보면 짐작할 수 있다."

승부는 아침에 눈을 뜨자마자 감나무가 궁금했다. 뒤뜰에 큰 감나무 두 그루가 있다. 해마다 찬바람이 불고 감 색깔이 짙어지면 나무에 달린 채로 한꺼번에 감 장수에게 팔고 조금 남겨 단지에 넣어 두면 말랑말랑하고 맛 좋은 홍시가 된다. 한 그루에서 서른 접 넘게 딸 수 있으니 만만찮은 수입이다.

건넌방 쪽으로 집 모퉁이를 돌아서자마자 큰 가지 하나가 꺾여 끝이 땅에 닿아 있는 감나무가 눈에 들어왔다. 다가가면서 다음 나무를 살폈다. 똑같이 가지가 꺾여 있다. 한 그루가 아니라 두 그루가 한꺼번에 같은 모습으로 꺾인 영문을 알 수 없다. 간밤에 바람이 세게 불었던 흔적도 없다. 소름이 끼쳤다. 꿈에 모형귀신이 뒷마당으로 가 보라더니 그가 한 짓일까? 설마…….

어머니가 부엌 뒷문으로 나와 마주 보며 다가오셨다.

"웬일로 일찍 일어났구나. 저런! 감나무 가지가 왜 꺾였지? 두 그루가 한꺼번에…. 한 가지에 서너 접은 딸 텐데 말이다. 아니, 바람도 없는데 웬일이지? 승부야, 이상하지 않니? 정말 이상하네."

어머니는 고개를 갸우뚱거리고 매우 언짢아하면서 한참

쳐다보다 혀를 껄껄 차면서 부엌으로 들어가셨다.

승부는 입을 꾹 다물었다. 모형귀신이 누구에게도 말하지 말라고 당부하지 않았던가. 인체모형 귀신이 밤에 복도를 돌아다닌다지만 아무도 본 적이 없다. 코흘리개들이 퍼뜨린 허무맹랑한 소문을 두 친구에게 들려주려고 이야기로 꾸몄을 뿐이다. 자꾸만 꿈에 나타나다니 정말 이상하다. 아무래도 귀신 말처럼 꿈이라고 그냥 덮어서는 안 될 것이란 생각이 들었다.

다음 날은 하루 종일 불안하고 초조하게 보냈다. 한 토막 이야기 때문에 꿈마다 모형귀신이 따라붙는다. 없는 일을 이야기로 꾸며 거짓말 늘어놓은 것이 실수다. 하지만 뭐가 잘못인가? 소설가들은 허구한 날 거짓말을 주워 모아 소설을 쓴다지 않는가? 할머니의 호랑이나 여우 이야기도 모두 거짓인데 하필이면 귀신 이야기라고 내가 고통받다니…. 해가 지자 더욱 초조해지고 밤이 늦어질수록 가슴이 답답해 왔다. 불안에 떨다 잠이 들었다.

모형귀신이 또 나타났다. 잔뜩 성난 얼굴로 성큼성큼 다가와서는 말 한마디 건네지 않고 왼쪽 귀를 잡아 화단 가로 끌고 갔다. 발뒤꿈치를 세워 가면서 이끄는 대로 따라갔는데도 귀가 빠질 듯이 아프다. 담임인 명 선생이 자주 쓰는 방법이다. 교실에서 장난을 일삼거나 숙제를 해 오지 않는 단골 말썽꾸러기들은 불려 나가 손찌검을 당한다. 녀석이 맞지 않으려고 얼굴을 돌리며 요리조리 피하여 헛손질이 거듭되면 약이 오른 선생님은 귀를 잡아 자기 앞으로 바짝 끌어당겨 놓고 뺨을 더욱 세차게 때린다. 그의 손바닥은 맵기로 소문이 나서 한 대만 맞아도 손자국이 벌겋게 부어오른다.

모형귀신은 뺨을 때리지는 않았지만 눈을 흘기며 말했다.

"무슨 배짱으로 내 말을 듣지 않니? 착한 아이라 믿고 순리로 부탁했는데 전혀 몰라주는구나. 그렇다면 하는 수 없지. 너를 손 좀 볼까? 네 어머니께 나쁜 일이 생겨도 좋겠나? 아니, 둘 다야. 만일 내일 밤에도 찾아오지 않는다면 그냥 넘길 수 없다. 일 벌어지고 후회해도 늦어. 감나무 두 그루가 똑같이 가지 부러진 것 보았지? 그처럼 당하지 않으려면 알아서 해라. 우리 일 모두를 비밀로 하는 것도 잊지 마라."

그의 싸늘한 말씨에 승부는 아찔했다. 몸이 부르르 떨렸다. 이 세상에서 믿고 의지할 수 있는 사람은 오직 어머니뿐이다. 어머니가 화를 입는다면 더 살아갈 필요도 없다. 꿈이라고 모형귀신의 말을 귓가로 흘린 것이 잘못이었다.

"알겠어요. 찾아갈 터이니 해치지는 말아 주세요. 아버지 돌아가시고 홀로되신 외롭고 불쌍한 어머니예요. 제발 해치지 말아 주세요"

귀신에게 매달려 눈물을 뚝뚝 흘리며 두 손으로 싹싹 빌었다.

"잘 생각했다. 내 말을 따르면 절대로 해치지 않겠다. 오히려 너를 돕고 지켜 주겠다. 아니면 각오해라."

몹시 화가 나는 듯 눈을 부라리며 손가락을 겨누어 카랑카랑한 한마디를 내뱉고는 뒤도 돌아보지 않고 사라졌다.

승부는 잠을 깨었다. 온몸이 식은땀으로 흥건하게 젖었다. 활짝 열린 문으로 바깥바람이 시원하게 불어왔다. 더 이상 잠이 오지 않고 눈이 말똥말똥해졌다. 옆에 누운 동생은 세상모르게 자고 있다. 녀석은 겨우 여덟 살인데 누구와 어울려 무엇을 하고 다니는지 집에 붙어 있지 않기는 서로 마찬가지다.

바깥을 내다보니 사방이 깜깜하다. 초승달은 이미 서산을 넘었는가 보다. 문득 돌아가신 아버지 얼굴이 떠올랐다. 아버지가 살아 계실 때는 온 가족의 삶이 보름밤처럼 훤하게 밝았는데 이제는 외롭고 힘든 그믐의 어둠 속에 던져졌다. 이 어둠에 홀로 남은 외로운 어머니를 지켜야겠다고 생각하면서 두 주먹을 불끈 쥐었다.

모형귀신을 만나러 가자. 어머니께 듣기로 〈명심보감〉에는 천지 만물 가운데서 오로지 사람이 가장 귀하다고 했다는데 귀신 따위가 사람인 나를 어쩌랴? 부엌칼이라도 품속에 감췄다가 만화에 나오는 용사처럼 멋지게 휘두르며 용감하게 싸우지 뭐. 설마 죽기밖에 더하겠나. 피 흘리고 쓰러지며 팔다리가 귀신의 이빨에 갈기갈기 찢겨 나가는 자기 꼴을 상상해 보았다. 처참하다. 아니, 누가 뭐래도 저쪽은 귀신이다. 부엌칼 따위로 잡힐 리 없고, 싸워 이길 상대가 아니다. 꿈속에서 말했던 것처럼 나를 해치지 않고 오히려 도와줄는지도 모른다. 그럼 어떻게?

승부는 꼬리 물고 일어나는 온갖 생각에 시달리다 마침내 큰맘 먹었다. 밤 10시가 되면 학교에 나가 보기로 작정했다. 일단 가겠다고 결심하자 오히려 마음이 편해졌으나 편한 것도 잠시였다. 다시 모형귀신이 온통 머릿속을 차지하면서 가슴이 마구 뛰고 얼굴이 화끈거렸다. 결국 늦잠을 자고 말았다. 아침에 밥상 앞에 앉았지만 밥맛이 좋을 리 없어 일찌감치 숟가락을 놓았다.

"승부야, 밥맛 없니?"

어머니의 걱정스런 말씀을 뒤로하고 건넌방으로 돌아와 벌렁 누워 이런저런 생각을 하다 얼핏 잠이 들었다.

3

아침 10시나 되었을까? 잠결에 부르는 두 친구의 목소리가 들렸다.

"승부야, 집에 있니?"

"승부, 뭣하지?"

둘은 툇마루에 걸터앉았다. 부스스 눈을 떠서 나가니 명세가 물었다.

"아침부터 잤니?"

"방 안이 워낙 시원해서 누워 있다 깜빡했어."

"8월이 벌써 한 주일이나 흘러가 버렸네. 방학이 하루하

루 줄어든다. 아깝다 아까워. 놀기도 시원찮고 공부도 재미
없고. 참, 우리 참외밭에 갈래?"

한기는 주고받는 둘 사이에서 킹그레 웃으며 듣고 있었다.
"그래, 가자."

승부가 찬성하여 셋은 밖으로 나왔다. 햇볕이 따가워 나무
그늘이나 지붕 있는 원두막에 얼른 들어가고 싶었다. 명세네
참외밭은 앞걸(앞개울) 건너 앞산 자락 언덕바지에 있었다.

명세 아버지 서임수는 신광에서 첫손 꼽는 부자로 서 진사
의 손자이자 서대영의 아들이다. 서 진사가 죽은 지 30년이
가까운데도 마을에서는 명세네 집을 여전히 '서 진사 댁'이
라 부른다.

서 진사 댁에서 명세 어머니를 며느리로 맞아들이자고 나
선 사람은 할머니였다. 친정이 청송(靑松)인 규수는 당대의
여자답지 않게 한학(漢學)이 뛰어났다. 어릴 적에 오빠들 어
깨너머로 글을 익혔다. 아버지가 예사롭지 않은 딸의 재주에
깜짝 놀라 이름난 스승을 모셔 오자 밤낮으로 책을 읽어 열
서너 살에 벌써 사서오경(四書五經)을 깨우쳤다. 소문을 들
은 할머니가 매파를 보내 며느리로 삼았다.

명세 할머니는 자기 가문이 재산은 그런대로 지켜 왔지만
글을 지키지 못한 것을 아쉽게 생각했다. 남편은 일찌감치
금광 사업에 뛰어들어 서책을 가깝게 두지 않았고, 아들도
세상 파도에 시달리며 그럭저럭 차랐다. 무식하다는 소리를
들은 적은 없었지만 당신 시아버지 서 진사 때처럼 높은 학

문으로 존경받는 가문이 되기를 소망했다.

머느리는 시집와서 시어머니의 권유로 서당을 열고 청년들에게 한학을 가르쳤다. 남자인 제자들을 안채로 들일 수 없어 사랑채 시아버지 방 옆 작은사랑을 남편과 함께 썼다.

새 며느리가 한학이 아무리 출중해도 최대의 관심사는 역시 출산이었다. 삼신할멈이 심술이라도 부렸는지 오랫동안 회임 소식이 없다가 결혼 3년째에 태기가 있었다. 이듬해에 딸을 낳았다. 논어의 한 구절에서 따와 이름을 복례(復禮)라고 지었다.

복례는 예쁘고 얌전한 데다 어머니를 닮았는지 재주가 뛰어나서 온 집안의 사랑을 독차지했지만 대를 이을 아들을 대신할 수는 없었다. 복례 후 또다시 여러 해 동안 태기가 없자 태연하던 시어머니가 차츰 안절부절했다. 절에 기도 올리고 용하다는 의원을 찾아 사내 낳는 약을 지어 오는 등 온갖 방도를 찾았으나 소용없었다.

큰 죄를 지은 이처럼 가시방석에 앉은 며느리는 아들 낳아줄 여자를 들이자고 여러 차례 간청했다. 시어머니는 가문에서 소실을 둔 전례가 없다며 반대하다 마침내 고집을 꺾고 새 여자를 물색했다. 점찍힌 여자는 아들 일곱에 딸 하나를 낳은 이웃 마을 아낙의 딸이었다.

그 집은 자기 것은 물론 소작 맡은 땅도 없어 날품 들고 미성년 아들 둘을 애기 머슴으로 내보내 겨우 연명하는 형편이었다. 명세 할머니는 논 다섯 마지기를 내주고 열아홉 살

처녀를 데려왔다. 그녀가 동점댁이다.

셋은 참외밭에 이르렀다. 천 평이 넘는 밭에 주로 집에서 먹을 콩이나 팥, 참깨나 들깨 따위의 잡곡을 심고 오륙십 평 끝자락에다 머슴들이 심심풀이로 참외를 앉히고 원두막도 세웠다. 명세 좋아하는 머슴 돌쇠가 익은 것을 골라 가까운 개울에서 잘 씻어다 주었다.

참외를 깎으면서 바라보니 명세 아버지의 소실 동점댁이 사는 갱빈 마을(강변 마을)의 작은 기와집이 가까이 보였다. 승부가 그쪽을 가리키며 물었다.

"저기가 작은어머니 집 맞지?"

승부가 묻자 명세는 처음으로 아버지의 소실 이야기를 꺼냈다.

"할머니가 저 집을 사서 살림을 차려 주셨다고 하더라. 방 둘에 부엌 딸린 돌담집이야. 처음에 아버지는 사흘에 한 번 꼴로 가셨다는데 발길 끊으신 지가 꽤 오래되었어. 내가 태어나기 전부터 출입하시지 않아."

동점댁 사연은 마을에서 비교적 잘 알려져 있어 명세의 이야기가 전혀 새롭지 않았다.

그녀는 명세 아버지에게 오자마자 임신해서 온 집안을 기쁘게 했다. 하지만 나이도 어리거니와 배운 것이 전혀 없었다. 큰댁의 고상한 문화에 적응하거나 후덕한 배려에 답할 줄을 모르고 친정어머니의 방정맞은 입방아에 놀아났다. 모녀가 여러 점쟁이를 찾아다니거나 불러들여 뱃속의 아기가 사내인지 아닌지를 물어보니 십중팔구는 사내아이라는 점괘를 내놓았다. 그걸 믿었던지 갑자기 태도가 달라졌다.

어미는 동네방네 다니면서 자기 딸이 아들 낳을 거라고 떠벌리고, 그 아기가 태어나면 곧장 큰댁으로 들어갈 거라고 큰소리쳤다. 사위가 딸에게 흠뻑 빠져 자기를 장모로 깍듯이 모신다고 교만 떨었다. 시어머니가 논 열 마지기를 더 내놓을 것이라 큰소리치며 당장에 지주나 된 듯 휘젓고 다녔다. 큰부인이 글 좀 한다지만 아들 못 낳으면 무슨 소용이냐고 비아냥거리고 결국은 친정으로 쫓겨나 딸이 안방을 차지할 것이라는 말까지 흘린다고 했다.

온갖 해괴한 소문이 돌고 돌아 할머니 귀에 들어오자 갑자기 안색이 싹 변했다. 믿을 만한 친지들을 불러 진위를 알아보고는 아들에게 실상을 일러 주었다. 교양 없는 그녀에게 환멸을 느끼던 명세 아버지는 발걸음을 딱 끊었다. 때맞춰 양식과 생활비를 넉넉하게 보내 줄 뿐이었다. 점괘와는 달리 동점댁은 딸을 낳았다. 그 딸이 재작년에 국민학교를 졸업한 금실이다.

할머니는 더 이상 새로운 여자를 물색하지 않았고, 그 뒤 4년이 지나자 본부인에게서 명세가 태어났다. 아버지는 아직도 동점댁을 찾아가는 일이 없다. 그녀는 생과부 신세로 어느덧 30대 중반에 이르렀다.

"금실이 누나가 참 안됐어. 자기는 아무 죄도 없는데 아버지 밑에서 살지 못하니 억울하지 뭐. 작은댁 어머니도 그만

하면 벌을 받을 만큼 받았어.”

듣고 보니 이치에 합당하다. 승부는 명세가 천성이 후덕하다고 생각했다. 한기가 저녁 먹고 다시 모이자고 제안했으나 피했다. 모형귀신을 만나러 가야 하니까….

4

승부는 날이 어두워지기를 기다렸다. 뜻밖에도 마음이 편하다. 툇마루에 걸린 벽시계가 정확하게 9시 50분을 가리키자 집을 나섰다. 밖이 깜깜하여 옆으로 지나치는 사람도 가까이 다가가야 겨우 알아볼 수 있을 것 같다. 달이 사라져 버린 밤하늘을 별이 온통 뒤덮었다.

학교 뒷길에서 잠시 서성이다 주변에 아무도 없는 것을 알고는 성큼성큼 뒷문으로 들어갔다. 워낙 자주 지나다니는 곳이라 어두워도 상관없었다. 청소 물을 품어 올리는 펌프에 부딪히지 않도록 조심하여 모퉁이를 돌고 교무실 앞을 지나 3학년 교실 화단 가에 섰다.

청소 당번의 문단속이 허술했던지 3학년 교실 창문 하나가 반쯤 열린 채로다. 태연하던 가슴이 갑자기 두근거렸다. 나뭇잎을 가볍게 흔들면서 써늘한 바람이 등줄기에 와 닿는다. 소름이 쫙 끼쳤다. 이제라도 드망칠까 망설이던 참에 무엇인가 희뿌연 형체가 열린 창을 넘어오는 것이 보였다. 눈에 익은 인체모형이다. ‘저런 인체모형이 움직이는구나.’ 중얼거리며 온몸이 떨리고 그 자리에 얼어붙는 듯했다. 정신이 아득해지면서 입이 열리지 않아 외마디 소리조차 목구멍에서 막혀 버린다. 하지만 모형이 자기 앞으로 바짝 다가오자 이상하게도 마음이 가라앉았다.

그가 다정하게 말을 걸었다. 여자 목소리에 가깝다.

"승부 왔구나. 꿈에 나타났던 귀신이다. 내가 무섭니?"

"아뇨."

"무섭지 않다고? 넌 정말 용감하고 훌륭한 아이야. 절대로 너를 해치지 않겠다고 내가 미리 약속했지? 해치지 않을 뿐만 아니라 위험하고 어려울 때에 널 지키고 도와주겠다."

"……."

"그 대신에 조건이 있다. 나를 만난 일이나 나에 관한 모두를 비밀로 해야 한다. 이건 예사로운 부탁이 아니다. 비밀을 지키는 동안은 도움을 받겠지만 쓸데없이 누설하면 오히려 무서운 벌을 받고 큰 화를 당할 수 있다."

승부는 귀신이 부드러운 말씨로 용기 있고 훌륭한 아이라고 치켜세우자 우쭐해지면서 한결 마음의 여유가 생겼다. 어떻든 여기까지 왔으니 할 말이 무엇인지 들어 보고 싶었다. 꿈에서나마 여러 번 만나며 그만큼 익숙해졌는지도 모른다. 겨우 떠듬떠듬 말이 나왔다.

"정말 저를 도와줄 수 있나요?"

"그럼. 앞으로 위험에서 지켜 주고 어려운 일이 생기면 너를 돕겠다. 내 약속하마. 지금은 뭐 어려운 게 없나?"

"아뇨. 지금은 아무 일도 없어요."

"앞으로 머지않아 도움받을 일이 생긴다."

"내가 언제까지 비밀을 지켜야 하나요?"

"이제 내 말귀를 알아듣는 모양이구나. 언제까지라고? 한번 작심한 이상 죽을 때까지 입을 열면 안 되지. 어느 누구에게도 말하지 마라. 그렇게 할 수 있겠니? 할 수 있는지 없는지 사내답게 당당하고 솔직히 말해라. 할 수 있지?"

"어유, 죽을 때까지라고요? 이제 겨우 열세 살인데…. 어떻든 입만 열지 않으면 되겠지요?"

"아주 쉬운 일이다. 비밀을 말해서 무슨 이득이 있겠니. 흔히 사람들이 스스로 참지 못하고 함부로 남에게 털어놓는 것은 오로지 경망하고 수양이 없기 때문이야. 큰일을 도모할 수 없다."

"알았어요. 비밀을 지키겠어요. 일생 동안 그렇게 하겠어요. 사나이로서 맹세하겠습니다."

"사나이로서 맹세한다고? 하긴 그렇지. 한두 해 지나면 당당한 사내가 될 테니까. 한평생 입 닫겠다고 큰소리치는 사내 녀석이 지난번에는 왜 터무니없는 이야기를 했나? 내가 언제 너를 잡아먹으려고 교실을 들아다녔지?"

"두 친구에게 들려주어 뽐내려고 꾸몄을 뿐인데…."

"바로 그것이야. 사람들은 남에게 뽐내려고 쓸데없는 거짓말을 하는 경우가 많아. 있는 이야기든 없는 이야기든 앞으로 남에게 내 말을 해서는 안 된다. 우리 사이의 일을 말하면 절대로 안 된다."

"그땐 잘 몰랐어요. 잘못했어요. 앞으로는 당신의 일, 우리 사이의 모든 일을 어느 누구에게든 말하지 않겠어요."

"다시 한 번 묻는데, 일생을 두고 그렇게 할 수 있겠나? 약속을 지키겠나?"

"평생 동안 절대로 발설하지 않겠어요. 약속을 지킬 자신이 있어요. 당신도 외로운 우리 가족을 끝까지 지켜 주세요. 약속하죠?"

"물론이지. 거듭 말한다만 남자든 여자든 입이 가벼우면 스스로 화를 불러들이기 십상이야. 삼가야지."

"알겠어요. 하실 말씀이 무엇이죠?"

"정말 장하다. 이 어두운 밤에 다른 애들이라면 귀신 말만 들어도 기절할 것인데 너는 당당하게 나타나 의연하게 묻고 있구나. 정말 대단하다. 널 불러내기를 참 잘했네. 네게 할 말이 있지만 지금은 아니다. 때가 온다. 그 대신 우리가 만난 기념으로 좋은 선물을 주겠다."

"무슨 선물인데요?"

"지난 과거와 앞으로 다가올 미래의 일을 하나씩 보여 주겠다."

"과거와 미래요? 정말요? 정말 과거와 미래를 볼 수 있나요? 과거도 그렇지만 미래를 내다보고 미리 알면 나는 대단한 사람이 되겠군요."

"그래. 대단한 사람이 되길 바란다. 다만 본 일을 발설하거나 날 따라다닌 것을 남이 눈치채게 하면 절대로 안 된다. 어설픈 점쟁이 노릇 하다간 큰일 나. 언제 무슨 불벼락이 떨어질는지 몰라. 알겠지?"

"아 참, 그렇군요. 지켜야 할 비밀이군요."

"그렇다. 다만 너 혼자 알고 세상살이에 활용하는 것까지 마다하지는 않는다. 그것만으로도 너는 어느 누구도 누릴 수 없는 좋은 기회를 얻는 셈이 아닌가."

"언제 과거와 미래를 볼 수 있나요?"

"사흘 후 이 시간에 다시 나오너라. 네가 비밀 지켜 주기를 다시 한 번 부탁한다."

"저를 믿어 보세요. 걱정 마세요."

"그래, 고맙다. 앞으로 우리 서로 친하게 지내자. 잘 있어. 또 만나자."

귀신은 손을 흔들며 천천히 사라져 갔다.

승부는 모형귀신을 만나고 나서 마음이 한결 편안해졌다. 두 친구에게 지어낸 이야기를 한 뒤로 귀신 꿈을 여러 차례 꾸었다. 그 꿈이 알게 모르게 심장을 억눌러 왔다. 궁금하다 우울해지고, 우울하다 불안해지고, 불안하다 갑자기 편안해지는 등 마음이 뒤죽박죽 헝클어져 도무지 자신을 가눌 수 없었다.

꿈이 아니라 현실에서 직접 만나 보고는 달라졌다. 여태까지 이리저리 주워듣고 막연하게 생각해 오던 귀신은 사람을 잡아먹고 불운을 안겨 주는 재앙과 저주의 상징이었다. 그런

선입견을 떨쳐 버리자 마치 오랜 친구인 것처럼 생각되고 스
스로 당당해졌다.

5

이튿날 승부는 명세·한기와 함께 놀다 저녁 무렵
집으로 돌아와 더 이상 외출하지 않았다. 지난밤에 모형귀
신 만나느라 늦게 잤던 탓에 졸려서 일찍 잠자리에 들었다.
그래서인지 밤중에 잠을 깨었다. 큰방 앞 툇마루에서 두런
두런 소리가 들려왔다. 가만히 귀를 기울여 보니 어머니 목
소리였다.

어머니만이 아니다. 분명히 남자 목소리도 간간히 섞여 나
온다. 도대체 누굴까? 누가 이 깊은 밤중에 혼자 사는 어머
니를 만나러 왔으며, 무슨 일로 저렇게 이야기를 나누고 있
을까? 자신도 모르게 바짝 긴장되면서 숨을 죽이고 귀를 기
울였다.

어머니의 말이 겨우 들려왔다.

"복례가 아직도 소식이 없다고 하니 안타깝네요."

"해방되자 외국으로 나갔던 사람들이 모두 돌아왔소. 징용
가서 죽었다고 제사까지 지냈는데 살아왔다지 않소. 3년이
넘도록 소식이 없으니 필시 이 세상 사람이 아닌가 봐요."

"무슨 말씀을 그렇게 하세요. 그저께 장터에서 명세 어머
니를 뵈었는데 점을 쳐도 죽었다는 말은 없었다면서요? 희

망을 버리지 말고 기다려 보세요."

"점이라니요? 누가 점을 쳤나요?"

"답답해서 하는 노릇이지요. 할머니가 점을 쳤던가 봐요."

"점쟁이가 뭘 알겠소. 그 말을 어떻게 믿을 수 있겠소."

승부는 깜짝 놀랐다. 지금 밖에 와서 어머니와 이야기를 나누고 있는 남자는 분명히 명세 아버지다. 왜 오셨을까?

이야기는 이어지고 있었지만 알아듣기 어려웠다. 조금 쉬더니 다시 어머니의 한숨 섞인 목소리가 들린다.

"읍내로 돌아가지 않고 눌러산다고 부담스러워하지 마세요. 승부가 여기 살고 싶어 해서 옮기지 않았을 뿐 다른 뜻은 없어요. 내 인생은 이미 끝났어요. 오라버니도 아시다시피…."

명세 아버지가 재빨리 가로막고 약간 소리를 높여 짜증스럽게 말했다.

"난 부담스럽다고 말한 적이 없소. 그런데 제발 오라버니라고 부르지 마소. 지난 일을 일찍이 숙명으로 받아들였지만 우리의 사랑을 갈라놓았던 그 말이 아주 듣기 싫어요."

다시 약간 떨리는 어머니의 목소리다.

"사랑이란 말을 함부로 쓰지 마세요. 누가 들을까 봐 겁나요. 선생님의 사랑은 명세 어머니르 일관되어 왔어요. 그분은 비록 여자지만 훌륭한 인격자예요. 훌륭한 인격으로부터 고귀한 사랑이 꽃필 수 있어요. 지난날을 생각해 보셔요. 금실이 어머니를 맞아들여 얼마나 행복하셨나요?"

승부는 도무지 영문을 알 수 없었다. 아니, 다른 사람도 아닌 명세 아버지가 어떻게? 어머니는 명세 아버지 어머니와 서로 알고 친하게 지내는 이웃이다. 그러나 명세 아버지 혼자서 밤중에 찾아올 사이인 줄은 몰랐다. 그 알아듣지 못할 대화는 또 무엇인가? 옮겨 가지 않았다든가 우리 사랑을 갈라놓았다는 말은 도대체 어떻게 된 것일까?

두 분의 말씀이 이어지고 있었다.

"내 아픈 곳을 찌르는군요. 아들 낳겠다고 어리석은 일을 저질러 일생일대에 돌이킬 수 없는 오점을 남기고 말았소. 아내 보기도 두렵고요. 후회하고 반성했어요. 그만 가 보겠소."

"마음에 상처받았다면 죄송해요. 내가 조심할 줄 몰라서요. 잘 가셔요."

마당의 발자국 소리가 점점 멀어지고 어머니가 한숨을 내쉬며 큰방으로 들어가시는 기척이 난다.

승부는 마음이 어지러웠다. 두 분이 서로 사랑하고 있을까? 사랑이 무엇인지 아직은 잘 모르지만 이야기 내용을 곱씹어 보니 지금은 아니다. 결혼 전에 그런 관계였으나 그 뒤에 갈라졌던 것 같지만, 겨우 엿들은 몇 마디 대화로써는 짐작하기 어려웠다.

승부는 양반집 과댁이 다른 남자를 좋아하는 것은 그쪽에 배우자가 있든 없든 심각한 불륜이라고 알고 있어서 두 분이 그렇고 그런 사이라고 믿기 싫었다. 대화의 내용도 제대로 파악할 수 없었다. 생각은 차츰 미궁 속으로 빠져들었다.

다음 날 오전이었다. 어머니가 이웃집에서 빌려 온 톱을 갖다 드리라는 심부름을 시켰다. 뒤뜰 감나무 가지가 부러져 보기 싫게 늘어졌던 것이 어느새 말끔하게 정리되어 있었다. 어머니가 그 톱으로 잘라 내었다. 아버지가 계시지 않자 여자 몸으로 거친 남자 일을 하신다. 높은 감나무에 어떻게 올라갔을까? 자기도 할 수 있는데 시키지 않았다.

톱을 돌려주고 집 안으로 들어서니 대문 옆 담 밑에서 아무렇게나 자란 봉선화 그루터기 사이에 떨어진 손바닥만 한 검은 물건이 눈에 들어왔다. 줍고 보니 두툼한 지갑이었다. 어머니께 여쭈려니 마침 안 계셨다.

지갑을 열어 보았다. 지폐 몇 장과 '徐壬壽'라고 이름이 적힌 명함이 들어 있다. 먹종이 받쳐 쓴 글 위에 붉은 도장이 여러 개 찍힌 얇은 미농지 한 장도 나왔다. 대충 훑어보니 무슨 계약서였다. 지갑의 주인은 명세의 아버지로 간밤에 집에 오셨을 때 떨어뜨린 것이 분명했다.

승부는 어머니가 돌아오시면 지갑을 드리려고 작정했다. 그러다 다시 생각해 보니 명세 아버지와 만난 사실이 아들에게 알려졌다고 생각하실 것 같았다. 지갑을 돌려주려고 어머니와 명세 아버지가 다시 만나게 되는 것도 어쩐지 싫었다. 아무도 모르게 명세 아버지께 직접 건네고 싶었다.

점심때가 조금 지나서 명세와 한기가 찾아왔다.

"방학이라고 너무 노네. 숙제 미뤘다 방학 끝날 때 난리 칠 테니 미리 조금씩 해 두자."

한기 제안에 명세가 답했다.

"우리 집에 가서 하자. 오늘 우리 집은 조용해."

승부도 당장에 찬성하고 나섰다. 명세 아버지에게 지갑을 몰래 건넬 수 있는 좋은 기회가 이렇게 쉽게 올 줄은 몰랐다. 숙젯거리를 싸 들고 명세를 따라갔다. 한기는 책보 챙겨 오겠다고 집으로 돌아갔다.

명세는 사랑채의 아버지 방으로 안내했다. 사랑채는 대청을 사이에 두고 아버지의 큰사랑과 어머니의 작은사랑으로 나누어져 있었다. 아버지가 보이질 않았다.

"명세야, 아버지는 어디 가셨나?"

"포항 가셨어. 그래서 오자고 했잖아."

승부는 실망했다. 지갑을 어떻게 해야 할는지 다시 고민에 빠졌다. 집으로 그냥 가져가려니 큰돈과 중요한 계약서를 오래 보관하고 싶지 않았다.

"할머니와 어머니께 인사드려야지."

"어머니는 건넌방 서재에 계시는데 한기 오거든 함께 가자. 할머니도 그때에…."

승부는 측간에서 소변보고 나오며 중문 너머 안채를 건너다보니 흰 모시옷을 깨끗하게 차려입은 명세 할머니가 마침 대청마루에서 부채로 더위를 식히며 책을 읽고 계셨다. 할머니에게 전하는 것이 좋겠다는 생각이 떠오르자 슬그머니 다가가 인사했다.

"할머니, 그동안 무더운 날씨에 강녕하셨습니까?"

"그래, 승부구나. 잘 지냈니? 어머니 평안하시겠지?"

얼굴에 인자한 웃음을 띠고 인사를 받았다.

"할머니, 무슨 책을 읽으세요?"

"언문 소설이야."

읽던 책을 들어 표지를 보여 주셨다. 누런 종이에 굵은 붓 글씨로 '九雲夢'이라 세로로 쓰였고 두께는 얇았다.

명세 할머니는 오래전부터 승부를 남달리 좋아하시는 눈치였다. 승부도 고상하고 점잖은 명세 할머니가 좋았다. 마침 마당에 다른 사람은 없다. 승부는 대청으로 올라가 할머니에게 바짝 다가앉으면서 소중하게 간직했던 지갑을 꺼내어 슬그머니 내밀었다.

"이거 명세 아버지 지갑인데 제가 주웠어요. 돈과 계약서가 들어 있네요."

할머니는 흠칫 놀라시더니 지갑을 받아 쥐고 승부를 빤히 쳐다보며 물었다.

"어디서 주웠니?"

승부는 아무 말도 못하고 뒤통수만 긁었다.

"너의 집에서 주웠지? 명세 애비가 어젯밤 너의 집에 갔었지?"

할머니는 명세 아버지 다녀가신 것을 짐작하고 계셨다. 어떻게 아실까? 의아한 생각이 들었으나 엉겁결에 고개를 끄덕이고 말았다. 그 순간에 어머니의 위신을 지켜야 한다는 생각이 머리를 스쳤다.

"지나시는 길에 들어오셔서 십 분쯤 툇마루에 앉아 말씀 나누다 가셨어요."

"그래…."

명세 할머니는 주변을 둘러보아 아무도 없는 것을 알자 입을 열었다.

명세의 증조부, 그러니까 할머니의 시아버지인 서 진사가 어느 겨울 이웃 고을 청하에 사는 친구 집에 놀러 갔다 돌아오시는 길이었다. 엿재 마루에 이르렀을 때 젊은 여인이 길바닥에 쓰러져 신음하고 있는 것을 보았다. 아기 낳으러 친정으로 가던 부인이 고갯길에서 갑자기 진통을 시작한 것이다.

날씨가 몹시 춥고 내린 눈까지 꽁꽁 얼어붙었다. 그대로 버려두면 산모의 생명을 장담할 수 없었다. 시아버지는 데리고 갔던 하인을 시켜 당신 조랑말에 태우고 황급히 돌아왔다. 그 부인은 미처 친정까지 가지 못하고 명세네 집에 닿자마자 딸을 출산했다.

은혜를 입은 부인이 훗날에 떡고리와 술병을 갖추고 찾아와서 서 진사를 아버지로 모시겠다고 청했다. 당신께서도 좋은 인연이라며 기꺼이 받아들여 수양딸로 삼았다. 그로부터 부인과 남편은 명절이나 길흉사 때마다 빠짐없이 찾아왔었다.

몇 해 뒤에 그 집은 멀리 도시로 이사 가서 걸음이 뜸해

졌다. 서 진사 댁에서 낳은 아기는 아주 예쁘고 착하게
자라 국민학교 선생님이 되었으나 명세 아버지와 그 처
녀는 오랫동안 서로 보지 못했다.

어느 해에 명세 아버지는 친구에게 놀러 가서 며칠을
묵다가 우연히 그 처녀 선생을 만나 서로 사랑하게 되
었다. 바야흐로 인텔리 남녀 사이에 자유연애의 풍조가
싹트던 시대였다. 막상 혼담이 나와 서로 알아보니 처녀
가 그때 서 진사 댁에서 태어났던 아기인 것이 밝혀졌
다. 명세 아버지에게는 피가 섞이지 않은 고모의 딸, 고
종사촌 여동생이다. 법으로는 문제될 게 없었지만 양가
에서 두 사람의 결혼을 허락하지 않아 사랑은 결국 열
매 맺지 못했다. 어른들 말씀에 따라 서로 깨끗하게 단
념하고 다른 사람과 혼인했다는 것이다.

"내가 보기로 아직도 마음으로는 서로 좋아하는 모양이
야. 그러나 지금까지 두 사람은 흐트러진 모습을 전혀 보이
지 않았다. 어젯밤에도 너희 어머니가 논 부치는 사람을 바
꿔 보고 싶어 의논하려고 만났다는 것을 내가 안다. 어떻든
인격으로 자기를 다스리며 친한 이웃으로 잘 지내고 있구나.
두 사람의 마음속은 알 수 없지만 누가 사람의 속마음까지
간섭할 수 있겠나? 나나 너나 마찬가지다. 특히 홀어머니를
모시고 사는 너에게는 어머니를 믿는 큰마음이 필요하다. 혹
시라도 남편을 잃자 곧장 다른 남자와 친해졌다는 오해를 받

으면 혼자서 너희들 키우기가 힘들어진다.”

“할머니, 저는 이해하고 믿어요. 명세 아버지는 훌륭한 인격을 지니신 분이고, 저희 어머니가 어떤 분이시라는 것도 잘 알고 있어요. 오해할 까닭이 없습니다.”

“생각이 아주 바르구나. 이렇게 당당하니 지하에 계시는 아버지가 얼마나 기뻐하시겠나. 지갑을 찾아 주어 고맙다. 그러잖아도 재판에 증거로 내놓을 계약서가 든 지갑을 잃어버렸다고 크게 걱정하고 있더라. 내가 잘 전해 주마. 오늘 이야기를 다른 사람에게 절대로 말하지 마라.”

“할머니 말씀 명심하겠습니다. 명세에게 가 보겠습니다.”

“그래, 가 보아라.”

승부는 어머니와 명세 아버지 사이의 일에 대하여 큰마음 먹기로 했다. 두 분은 얄궂은 운명을 기꺼이 받아들이고 품위를 지켜 주셨다.

큰사랑에는 이미 한기가 와 있었다. 숙제를 웬만큼 한 셋은 마루 건너 명세 어머니 서재로 갔다. 작은사랑이다.

서재는 정갈하고 아늑했다. 맑고 아담한 백자 항아리, 가지런히 놓인 벼루와 먹과 붓, 크고 두툼한 고서, 먹으로 그린 난초 병풍, 그 모든 것이 선비의 기풍을 보여 주고 있었다. 어머니는 정갈한 옷차림에다 아담한 보료에 앉아 우아한 자태로 책을 읽고 계셨다. 비록 여자이지만 저절로 위엄이 섰다.

명세 어머니는 반갑게 맞았다.

"어서 오너라. 승부는 어머니 잘 계시지? 한기라고 했나? 아버지 어머니 평안하신가? 큰사랑에서 공부하지 않고 선…."

승부가 말했다.

"저희도 세상일을 알고 싶어요. 어머니, 말씀해 주셔요."

"하긴 그럴 나이가 되었구나."

"어머니, 기세등등하던 일본 사람들이 해방되자마자 모두 쫓겨나 정말 속이 시원해요. 그들의 간섭을 받지 않고 뭐든지 할 수 있게 된 것이 꿈만 같아요. 이토록 반가운 해방을 맞았는데 왜 자꾸만 세상이 시끄럽습니까?"

"해방이 모두는 아니다. 빨리 독립해야 한다. 그러지 않으면 이웃 나라들이 덤벼들어 큰 혼란에 빠지거나 다시 남의 식민지가 될 수도 있다. 독립이 되어야 스스로 치안을 유지하고, 다른 나라의 침략을 막아 너며, 부강하고 장래성 있는 나라를 이룩할 수 있다."

"지난 5월에 총선거를 치렀는궤요, 앞으로 어떻게 됩니까?"

"총선거가 저절로 이뤄진 것이 아니다. 그동안 정부 수립을 둘러싸고 말이 많았다. 어떤 사람들은 공산주의 나라를 세우려 하고, 어떤 사람들은 남과 북이 서로 합의하는 날까지 늦추자고 주장했지. 남북이 하나의 정부를 세운다면 그보다 더 좋은 일은 없다. 하지만 북쪽에서 권력을 잡은 사람들이 소련 말만 들어서 공산주의 아니면 용납할 줄 모르고 선거에 응해 오지 않았어. 국제연합이 남과 북에서 동시에 선거를 실시하려고 그 대표단이 38선을 넘어 들어가려 했으나 소련이 거절했단다. 공산당 정부를 만들어 동구라파 여러 나라들처럼 위성 국가로 삼겠다는 흉계 때문에 합의도 안 되고 동시 선거도 안 되니 어떻게 통일 정부를 세울 수 있겠나? 어쩔 수 없이 38선 이남에서 선거를 실시한 거다."

"선거가 끝났으니 정부가 세워집니까?"

"며칠 후에는 대한민국이란 이름을 가진 새 나라가 탄생한단다. 이미 헌법이 공포되었고 미국에서 독립운동하시던 이승만 박사가 초대 대통령으로 취임했어. 대한민국은 대한제국과는 다른 민주 공화국이란다. 그 지위를 세습하는 황제나 왕의 정부가 아니라 국민에 의한 정부요 국민을 위한 국민의 정부지. 그래서 국민의 뜻을 모아 대변하는 국회가 필요한 거다. 다음에 북조선에서 요행히 선거가 실시되어 국회의원이 뽑히면 받아들이려고 인구에 비례하여 국회의원 자리를 100석쯤 비워 두었다는구나. 남한은 평야가 넓어 식량 생산에 유리하고, 북한은 광물자원이 풍부한 데다 공장이 많고 전기도 남아돌지. 남북이 합쳐지면 남쪽의 농업과 북쪽의 공업을 골고루 갖춰 경제가 발달하고 살기 좋은 나라가 될 터인데 그게 한동안 어려울 것 같구나."

"지금이라도 북한에서 선거가 실시되어 국회의원이 뽑히고 대한민국 국회에 들어오면 저절로 통일이 이루어지겠네요?"

"그렇고말고. 하지만 저들이 다른 속셈을 가졌으니…."

이번에는 한기가 나서서 물었다.

"많은 이북 동포들이 38선을 넘어와 큰 도시에서 넘쳐난다 들었어요."

"북조선의 인구는 7,8백만쯤인데 월남한 동포가 6,7십만이 넘는다는구나. 연세가 많거나 병이 들거나 온갖 사정으로 함께 오지 못하고 남겨진 가족은 얼마나 많겠나? 생업에 얽매이거나 용기가 없어 눌러앉은 사람은 또 얼마일까? 실제로 월남한 사람은 전체 인구의 1할도 채 못 되지만 그게 대부분 젊고 건장한 남자들이다. 인구의 절반 이상이 남조선으로 마음이 기울어졌다고 보아도 무리가 아니지. 모든 재산을 버리고 맨손으로 38선 넘어온 분들은 농토가 없으니 먹고살기 위해서 대부분이 도시에 머물그 있을 것이다. 얼마나 고생이 많을까."

"무엇 때문에 고향을 버리고 넘어오는지요?"

"살기 어렵고 힘들어졌기 때문이 아니겠나? 경제적 조건이 남쪽보다 북쪽이 훨씬 좋단다. 그렇다면 분명히 다른 이유가 있을 것이다. 나는 정치를 잘 모르지만 옛날부터 많은 백성들이 살기 어려워 나라를 떠나고 세상을 떠돌게 만들면 좋은 정치가 아니라고 했다. 사서(四書) 중의 하나인 〈맹자(孟子)〉를 보면 나쁜 통치는 백성을 흩어 버리고 떠나게 한다고 했어. 인민이 모여들지 않고 흩어지게 만드는 나라는 인민의 마음을 잃은 나라다. 우리 역사에도 그런 일로 말썽이 생긴 기록이 있단다."

"말씀해 주세요."

"신라의 내물왕 18년이다. 백제의 한 성주가 주민 300명을 이끌고 귀순했다는 거야. 백제 근초고왕이 신라 왕을 꾸짖으며 주민을 돌려달라고 요구했어. 내물왕이 어떻게 대답했을까? 백성은 원래 일정한 마음이 없어 살기 좋다고 생각하면 오고 심사가 불편하면 떠난다. 대왕은 정치를 잘못하여 백성들을 불행하게 만든 것을 생각하지 않고 나에게 책임을 떠넘겨 나무라고 있으니 사리에 맞는 것인가라고 물었다는 거야."

"내물왕은 정말 지혜로운 임금이네요."

"백제의 근초고왕도 역시 대단한 임금이지. 그러나 임금이 똑똑하고 아닌 것보다 백성이 찾아가서 살고 싶은 나라인지 아닌지가 중요하다. 국민을 핍박하고, 살기 어려워 멀리 떠나고 흩어지게 하며, 정처 없이 떠돌게 만드는 사람들이 민주적인 보통선거 제도에 따라 국민의 대표를 뽑아 세워진 대한민국을 단독 정부니 영구 분단을 획책하느니 정통성이 없느니 트집 잡고 있다. 예나 지금이나 인민이 없으면 나라도 없는 법이다. 인민이 살기 싫어 흩어진다면 나라 경영하는 그럴듯한 이념이나 백 가지 사상이 무슨 소용이겠나? 누가 뭐래도 인민의 마음이 떠나 버린 정부는 정통성이 없다."

다시 승부가 나섰다.

"어머니께서는 한학에 조예가 깊다고 들었어요. 한학 이야기를 좀 들려주세요.”

“내가 뭘. 너희들도 알다시피 한학은 옛 학문이다. 어쩌다 옛것을 조금 배웠지만 지금 우리는 새로운 문명을 받아들이고 과학을 발전시켜야 한다. 다만 인격을 닦고 몸가짐을 바로잡는 데는 새 학문과 옛 학문이 차이가 없을 것이야. 다음에 기회가 있으면 너희들에게 옛 학문을 가르쳐 주마.”

“말씀 잘 들었습니다. 저희들은 그만 가겠습니다. 안녕히 계십시오.”

인사하고 셋은 방을 나왔다.

6

모형귀신을 다시 만나기로 한 사흘째 날이 다가왔다. 잠은 잘 잤고 사나운 꿈도 없었지만 아침에 눈을 뜨자마자 귀신 생각이 머리를 온통 차지하고 말았다. 그가 보여 준다는 과거와 미래가 어떤 것인지 궁금했다. 해치지 않고 도와주겠다는 약속을 믿고 싶어지면서 더 이상 두렵지는 않았다.

하루 종일 온갖 상념으로 시달리던 승부는 날이 어두워지자 집을 나섰다. 곧바로 학교 안으로 들어가지 않고 뒷담을 끼고 천천히 걸었다. 명세와 한기에게 꾸며 낸 이야기를 들려줄 때 셋이 걸터앉았던 소달구지가 언제나 마찬가지로 놓여 있었다. 그때의 이야기 한 토막이 오늘의 결과에 이른 것은 정말 뜻밖이었다. 갑자기 동생 진구가 맞은편에서 나타났다.

"형, 어딜 가?"

깜짝 놀란 승부가 되물었다.

"넌 어디 갔던?"

"형, 날 보고 왜 그렇게 놀라? 놀다가 집에 들어가는 길이야. 형은 안 가?"

"얼른 가 봐. 어머니가 기다리신다."

동생은 더 이상 군말 없이 토끼처럼 깡충깡충 뛰며 집으로 향했다. 몰래 귀신을 만나려던 참이라 녀석을 보고 자신도 모르게 놀랐던 모양이다. 쑥스러워 혼자 웃었다.

동생이 어둠 속으로 사라지자 다시금 모형귀신 생각으로 머리가 어지럽고 가슴이 두근거렸다. 앞으로 무슨 일이 일어날까?

가던 길을 되돌아와서 학교 동쪽의 완만하게 경사진 길을 내려갔다. 측백나무 울타리 안의 교장 사택에서 희미한 불빛이 새어 나왔다. 사택을 지나 모서리의 손바닥만 한 실습지 논을 돌아가면 학교 앞쪽의 측백나무 울타리다. 교문으로 들어서니 좌우의 좁은 채전과 전나무 몇 그루가 겨우 보일 뿐 정면의 교사는 어둠 속에 잠겨 있었다. 왼편 깊숙한 곳의 우람한 플라타너스도 잘 보이지 않는다. 가랑비가 이슬처럼 내린다.

이렇게 축축이 비가 내리는 밤에는 귀신이 잘 나온다지만 어차피 귀신을 만날 작정이다. 모형귀신에 대한 두려움을 떨쳐 버리고 아주 당당하게 어깨 펴고 걸었다. 평소에 익숙한 곳이라 거침없이 교사 가까이 다가갔다. 손으로 더듬어 화단의 경계석을 찾아내고 동쪽을 향해 걸터앉았다. 인체모형을 세워 둔 교실이 자꾸만 마음에 걸려 일부러 돌아앉은 것이다. 어둠에 묻혀 아무것도 보이지 않았지만 3년 전 해방을 맞았을 때의 광경이 눈에 선하다.

당시에 승부는 2학년이고 열 살이었다. 하늘이 흐리고 여름 날씨로는 서늘한 편이었다. 그날이 8월 15일이었을까? 뉴스가 늦은 시골이니 아마 다음 날인 16일쯤이었을 것이다. 장터에서 놀고 있던 중에 갑자기 학교 쪽에서 풍물 소리가 요란하게 들려왔다.

그는 몇몇 친구들과 함께 뒷문을 거쳐 운동장으로 냅다 뛰어갔다. 울긋불긋하고 치렁치렁하게 꾸민 농악패가 아니라 그저 예사 바지저고리를 입은 농부 몇 사람이 어울려 징·꽹과리·장구·북 따위를 두드리며 정문을 지나 막 운동장으로 들어서는 참이었다. 선두에는 두 젊은이가 플래카드를 높이 매단 대나무 장대를 양쪽에서 받쳐 들고 있었다. 플래카드 아래에는 넥타이를 매지 않은 흰 와이셔츠 차림의 얼굴 말쑥한 귀공자 청년이 연달아 만세를 부르고 목이 메어라 고함치면서 일행을 이끌었다. 마을 코흘리개들 수십 명이 행렬을 뒤따랐다.

청년의 눈에서는 눈물이 줄줄 흘러내렸다. 끼고 있던 안경을 벗어 손수건으로 흐르는 눈물을 닦고는 다시 고개를 쳐들고 만세 부르며 뭔가를 외쳤다. 그는 내일모레면 학도

병으로 입영할 예정이었는데 이제는 가지 않게 되었다고 누가 말했다.

일행은 비스듬히 오른쪽으로 꺾어지더니 일본 천황의 신주(神主)를 모신다는 사당(祠堂)으로 다가갔다. 운동장 동쪽 가장자리 중간쯤에 돌과 시멘트로 단을 쌓고 그 위에 작은 집을 세워 놓았다. 봉안전(奉安殿)이라던가? 앞쪽에 두짝 문이 달렸고 안에 천황의 신주가 들어 있다고 했다. 운동장 조회 때마다 전교생이 줄 지어 서서 교사의 구령에 따라 그 장난감 같은 집을 향하여 머리가 땅에 닿도록 허리를 굽혔다.

사당은 검고 붉은 칠에다 금박까지 입혀 퍽 장엄했다. 모양이나 빛깔, 그것에 대한 의례의 위엄에 비춰 비록 작지만 쇳덩이처럼 무거워 보였다. 아니면 아주 튼튼하게 밑바닥이 고정되었다고 믿었을까? 4,5명 장정들이 한꺼번에 덤벼들어 '하나 둘 셋' 하는 구호에 맞춰 힘껏 밀었다. 보기보다는 달랐다. 사당이 허공을 날아 저만큼 서너 발짝 뒤로 나가떨어지자 장정들은 우르르 모여들어 억센 발길로 마구 짓밟았다. 장난감 같은 집의 지붕이며 작은 문이 산산이 부서지고 흉물스럽게 망가졌다. 그 위에 다시 어른 머리통만 한 돌덩이 여러 개를 안겼다.

그들은 곧이어 교무실로 몰려갔다. 한 장정이 왼쪽 벽면의 진열장을 마구 흔들자 선반 위의 코끼리나 기린 등의 작은 동물모형들이 우르르 쏟아져 내렸다. 다른 장정은 구석에 세워 놓은 인체모형을 두 손으로 번쩍 들어 올려 마룻바닥에 팽개치려 했다. 그 순간 일행을 이끌던 안경 낀 청년이 깜짝 놀라며 다가와서 인체모형을 마주 잡고 외쳤다.

"이건 손대지 마라. 앞으로 우리 아이들이 공부해야 한다. 손대지 마라."

청년이 인체모형을 빼앗아 조심스럽게 제자리에 놓자 길 길이 날뛰던 그들이 주춤하며 물러서고 서둘러 교무실을 떠 났다.

구경거리가 사라지자 곧바로 집으로 돌아왔다. 아버지는 어머니가 내주시는 광목 한 폭에 쟁반을 엎어 놓고 원을 그 려 태극기를 만들면서 해방되었다는 이야기를 처음으로 해 주셨다. 아버지는 지난해 봄에 전근되어 온 교사였다.

해방이 무엇일까? 처음 들어 보는 말이었다. 어떻든 그날 로 세상이 완전히 바뀌었다. 한마디로 말하자면 일본 사람들 로부터 자유로워졌다. 마른 날에도 게다(일본 나막신)를 떨그 럭떨그럭 끌고 다니는 주제에 걸핏하면 우리를 조센징이라 멸시하고 떵떵 울리던 그들은 누구 할 것 없이 코빼기도 보 이지 않았다.

1학년 때의 담임 선생이었던 가토(加藤) 역시 어디로 갔는 지 찾아볼 수 없었다. 지난봄 운동장에 여러 동네 장정들을 모아 놓고 제식 훈련을 시킬 때의 광경이 생각났다. 가토는 누런 군복 차림에다 긴 일본도(日本刀)를 허리에 차고 검붉 은 말 위에 높이 앉아 장정들 행렬 옆으로 천천히 왔다 갔다

했다. 머리에 전투모를 쓰고 목에 힘을 주어 턱을 바짝 당기고는 두 어깨를 쫙 편 채 뚜벅뚜벅 말발굽에 맞춰 안장에 얹은 궁둥이를 들썩들썩하며 오른손에 잡은 채찍을 앞뒤로 천천히 휘젓는 모습이야말로 기세가 하늘을 찌를 듯 위풍당당했다.

그에 비하면 훈련받는 장정들은 너무 초라했다. 집집마다 곡식을 공출(供出)로 빼앗겨 제대로 먹지 못한 탓에 얼굴은 창백하고 걸음도 비틀거렸다. 풀기가 사라져 축 늘어지고 때에 찌든 흰 무명 바지저고리 차림으로 운동장의 흙먼지를 흠뻑 뒤집어썼었다. 논밭에서 일하느라 얼굴은 여름 햇볕에 검게 탔다. 저들이 야만으로 지목하는 남양(南洋)의 토인(土人)보다 나을 것 없는 행색이었다. 아는 것 많은 한 녀석이 가토는 계급이 예비역 오장(伍長)이라 군인 행세를 할 때는 병장(兵長)인 교장보다도 높다고 말했다.

그런저런 일본 사람들이 썰물처럼 빠져나가자 빈자리를 채워 아버지는 교장으로 승진했다.

해방의 날에 보았던 귀공자 청년이 다시 생각났다. 그가 말리지 않아 인체모형이 장정들의 거친 손에서 박살 나고 없어졌으면 귀신 이야기를 하지 않았을 터고, 오늘과 같은 만남은 없었을 것이었다.

옛날 생각이 꼬리를 물고 있을 때에 갑자기 등 뒤에서 다정한 목소리가 들렸다.

"승부야, 너 왔구나."

소스라치며 돌아보니 모형귀신이었다. 새삼스럽게 자기가 귀신을 만나러 와서 기다리고 있음을 깨달았다. 벌떡 일어나 모형귀신을 향하여 돌아섰다. 얼굴 생김새가 또렷하지 않았지만 여러 번 꿈에서 보았고 사흘 전에도 만났던 모형귀신이 틀림없었다.

"안녕하셨어요?"

"그래, 윤승부! 잘 있었나?"

"그럼요."

"내가 과거와 미래를 보여 주겠다고 약속했지? 자, 오늘은 과거로 가 보자."

"과거라면 이미 지나가 버렸잖아요. 지난 일인데 어떻게 볼 수 있나요?"

"볼 수 있단다."

"정말 알 수 없네요. 지나가 버리면 이미 세상에 없잖아요?"

"과거는 지나가 버린 시간이고 이미 세상에 없다고 생각하겠지. 저 개울에 흐르는 물이 이 들녘을 지나갔다고 해서 없어져 버렸나? 아니다. 과거 · 현재 · 미래의 삼세(三世)는 흐르는 물처럼 서로 잇따르고 있다."

"그렇군요."

"내 너에게 먼저 지난날에 있었던 일 하나를 보여 주마. 다른 사람은 아무도 볼 수 없어. 자! 이제 우리는 과거의 세상으로 들어가는 거다. 나와 같이 과거에 머무는 동안은 다른 사람의 눈에 뜨이지 않는다. 들킬 걱정은 안 해도 된다.”

모형귀신은 승부의 손을 꼭 잡고 어디론가 끌고 갔다. 어느 집에 닿자 꽁꽁 닫힌 문을 열지도 않고 방 안으로 들어가서 멈춰 섰다. 승부에게 잘 보아 두라고 속삭였다.

한 신사가 혼자 방 안에서 편지를 읽고 있었다. 가벼운 바람에 촛불이 흔들리자 벽에서 그의 큼직한 그림자도 따라 흔들렸다. 신사의 얼굴 모습은 분명치 않아 누군지 알 수 없었지만 편지는 글자 하나하나가 잘 보였다. 승부는 어깨너머로 훔쳐보았다. 상투적인 인사말을 빼면 대충 이렇게 쓰여 있었다.

지금 일본은 항복 직전에 이르렀습니다. 이미 태평양에 흩어져 있는 여러 섬을 거의 빼앗겼습니다. 미국의 마지막 목표는 일본 본토에 상륙해서 이 전쟁을 일으켰던 천황의 항복을 받아 내는 일입니다.

일본의 항복이 곧 대한의 독립은 아닙니다. 우리가 연합국 편에서 일본과 싸워 피를 흘려야 전쟁이 끝났을 때 당당하게 전승국의 지위를 얻고 독립이 보장됩니다. 독립군은 하루빨리 고국 땅에 상륙해서 아무것도 모른 채 잠자는 청년들을 일깨우고 저들과 싸울 것입니다.

지금 임시정부는 중국의 임시 수도인 중경(重慶)에서 대일 항전의 그날에 대비하여 군대를 훈련하는 중이지만 군자금이 모자라 큰 고초를 겪고 있습니다. 선생께서 여러 해 동안 많은 자금을 보내 주셨습니다만 조국의 해방을 위하여 이 마지막 순간에 한 번 더 정성을 보여 주시기 바랍니다. 오래 기다릴 시간이 없습니다. 우선 얼마라도 마련되면 8월 5일 밤 11시에 그곳 보통학교 3학년 교실 앞 화단 가에서 기다리는 여자분에게 전달해 주십시오. 암호는 '달빛이 밝습니다.' 입니다.

요컨대 독립운동에 군자금을 보내 달라는 것이다. 천천히 다 읽자 편지를 찻상 위에 힘없이 내려놓고는 한동안 눈을 지그시 감고 깊은 시름에 잠기는 듯했다. 이윽고 눈을 떠 일어나더니 편지를 불사질러 재를 화로에 묻어 버리고는 벽장문을 열어 말짱한 바닥 한구석을 들어내고 감춰 두었던 누런 색깔의 덩어리 두 개를 꺼냈다. 자세히 보니 금괴였다.

곧이어 안채에서 한 처녀를 불러왔다. 신사의 딸이었다. 이제 막 꽃봉오리 피어나는 고상하고 아름다운 얼굴이다. 편지를 태운 연기가 밖으로 빠져나가자 처녀가 풍기는 은근한 향기가 방 안에 가득했다. 다소곳이 앉아서 아버지의 거동을 지켜보며 기다렸다.

신사는 선반에서 푸른빛이 은근한 접시를 내려 금 두 덩이를 담고는 찻상에 얹어 벽에 걸린 신사의 사진 앞에 놓았다. 값진 금덩이가 존귀한 청자 접시에 담겨 더욱 찬란하게 빛났다. 일어나서 정중하게 두 번 절하고는 금덩이를 각각 창호지로 여러 겹 말고 다시 손수건에 싸서 딸에게 내민다.

"애야, 이걸 갖고 지금 곧 학교 3학년 교실 앞 화단 가로 가면 어떤 여자가 기다리고 있을 거다. 꽤 무겁다. 종이와 손수건으로 쌌으니 양쪽 발목에 하나씩 묶어라. 그 여자가 '달빛이 밝습니다.' 라고 인사하거든 두말없이 풀어 주고 오너라. 너는 손수건에 싼 것이 무엇인지 짐작할 수 있겠지? 각별히 조심해라."

"예, 짐작하고 있습니다. 걱정하지 마십시오. 아버지, 다녀오겠습니다."

처녀는 고개 숙여 답하면서 물건을 받아 양쪽 발목에 하나씩 단단히 묶은 다음 버선목을 세워 감추고는 밖으로 나간다.

모형귀신은 승부의 손을 잡고 재빨리 방을 빠져나와 뒤를 따라갔다. 처녀는 주변을 조심스럽게 살피면서 학교 가까이에 이르자 담벼락 쪽이 아니라 왼편으로 꺾어 걸었다. 오늘 밤 귀신을 만나러 왔을 때의 자기처럼 정문으로 들어가려는 것이다. 남의 눈에 띄고 싶지 않아서였다.

처녀는 어둠에 익숙한 듯 머뭇거리지 않고 정문에서 곧바로 운동장을 가로질러 화단 앞에 이르렀다. 주변을 둘러보아 만날 사람이 아직 도착하지 않았다는 것을 알고는 말없이 경계석 위에 앉았다.

8월 5일은 음력으로 유월 스무여드렛날이었다. 달이 없는 날인 데다 날씨가 흐리고 곧 비가 내릴 것 같다. 별조차 보이지 않고 지척을 분간하기 어려웠다. 예사 사람이라면 오금이 저려서 안절부절못할 터인데 조금도 흔들리지 않고 태연스러웠다.

이윽고 거친 목소리가 나지막하게 들리더니 두 사내가 나타났다. 처녀는 흠칫 놀라면서 이상하다는 듯 미간을 찌푸리고 고개를 갸웃거렸다. 아버지로부터 들은 바로는 한 여자가 나올 것이었다. 두 사내 중 하나는 무릎 아래 가랑이가 종아리에 착 달라붙고 세로로 여러 개 단추가 달린 당꾸(탱크)바지에다 낡은 양복저고리를 걸쳤고, 안쪽 가슴팍에 권총을 감추고 있었다. 다른 하나는 정복 차림의 순사였다. 평소처럼 번쩍이는 긴 칼을 차지 않은 대신에 99식 장총을 어깨에 둘러멨다. 이곳 주재소 순사가 분명하다.

양복쟁이 사내는 형사 중에서도 높은 반장쯤 되는 듯했다. 순사는 연신 허리를 굽히고 두 손을 비비면서 아첨하는 말투로 그를 안내했다.

사복의 형사와 정복 순사가 일본말로 주고받았다.

"아무래도 오늘은 헛물켜지 않을까 싶네."

"그렇습니다요. 개미 새끼 한 마리 얼쩡거리지 않습니다. 반장께서 친히 나오신 것을 알고는 겁이 나서 꽁무니를 뺐을 겁니다."

"내 말은 우리가 출동한 정보가 흘렀다는 것이 아니라 애당초 내게 준 정보가 틀렸지 않느냐는 것일세. 조센징들이 거짓 정보를 흘려 놓고 어디서 다른 짓들을 하는지 누가 알아? 내 이래 봬도 총감의 동생이야. 경찰서 책상머리를 지키는 놈들이 거짓 정보에 놀아나서 날 수고롭게 했다면 가만두지 않을 걸세. 형님에게 말씀드려 톡톡히 혼이 나도록 조처할 것이야.”

“옛, 그렇습니다. 그렇고말고요. 참, 요즘엔 불령선인(不逞鮮人_일제의 통치를 반대하는 조선인)들이 거의 자취를 감췄잖아요. 모두가 천황 폐하의 홍은(鴻恩)에 감복하여 내선일체(內鮮一體)의 구호가 조선 반도를 메아리치고 있습니다요. 어떤 놈들이 감히 옛날처럼 철없이 날뛰겠습니까?”

“태평양 전세가 옛날 같지 않아. 이럴 때면 다시 고개를 쳐들 놈들도 없지 않네. 항상 경계심을 가져야 해. 내 말은 오늘 밤의 정보가 의심스럽다는 것이지 안심해도 좋다는 뜻은 아닐세.”

“옛, 그렇습니까? 반장님, 둔한 저를 일일이 깨우쳐 주셔서 대단히 감사합니다. 반장님 말씀처럼 오늘 밤은 아닌 것 같습니다. 오늘 밤은 제가 모시겠습니다. 그만 철수하고 저 건너 포플러공원에서 한잔하며 젊은 과부년 궁둥이나 두드리는 것이 어떻겠습니까? 지난번에 그 과부가 나리를 은근히 좋아하는 눈치던데요.”

“포플러 몇 그루에 초가 술집 하나를 두고 포플러공원이라고 이름 붙인 건 누군가? 핫·핫·핫, 이 마을 술꾼들은 꽤 재미있군. 꽃이 예쁘든 계집이 예쁘든 공원은 공원이야. 그년 참 궁둥이 하나는 쓸 만했어. 안 그렇던가?”

“히·히·히, 그렇습죠. 쓸 만하고말고요. 그런데요, 나리. 말씀드리기 외람되지만 제가 승진하도록 총감께 잘 좀 말씀드려 주십시오."

"자네 일로 지체 높은 형님까지 성가시게 할 것이 뭐 있나. 내가 직접 해결하지. 내게 잘해 주면 자네가 올해 안에 승진할 기회를 만들어 보겠네."

"감사합니다. 감사합니다. 반장님 은혜는 백골난망입니다요."

처녀는 그들이 주고받는 말을 모두 들었다. 고개를 돌려 좌우를 살피고 벗어날 궁리를 해 보았지만 함부로 움직이다 드러나면 오히려 낭패다. 태연한 듯 자세를 고쳐 앉았다. 어둠 속에서 보지 못하고 지나치면 다행이겠지만 만일 발견되어도 시치미를 떼고 맞부딪힐 작정이었다.

다시 주고받는 말소리가 들렸다.

"반장님, 저쪽에 누가 앉아 있는 것 같은데요."

"어, 그래? 어딘가, 어디?"

반장이란 작자가 처녀의 윤곽을 보았는지 가까이 다가오더니 흠칫 놀라는 기색이었다. 곧이어 질그릇 부딪치는 된소리가 튀어나왔다.

"당신, 누구요?"

처녀는 가슴이 떨렸지만 잠깐 사이에 목소리를 가다듬어 유창한 일본말로 대답했다.

"이 마을에 사는 학생입니다."

"밤중에 여긴 왜 왔나? 누구를 기다리나?"

"대답하기 부끄럽게 함부로 묻지 마세요. 보아하니 경찰이시네요. 수고 많습니다. 하지만 젊은이의 사생활에는 간섭하지 말아 주시면 고맙겠습니다."

겉으로 처녀는 태연하였다. 연인을 만나러 왔으니 참견 말라는 뜻이었다. 정복 순사가 다가와 처녀 얼굴을 찬찬히 살피더니 반장에게 말했다.

"경성(京城_서울)에서 여학교에 다니는 이 동네 천석꾼 집 딸이 분명합니다. 애인을 기다리는 모양이지요."

반장은 천석꾼 집 딸이라는 말에 일단 의심을 거두어들였지만 곧 묘한 웃음을 흘렸다. 정복 순사를 향하여 은근하게 말했다.

"내가 은밀하게 심문할 것이 있으니 자네는 주변을 한 바퀴 둘러보고 오게."

"옛, 알겠습니다. 재미 보십시오."

정복은 싱긋 웃으며 물러가 버린다.

반장은 그녀에게 바짝 다가서더니 느닷없이 손목을 낚아챘다. 작은 여자용 손목시계가 어둠 속에서 반짝였다.

"아가씨, 저 나무 밑에 가서 이야기 좀 나눕시다."

"간섭하지 말라고 하지 않았어요. 이걸 놓으세요."

그녀는 잡힌 손목을 빼내려 몇 차례 힘을 주었으나 반장은 순순히 놓아주지 않고 잡아끌었다.

"학생, 우리 한번 친해 봅시다. 나는 총감의 동생이고 대일본제국의 경찰관이오."

반장은 다시 오른손마저 잡아끈다. 그녀는 대답 대신 고개를 숙여 상대의 오른쪽 손등을 서게 깨물었다.

반장은 깨물린 데가 몹시 쓰린 듯 오만상을 찌푸리며 잡은 손을 풀고 손등을 입으로 가져가 입김으로 호호 불더니 다시 와락 달려들어 끌어안았다. 그녀는 벗어나려고 몸부림치다 이번에는 왼쪽 손등을 더욱 세차게 깨물었다.

"아야야."

반장은 손등이 떨어져 나가는 다픔을 겪었다. 잡았던 손을 풀어 물린 곳을 움켜쥐고 한동안 펄쩍펄쩍 뛰었다. 화가 치미는지 포악한 말을 퍼부었다.

"이년이 된맛을 못 보았나? 나는 산천초목도 벌벌 떠는 고등계 형사 반장이다. 너 따위 조센징 계집년이 어디라고 감히 행패야 행패는. 맛 좀 볼래?"

그는 처녀의 양쪽 뺨을 두세 차례 후려치더니 그래도 분이 풀리지 않은 듯 오른쪽 구둣발을 번쩍 쳐들면서 가슴을 거세게 찼다. 사정없는 발길이 명치에 닿자 그녀는 '억' 하면서 앞으로 고꾸라졌다.

반장은 기회를 잡았다는 듯이 윗저고리를 훌훌 벗고 가슴팍에 걸쳤던 권총 혁대를 풀어 저고리 위에 던져 둔 다음 그녀에게 덤벼들었다. 거침없이 아랫도리 속옷을 빡빡 찢고는 곧 덮칠 기세로 자기 바지를 끌어내렸다. 이때 반듯하게 하늘을 향하였던 그녀의 머리가 힘없이 옆으로 기울어졌다. 녀석은 뭔가 낌새를 본 것 같았다. 고개를 갸웃거리며 처녀 가슴속에 손을 집어넣어 보고 다시 어깨를 흔들더니 재빠르게 움직이던 손길을 갑자기 멈추고는 벌떡 일어나 바지를 추켜올리고 매무시를 바로잡았다.

"다나까! 다나까! 자네, 어디 있나?"

나지막하게 부르는 반장의 말씨가 힘이 빠진 듯했다. 정복 순사 이름이 다나까였다. 두 번 세 번 거듭해도 대답이 없자 더 이상 부르지 않고 초조한 기색으로 서너 발짝 물러서더니 호주머니에서 담배를 꺼냈다. 담뱃갑을 잡은 손이 파르르 떨리고 있었다. 어쩐 일인지 반장은 꺼낸 담뱃갑에 불을 댕기지 않고 다시 집어넣었다. 한참 지나서야 자리를 비켰던 순사가 돌아오는 기척이 났다.

"반장님, 재미 좀 보셨나요?"

"허허, 재미라니? 저년을 당장 돌려보내. 저런 년은 재수 없어."

순사는 반장의 볼멘말을 듣고 고개를 갸웃거리며 널브러져 있는 그녀에게 다가갔다.

"학생, 일어나. 어서 일어나요."

"……."

"어서 일어나라니까."

"……."

순사가 여러 차례 말을 걸었으나 꼼짝도 않는다. 이상하다는 듯이 흔들어 보아도 역시 반응이 없다. 안아 일으키는데 온몸이 축 늘어진다. 고개를 갸우뚱거리며 귀를 그녀 코에 가까이 해 보고 두세 차례 가슴팍에 손을 넣어 보지만 호흡이나 심장의 고동을 찾아내지 못하는 모양이었다.

"어, 왜 이래?"

순사는 깜짝 놀라 손을 빼내고 주춤 물러서서 반장을 건너다보며 말했다.

"큰일 났습니다. 죽은 것 같습니다."

"죽긴 왜 죽어?"

"정말 죽었다니까요. 심장이 멈췄어요."

"정말? 정말?"

그자는 이미 짐작하고 있으면서도 시치미를 떼고 다급하게 되물었다. 다가가서 앞가슴에 귀를 대어 보고 다시 손을 넣어 만져 보더니 고개를 끄덕이며 정복을 쳐다보고 말했다.

"이봐, 다나까. 정말 죽었잖아, 정말 죽었어. 어떻게 하지? 이거…, 어떻게 처리하면 좋을까?"

다나까는 잠시 생각하더니 대답한다.

"보고했다가는 검시다 뭐다 아주 귀찮아집니다. 나리가 여기로 출동한 것을 본서에서 알고 있으니 사이가 나쁜 수사반 녀석들이 뭐라고 중상모략할는지 모릅니다. 더구나 저 여자 애비가 이 지방 유지라서 어물쩍 넘기기도 어렵고요. 그냥 땅 파고 묻어 버립시다. 아무도 본 사람이 없습니다."

"그래도 될까?"

"그럼 어떡해요. 다른 방법이 없잖아요?"

"자네, 이 비밀을 끝까지 지키겠나?"

“물론이죠. 의리에 죽고 의리에 사는 것이 사나이 아닙니까. 나리 덕분에 승진하면 대장부로서 어떻게 의리 없이 처신할 수 있겠습니까? 더구나 시골구석에서 썩지 않고 도시로 나가면 신바람 나게 휘젓고 다닐 터인데 이따위 하찮은 사건을 시시콜콜 생각할 까닭도 없을 겁니다.”

“그야 그렇지. 그렇고말고. 다나까, 어떻게 묻지?”

“삽을 구해 오겠습니다. 잠깐만 기다리십시오.”

“그래, 잘해 보아. 반드시 보답할게. 형님에게 말해서 올해 안에 특진되도록 조처할 테니까.”

“고맙습니다.”

순사는 학교 서쪽의 높이가 두 뼘도 채 못 되는 담과 그 담 따라 사철 내내 물이 흐르는 작은 도랑을 한걸음으로 넘어 일본 사람이 사는 집으로 들어가더니 삽 두 자루를 갖고 왔다.

“어디에다 묻지? 저 앞쪽 울타리 밑이 어때?”

“아니요. 끌고 가다 흔적만 남깁니다. 울타리 너머 신작로에 사람들이 지나다닙니다. 차라리 이곳 화단이 좋습니다. 얼마 전에 아동들이 흙을 뒤집은 것 같습니다. 감쪽같이 처리할 수 있습니다.”

“그래, 맞아. 빨리 땅 파자.”

둘은 삽을 들고 화단에 꽃나무가 없는 곳을 골라 흙이 흩어지지 않도록 조심스럽게 파기 시작했다. 흙이 부드러워 일이 쉬웠다. 그래도 반장은 힘이 드는 모양이었다.

“이만하면 충분할까?”

“여름이라 얕게 파면 냄새가 배어 나올 수도 있습니다. 좀 더 파죠.”

“참, 그렇군.”

둘은 부지런히 삽질을 해서 구덩이가 제법 깊어졌다. 이젠 되었다는 듯이 주검을 구둣발로 밀어 구덩이 속에 밀어 넣고는 흙을 다져 가며 묻었다. 마지막에는 표면의 흙을 다시 일궈 주변과 비슷하게 처리했다. 방학 중이었으나 마침 그날 낮에 학교를 다녀간 3학년 당번들이 잡초를 뽑고 삽으로 화단 흙을 뒤집어 놓았으므로 아무 일도 없는 듯이 꾸미기가 쉬웠다.

일을 마치자 서로 마주 보고 감쪽같이 마무리되어 다행이라며 빨리 떠나자며 삽을 돌려주고 서편 현관 앞을 지나 뒷문 쪽으로 가 버린다.

일본 경찰이 사라지자 승부는 모형귀신을 돌아보았다. 귀신도 승부를 보고 있었다. 귀신이 건저 입을 열었다.

“너에게 각별히 당부하는데, 오늘 뭘 좀 보았다고 어설픈 점쟁이 노릇 해서는 절대로 안 된다. 알겠지?”

“그럼요. 그런 걱정은 마세요. 이제 그만 갑시다. 더 볼 것이 없잖아요?”

“조금만 기다려 보자.”

“또 누가 오나요?”

“아니야, 가만있어 봐.”

　모형귀신과 승부는 주검이 묻힌 화단을 바라보며 한동안 침묵을 지켰다. 조금 전만 하더라도 바로 앞에 앉았던 예쁘고 착한 처녀가 억울한 주검이 되어 흔적 없이 땅속으로 사라졌다. 가늘었던 빗줄기가 차츰 굵어지고 있었다. 꽃나무 잎에 떨어지는 빗방울 소리가 장송곡처럼 들린다. 금방 옷이 젖는다. 그때 주검이 묻힌 땅 위로 희미한 광채를 지닌 수증기 같은 것이 새어 나와 서로 엉기며 차츰 어떤 형체를 이뤄가고 있었다. 마침내 그 윤곽이 사람 모습에 가까워졌다.

　모형귀신이 승부의 귀에다 대고 속삭였다.

　"잘 보아라. 저게 사람의 혼령이다."

　혼령은 슬그머니 일어나더니 천천히 모형귀신에게로 다가왔다. 혼령과 모형귀신이 서로 손잡기 좋을 만큼이나 가까워졌다. 그때까지는 모든 것이 잘 보였다. 어둠에 익숙해져서 주변의 물체도 웬만큼 식별할 수 있었다. 그런데 갑자기 눈이 깜깜해지는 것을 느꼈다.

　"아! 내 눈이 왜 이러지?"

　승부는 눈을 비비며 나지막하게 외쳤다. 한순간이었다. 그러다가 곧장 밝아졌다. 주변을 둘러보니 혼령은 어디론가 사라졌고 모형귀신이 빙그레 웃다가 근엄한 얼굴로 돌아가 다시 다짐받는다.

　"너는 보았지? 주검은 땅에 묻히고 혼령은 주검을 떠나갔어. 어느 누구에게도 말하지 마라. 알겠지?"

　승부는 고개를 끄덕였다. 빗방울이 더욱 굵어지더니 천둥이 치고 소나기가 퍼붓는다. 억울한 죽음에 하늘이 울부짖는가 보다. 더 이상 서 있기가 두려워 모형귀신에게 돌아가기를 재촉했다. 어디를 거쳐서 얼마를 왔을까? 비는 더 이상 내리지 않았고 옷은 젖은 데가 없었다. 어느새 과거를 벗어나 현실로 돌아온 것이다.

모형귀신은 사흘 뒤에 다시 만나자는 말을 남기고는 슬그머니 사라졌다.

7

이튿날 오후에 명세와 한기가 숙제를 함께 하자면서 찾아왔다. 승부는 교과서를 펼쳐 놓고 마주 앉은 명세를 바라보았다.

승부는 지난밤에 모형귀신을 따라가 본 것에 관하여 꼭 한 마디만 물어보고 싶었으나 결국 입을 다물었다. 일생 동안 비밀을 지키기로 약속한 것이 고작 며칠인데 이 무슨 못난 생각일까…. 상념을 떨쳐 버리려고 눈을 감고 머리를 좌우로 흔들어 보았으나 자꾸만 영상이 떠올랐다.

"승부야, 넌 뭘 그리 생각하나? 숙제 안 해?"

한기가 고개를 갸우뚱하면서 바라보았다. 그 말에 찔끔할 때 어머니가 다가오셨다.

"너희들 저녁 먹고 놀다 가거라. 뭘 먹겠어? 칼국수는 어때?"

“저희들은 뭐든 잘 먹어요. 어머님이 만든 칼국수라면 더 좋아요.”

명세가 응답했다.

셋은 숙제를 덮어 놓고 마당의 평상에 둘러앉아 칼국수를 맛있게 먹었다. 어머니가 다시 삶은 감자를 들고 오셨다.

명세가 느닷없이 졸랐다.

“어머님, 옛날 얘기 좀 해 주세요. 우리 할머니도 옛날에는 이야기를 곧잘 해 주셨는데 약간 황당했어요. 어머님 이야기를 들어 보고 싶어요.”

승부가 토를 달았다.

“네가 어릴 때였겠지. 어리니까 할머니께서 동화를 들려 주셨지만 아마 지금이라면 아닐 거야.”

한기가 빙그레 웃으며 말했다.

“이야기는 약간 황당한 게 좋아. 어머니, 그렇지 않아요?”

“그래, 맞아. 이치에 딱 맞으면 재미없어. 실화는 재미없다니까. 좋아. 나도 황당한 이야기 하나 해 줄게.”

주위가 어두워지고 하늘에는 별이 반짝인다. 상현달이 중천에 떴다. 마당 한가운데 피운 모깃불이 연기를 품어 내고 있었다.

한 부부가 살았어. 자식이 없어 아들 하나만 낳게 해 달라고 절에 가서 날마다 불공을 드렸지. 백일기도가 끝나는 밤이었어. 부인이 법당에서 깜빡 잠이 들었는데 꿈에 도포를 입고 흰 수염을 길게 늘어뜨린 점잖은 노인이 나타났어.

"너의 정성이 지극하구나. 훌륭한 자식을 줄 테니 잘 키워라."

당부하고는 사라졌어.

그 후 여러 달이 지나 부인이 튼튼한 사내아이를 낳았어. 부부는 기뻐서 어쩔 줄 몰랐지.

아기는 무럭무럭 자랐어. 태어난 지 한 달이 되자 벌써 걷는 거야. 아버지 어머니는 정말 놀랐어. 꿈속에 나타났던 노인의 말이 생각났지. 장차 대단한 사람이 될 것으로 믿고 더욱 정성스럽게 길렀어. 돌이 가까워 오자 다 큰 아이처럼 온 산천을 뛰어다니고 못하는 말이 없어.

하루는 애가 밖으로 나가더니 콩 한 자루를 어깨에 둘러메고 왔어.

"얘야, 그 콩 어디서 났니?"

"어머니, 자세한 것은 묻지 말고 이 콩을 잘 볶아 주세요. 한 알도 없애지 말고 모드 볶아 주세요. 한 알이라도 없애면 절대로 안 됩니다.'

"그래, 한 알도 없애지 않겠다. 꼭 그렇게 할게."

엄마는 아이의 신신당부하는 말을 생각하며 부엌에 들어가 콩을 무쇠솥에다 볶았어. 부뚜막에 올라앉아 타지 않고 골고루 볶이게 긴 나무 주걱으로 휘휘 저으면

서…. 젓다 보니 콩 한 개가 솥 밖으로 톡 튀어나와 솥
전 위에 떨어졌어. 엄마는 얼른 주워서 무심결에 그만
자기 입에 털어 넣고 말았지. 콩 볶아 먹을 때 늘 하던
버릇이었어. 꼭꼭 씹으니 아주 고소했지. 문득 한 개라
도 없애지 말라던 아이의 당부가 생각났지만 이미 콩
은 다 씹혀 목구멍으로 넘어가 버린 다음이었어. 고작
한 알인데 설마 어쩌랴 생각했어.

얼마 뒤 이 아이가 자라면 의병 대장이 될 것이라는
소문을 듣고 일본 군대가 몰려왔어. 집을 삥 둘러싸고
는 아이를 죽이려고 '빵- 빵- 빵-' 총을 마구 쏘아
댔어. 아이는 조금도 두려워하지 않고 볶은 콩을 한
줌 가득 쥐고는 총알 한 방에 한 개씩 마주 던졌어. 총
알이 날아오다 콩알에 부딪혀 힘없이 땅에 뚝뚝 떨어
졌어. 손에 콩이 다하면 다시 한 줌을 쥐고 일본군을
막았지. 그들은 마침내 총알이 거의 떨어졌지만 이미
아이의 콩도 다했어.

일본군이 마지막 남은 총알 한 방을 쏘았는데 아이는
그 총알을 막을 콩알이 없었어. 콩 한 알이 모자라는
것을 한탄하며 총을 맞고 죽었대. 엄마가 약속을 깜빡
잊어버리고 솥 밖으로 튀어나온 것을 입에 넣어 버렸
잖니? 그 콩 한 알이 없어서 장차 일본 군대를 물리칠
의병 대장이 될 대단한 아이가 죽고 만 거야.

승부 어머니는 이야기를 끝내고 둘러보았다. 무척 황당한 이야기인데도 누구 하나 그렇게 여기지 않는 것 같았다. 그 애가 죽지 않았으면 일본 천황이 라디오 방송으로 연합국에 무조건 항복을 선언하기 훨씬 전에 일본 놈들을 이 땅에서 쫓아냈을 것인데 정말 아쉽다는 생각인 듯했다.

한기가 특히 관심이 많았다.

"어머니, 그런 이야기는 처음 들어요."

"일본을 물리치고 나라를 되찾을 초인적인 장군이 나타나려다 좌절된다는 뜻을 담고 있어. 조선 말엽 전국 방방곡곡에서 일어났던 항일 의병들이 모두 무기가 변변찮아 제대로 싸워 보지도 못하고 무참하게 패퇴한 데 실망하여 민간에서 꾸며진 이야기일 것이야."

8

다시 모형귀신을 만날 날이 돌아왔다. 지난번에는 그의 안내로 한 처녀가 일본 경찰에게 피살되고 감쪽같이 매장되는 과거를 보았다. 지금도 화단 한구석에 틀림없이 그 주검이 묻혀 있을 것이다. 정말 끔찍스러운 일이다. 시간이 가까워 오자 승부는 슬그머니 일어나 마당으로 내려섰다.

"넌 요즘에 밤 외출이 심하구나. 빨리 들어오도록 해라."

어머니의 말씀에 승부는 움찔했다. 걱정 끼치는 것이 마음에 걸렸으나 만나기로 한 약속을 어길 수도 없고, 전후 사정을 털어놓을 수도 없었다. 마음속으로 ‘어머니, 죄송해요.’ 라면서 얼른 밖으로 나왔다.

보름이 얼마 남지 않았다. 달이 중천에 떠올라 바깥이 제법 밝다. 풀벌레 소리, 개구리 우는 소리가 어지럽다. 이제는 귀신 만나러 가면서 그런 것에도 귀를 기울일 수 있을 만큼 마음의 여유가 생겼다. 낮이라면 벼가 한창 자라는 앞들이 한눈에 들어온다. 햇볕 쨍쨍한 날에는 초록 비단을 펼쳐 놓은 것처럼 윤이 자르르 흐른다. 앞걸 제방 따라 드문드문 늘어선 포플러가 운치를 더해 준다. 이 고장을 살찌우고 살기 좋게 만들어 주는 아름다운 들녘이 지금은 희미한 달빛에 잠겨 있다. 훈훈한 바람이 불어와 얼굴을 어루만지면서 지나간다.

승부는 운동장으로 들어와 화단 가까이로 다가갔다. 문득 뒤에서 다정한 소리가 들린다.

“승부야, 잘 있었니?”

모형귀신이 어느 틈에 옆에 와 있었다.

“오늘은 무엇을 보여 줄 건데요?”

물음에 대답도 않은 채 왼손을 잡고 어디론지 이끈다. 발이 땅에 닿는 것 같지 않았다. 날아갔는지도 모른다. 속도를 느끼지 못했으니 얼마만큼 왔는지, 주위를 둘러보지 못해서 어떤 길로 왔는지 짐작할 수가 없었다. 더 이상 알려고 애쓰지 않고 그저 자신을 내맡겼다.

둘은 낮은 언덕에 올라 신작로가 남북으로 길게 뻗은 들녘을 내려다보았다. 북쪽에서 제2차 세계 대전 화보에서나 보았던 탱크 여러 대가 뽀얀 흙먼지를 일으키며 다가오고 있었다. 캐터필러 소리가 산천을 흔들어 놓는다. 곳곳에서 '따·따·따·따' 기관총 소리가 나고 '쿵− 쿵− 쿵−' 하는 대포 소리가 고막을 찢을 듯하다. 자세히 살펴보니 누런 군복의 인민군들이 탱크를 앞세워 파죽지세로 밀려온다. 국방색 군복을 입은 국군들이 쫓겨서 뿔뿔기 흩어지며 어지럽게 도망간다.

"아이쿠, 전쟁이잖아. 전쟁 일어난 것 맞지요?"

"그렇단다. 여러 해 계속되면서 수많은 사람들이 죽고 다칠 큰 전쟁이지."

"국군이 까까머리 인민군에게 왜 저렇게 쫓기나요? 돌아서서 단박에 박살내 버리지 않고요."

"단박에 박살낸다고? 이 철부지야, 넌 국군이 인민군보다 세다고 믿는구나. 너희들이 즐겨 보는 만화하고는 다르지. 국군은 숫자도 적거니와 옛날에 일본 군대와 싸웠던 의병들처럼 무기가 영 신통치 않아. 저쪽은 소련으로부터 좋은 무기를 얻어 왔고 그동안 빈틈없이 준비했어."

"누가 이따위 전쟁을 일으켰나요?"

"북쪽의 공산 정권이다. 진짜 원흉은 소련이야. 소련의 흉측한 독재자 스탈린이 등 뒤에 있어."

"왜 전쟁을 일으켰죠?"

"언젠가는 스스로 깨우치게 될 게다."

승부가 뭐라고 물으려다 손목을 잡아끄는 바람에 그만두었다. 다른 곳에 이르자 마주 오는 피란민들이 넓은 길을 가득 메웠다. 남녀노소 할 것 없이 자기 발로 걸을 수 있는 모두가 크고 작은 보따리를 지녔다. 남자는 두 갈래 끈을 걸어 어깨에 메었고 여자들은 머리에 이고 있었다. 지게를 지거나 손수레를 끌고 가는 사람, 쇠약한 노인이나 걷지 못하는 어린이를 지게에 진 사람도 보였다. 소 잔등에 짐을 싣거나 소달구지를 몰고 가기도 했다.

그들은 하나같이 지치고, 두렵고, 슬프고, 창백한 얼굴이었다. 웃고 떠드는 사람은 아무도 없었다. 엄마 등에 업혀 칭얼대는 어린애를 빼놓고는 아무도 입을 열지 않고 해쓱한 얼굴로 간혹 불안스럽게 뒤를 돌아보며 남보다 처지지 않으려고 허둥지둥 걸어가는 침묵의 행진이 이어지고 있었다.

모형귀신이 처량한 목소리로 말했다.

"이 모두가 피란민이다. 생령(生靈)의 괴로움이 천지에 가득하구나."

귀신은 그 행렬을 거슬러 승부를 큰 도시로 데리고 갔다.

"여기가 어디예요?"

"서울이다."

사진으로만 구경했던 남대문과 중앙청이 보인다. 길마다 넘쳐난다던 사람들은 거의 빠져나가 버리고 도시는 텅텅 비었다. 탱크가 귀 따가운 소리를 길바닥에 쏟아 내자 소총에 꼬챙이처럼 뾰족한 대검을 꽂은 인민군 보병들이 두려울 것 없다는 듯 탱크를 뒤따르며 당당하게 진군하고 있었다.

모형귀신은 5,60명 사람들이 삥 둘러선 어떤 광장으로 승부를 데리고 갔다. 방금 붉은 완장의 사내가 오랏줄에 묶인 사람을 끌고 와서 꿇어앉혔다. 붉은 완장은 묶인 사람을 향하여 큰 소리로 죄목을 나열했지만 무슨 말인지 알아들을 수 없었다.

군중 속에서 어떤 자가 일어나 묶인 사람을 손가락질하며 앙칼진 목소리로 외친다.

"저자는 인민의 적이다. 반동분자를 처단하자."

군중들은 일제히 붉은 완장 두른 자를 쳐다보았다. 그는 거만한 태도로 두 손을 허리에 걸치고 좌우 주변을 둘러보더니 주먹 쥔 오른팔로 힘주어 하늘을 찌르며 고함친다.

"반동분자를 처단하자."

군중들도 일제히 같은 말을 잇달아 복창한다.

"반동분자를 처단하자. 반동분자를 처단하자."

묶인 사람이 죽창을 손에 쥔 장정 둘에게 끌려 나가자 곧이어 찢어지는 비명 소리가 들렸다.

"저게 인민재판이란다. 한번 걸려들면 도저히 빠져나갈 수가 없는 아주 간단하고 잔인한 재판이지. 또 한 사람이 목숨을 빼앗겼구나."

승부는 떡메로 머리를 얻어맞은 듯이 어지럽고 토할 것만 같은 매스꺼움에 한동안 정신을 가눌 수 없었다. 모형귀신이 다시 어디론지 끌고 갔지만 모두가 보기 싫고 아무것도 묻지 않았다. 모형귀신이 옆구리를 찔러 깜짝 놀라서 고개를 들었다.

어느 낯선 바닷가다. 엄청나게 큰 수십 척의 배가 떠 있었다. 저런 배도 있는가. 모두 어디에서 왔을까? 이 세상의 큰 배란 배는 다 모아 놓았는지도 모르겠다. 그 배들은 대포를 쏘거나 작은 배로 군인들을 옮겨 태운다. 어떤 배는 얕은 해안에 닿아 뱃머리의 문을 좌우로 활짝 열고 탱크와 트럭, 지프차와 포차 등을 토해 낸다. 놀랍다. 갖가지 무기를 지닌 군인들도 수없이 뭍에 오른다.

"별난 배도 다 보겠네."

승부는 혼자 중얼거렸다. 이윽고 검은 색안경에다 두 어깨에 여러 개 별이 번쩍이는 키 큰 미국인 장군이 배 위에 나타났다. 쌍안경으로 먼 곳을 이리저리 살피더니 그 흔한 권총도 차지 않은 채 부하들을 거느리고 무릎이 겨우 잠길 얕은 물에 내려서서 뭍으로 걸어 나온다.

"여기가 어디예요? 저 군인과 배들은 뭘 하나요?"

"여긴 인천 앞바다야. 저건 대포와 탱크와 군인을 실은 배란다. 지금 미군과 국군이 인천에 상륙하고 있어. 저것 보아. 바다에서 땅으로 올라와 인민군을 쫓아내려고 하네. 일단 성공할 게다. 하지만 전쟁이 쉽게 끝나기는 어렵겠지."

승부는 시름에 잠겨 버렸다. 잠시 침묵이 흐른 다음에 물었다.

"우리는 어떻게 되나요?"

"수백만이 생명을 잃는다. 언제든 마찬가지로 전쟁이 일어나면 인민에게는 죽음과 고통과 가난과 슬픔이 따른다. 너희 마을이 저들에게 짓밟힌다. 어렵지만 잘 견디어야 한다. 정말 안됐구나. 피 냄새 나는 악마의 선물이 이 땅의 가난하고 순박한 인민과 착한 너희들에게 내리다니……. 쯧·쯧·쯧."

"나도 전쟁을 피하지 못하겠죠?"

"걱정 마라. 호랑이에게 물려 가도 정신만 차리면 아무 일 없다."

승부는 한참 동안 얼빠진 듯이 서 있다가 모형귀신이 갑자기 손을 잡아끌어 정신이 번쩍 들었다.

"자, 이젠 그만 돌아가자."

"다음에는 또 무엇을 보여 주나요?"

"이제 더는 없다. 네게 과거와 미래를 하나씩 보여 준다고 했잖니? 언젠가 그 보여 준 까닭을 알 날이 올 게다."

승부는 피할 수 없다고 하는 전쟁 때문에 머리가 어지러웠다.

"전쟁이 일어난다니 정말 걱정이네요."

"신바람이 나지 않고?"

"신바람이라니요. 많은 사람들이 피를 흘리고 죽을 텐데요. 내 운명도 알 수 없잖아요."

"몇 해 전만 하더라도 전쟁놀이한다고 신바람 나서 나무꼬챙이 들고 운동장을 뛰어다니더니 이젠 철이 다 들었구나.

그래. 전쟁은 비극이고, 전쟁을 일으키는 짓은 흉악한 범죄
야. 원 세상에, 흉악한 범죄를 꼬챙이 든 애들 놀이처럼 즐
기다니…. 그런데 문제가 있어. 평범한 사람들은 약간의 세
월이 흐르면 그 엄청난 비극과 용서 못할 범죄를 쉽게 잊어
버리지. 엉뚱한 자들도 많다. 어떤 자들은 엄연한 사실과 피
맺힌 역사를 마구 뒤집고 함부로 고치려 든다. 침략자와 침
략당한 자를 거꾸로 바꿔 놓거나, 침략자가 이기지 못한 것
을 분하게 여긴다. 그런 고약한 자들로 말미암아 역사에서
비극은 끝없이 되풀이되는 거야. 너는 전쟁의 실상을 바로
알고 오래 기억하여 널리 계몽하고 여러 후배들을 이끌어 주
어야 한다. 그로써 남다른 사람이 되고 존경받을 수 있다.”

“명심하겠어요. 그런데 전쟁을 오래 기억하여 후배들을
이끌어 주라니, 난 살아남는다는 뜻이네요.”

“네 마음대로 생각하려무나. 다만 널 보호해 준다는 약속
은 지킬 거야.”

“고맙습니다.”

“혹시 더 알고 싶은 것이 있나?”

승부는 남다른 사람이 될 수 있다는 귀신의 말에 우쭐해지
면서 이참에 무엇이든 알아 두고 싶었다.

“사람들이 모여 사는 세상이 있으니 귀신의 세상도 있겠
지요?”

“그럴 테지.”

“말씀이 분명하지 않네요. 정말 있나요?”

"그래, 있어. 엉뚱하게 귀신의 세계는 왜 물어?"

"귀신의 세계에 가 보고 싶어요. 한번 보여 주세요."

"그건 안 된다. 귀신과 인간은 각각 자기의 세계에서 살고 있다. 귀신은 인간이 자기들 세계를 들여다보는 것을 아주 싫어한다."

"사람들에게 귀신 이야기를 들어 보면 그렇잖은데요."

"사람들 생각은 허황하다. 아므것도 모르면서 함부로 지껄이지. 어떻든 너는 귀신에 대하여 더 이상 관심을 갖지 마라."

"알겠어요. 보여 달라고 않겠어요. 보여 주지 않아도 떠도는 귀신 이야기는 얼마든지 들어요. 당신을 만난 뒤로 귀신을 무서워하는 마음은 사라졌지만 당신네의 세계가 더 궁금해졌어요."

"너같이 똑똑한 아이가 떠도는 이야기에 귀를 기울이다니. 그래, 무엇이 궁금한가?"

"모두가 그렇지요. 당신은 내게 지나간 옛일과 다가올 미래까지 보여 주었잖아요. 사람이 할 수 없는 일을 했잖아요. 이런 대단한 능력이 있으니 관심을 갖는 것이 당연하지요. 귀신은 모두가 그렇게 특별한 능력을 갖췄나요?"

"네 말도 일리가 있다. 하지만 낱낱이 이야기해 주지 못해 미안하구나. 꼭 알고 싶은 것 하나만 대라."

"꼭 하나라…, 있어요."

"뭔데?"

“귀신은 어떻게 태어나나요? 어떻게 생기나요?”

“그것도 몰라? 사람이 죽으면 귀신이 되는 거지.”

“사람이 죽어 귀신이 되는군요. 그럼 당신도 본래는 사람이었네요. 당신은 생전에 누구였나요? 내 짐작이 맞는지 알고 싶어요.”

“뭐라고? 내가 생전에 누구였냐고? 짐작이 맞는지 알고 싶다고? 안 돼! 넌 절대로 알려고 하지 말고 묻지도 마라. 꿈에서라도 입에 담지 마라. 생각하지도 마라. 감히 하늘의 비밀을 캐내려 들지 마라. 끔찍한 재앙이 내리고 모든 것이 끝장날 수 있다. 그래도 알아야 하나?”

몹시 화가 난 듯 흘겨보며 날카롭게 되묻자 승부는 그만 새파랗게 질렸다. 황급하게 손사래 쳤다.

“아니, 아닙니다. 알고 싶지 않아요. 우연히 나온 말이에요. 목숨 걸고 당신과의 약속을 지킬게요. 더 이상 묻지 않고 절대로 말하지 않겠어요.”

“승부야, 나도 네가 함부로 하늘의 기밀을 누설하지 않으리란 것을 잘 안다. 모든 비밀을 지킬 아이라고 믿는다. 그런 믿음이 있기에 너를 선택했다. 너라면 더불어 앞날을 기약할 수 있다고 생각했어.”

귀신이 달래듯이 말하여 마음이 약간 놓이자 다시 물었다.

“앞날을 기약하다니요. 앞으로 우리가 함께할 일이 있나요?”

“있고말고. 2년 뒤 이맘때에 너를 다시 찾겠다. 훗날을 기약하고 그만 헤어지자. 어머니 갈씀 잘 듣고 친구들과 사이 좋게 지내라.”

“2년 후에 다시 만나지나요?”

“그럼. 만나고말고. 네게 각별히 당부하는데, 요즘처럼 빈둥빈둥 놀지 말고 촌음을 아껴 열심히 공부해라. 그래서 스스로 앞날을 준비해라. 장래에 반드시 좋은 일이 있을 거다. 영광은 언제나 최선으로 준비한 사람의 것이야.”

“공부를 열심히 해 두라고요? 그게 영광스러운 앞날을 위한 준비라고요? 공부라면 아주 질색인데….”

“부디 열심히 해라. 그러지 않으면 아무것도 이룰 수 없어. 준비 없는 희망은 물거품이다. 홀어머니를 잘 모시기는 커녕 너 한 몸 살아가기도 어려워질 거다.”

“어머니도 잘 모시지 못한다니요. 아니, 그래서는 안 되지요.”

“그렇다면 열심히 노력해야지.”

“빈둥빈둥 놀아서 안 된다는 것은 알아요. 이제부터는 열심히 노력하겠어요.”

“그래야지. 자기 스스로 노력하는 것이 중요하다. 하늘은 스스로 돕는 자를 돕는다고 하지 않나? 너를 만나서 참 즐거웠다. 잘 있어. 안녕!”

모형귀신은 뒤돌아서며 작별을 손짓한다.

“벌써 가려고요?”

승부가 묻는 순간에 형체가 차차 엷어지며 허공으로 사라지고 있었다.

9

복례가 실종된 것은 해방 열흘 전이었다. 서임수는 삶의 의욕을 잃고 놀랄 만큼 늙어 버렸다. 내 자식이 어디에서 차가운 주검으로 누웠는지, 어느 악독한 놈의 노예로 잡혀 채찍을 맞으며 신음하고 있는지를 생각하면 미칠 지경이었다. 이 세상 어딘가에 살아 있다가 언젠가는 돌아올 것이라 믿을 수밖에 없었다. 바깥출입을 거의 않고 부인의 책을 읽거나 부인으로부터 경전의 강론을 들으며 스스로 마음을 달랬다.

서임수의 할아버지 서 진사는 총각 시절부터 학문과 덕행이 예사롭지 않았다. 그러나 불운이 계속되었다. 늦둥이 둘째로 태어나 열 살 전후에 아버지 어머니가 잇따라 돌아가셨고, 형은 남에게 속아 유산을 모두 탕진하자 화병에 걸려 젊은 나이로 세상을 떠났다.

그는 빈털터리가 되어 하루하루의 끼니를 걱정했다. 나이 서른이 넘도록 장가들지 못하고 마을에 서당을 열어 훈장 노릇으로 형의 유족을 부양하며 근근이 생계를 이어 갔다. 주변에서는 멋진 사윗감이라고 입을 모았으나 실제로는 아무도 이 가난한 청년에게 딸을 주려 하지 않았다. 시대가 어지럽고 살기 어려우면 벼슬 못하는 학문보다 배부르게 먹여 줄

논밭이 더 미덥기 때문이었다.

어느 해 반곡에 사는 친구의 초청으로 며칠 동안 신광에 머물면서 인근 선비들과 어울리자 그의 소문이 토성 진(陳) 부자의 귀에 들어갔다. 오로지 딸 하나를 키우던 천석꾼 진 부자가 중매쟁이를 보냈다. 할아버지는 그 댁에 장가들어 신광으로 옮겨 오시면서 하루아침에 팔자를 고쳤다.

아버지 서대영은 외동이었고 금광을 경영했다. 사업이 성공하여 큰돈을 벌고 아무도 모르게 많은 금괴를 모았다. 자기 또한 외동아들로 태어나 천석의 농지와 아버지가 남몰래 비축해 둔 금괴를 물려받았다.

연세 든 노인네들은 옛날에 큰 흉년이 들면 굶어죽기에 이른 농민들이 쌀이나 좁쌀 한두 되와 논 한 마지기를 맞바꿨다는 이야기를 곧잘 입에 올렸다 십 리에 곡식 한 포기도 보기 어렵다는 극단적인 기근이 아니라도 오뉴월의 힘겨운 춘궁기는 해마다 닥쳐왔다. 쌀 양식이 다 떨어지고 보리가 아직도 익지 않아 굶주린 배를 움켜쥐고 하루하루를 넘겨야 하는 철이 이른바 보릿고개다. 보릿고개의 빈농들은 굶어죽지 않으려고 논밭을 헐값으로 팔았다. 여유 있는 사람들은 대개 그런 기회에 땅을 사 모았다.

옛날 서 진사는 굶주린 농민의 농토를 사들이지 않고 그 대신 곡식을 이자 없이 빌려 주었다. 큰 흉년이 들면 마당에 가마솥을 걸고 밥을 짓거나 죽을 쓰어 나눠 주었다. 가문의 이 전통은 서임수 대까지 이어졌고 이웃에서도 차차로 본받아 신광에서는 흉년에도 굶어죽는 사람이 없었다.

그는 부잣집 외아들답게 일본에 유학하여 중학을 마치고 돌아와 여러 나라를 여행하며 견문을 넓혔다. 중국에 유람 가서 남몰래 상해(上海) 임시정부 요인 몇 분을 만난 뒤로 두세 차례 독립운동 자금을 보냈다.

1941년 12월 8일에 일본이 하와이 진주만을 기습하면서 태평양 전쟁이 일어났다. 태평양에 흩어진 크고 작은 섬을 사이에 두고 미군과 일본군은 죽자 살자 싸웠다. 그러다 차츰 일본이 밀리면서 지루한 전쟁이 막바지로 치닫고 있었다.

그 무렵 오랜만에 임시정부 요인으로부터 새로 군자금을 보태어 달라는 은밀한 연락을 받았다. 당시에 국내의 독립운동은 일본 관헌의 철저한 억압으로 거의 잦아들었다. 상해 임시정부도 중일 전쟁이 일어나면서 일본군에게 쫓기는 중국 정부를 따라 내륙 깊숙한 중경(重慶)으로 옮겨 가 연락이 거의 끊겨 있었다.

접선키로 한 날은 1945년 8월 5일 일요일, 음력으로는 유월 스무여드렛날이었다. 미국의 원자 폭탄이 일본 땅 히로시마(廣島)에 떨어지기 하루 전이다. 서임수는 밤이 되자 서울에서 여고보에 다니다 방학으로 내려와 있던 딸을 시켜 금괴 두 개를 전하려 했다. 신광 국민학교 3학년 교실 앞 화단 가에서 찾아오는 여인에게 건네는 방법이었다.

접선 정보가 새어 나가서 일본 경찰에 발각되었다고 볼 수는 없었다. 복례가 잡혔다면 당장에 자기가 경찰에 불려 가고 가택수색을 당했을 것이다. 복례는 그저 까닭 없이 돌아오지 않았다.

복례가 사라지고 꼭 열흘 뒤에 해방이 되었다. 이튿날인 8월 6일과 나흘 뒤인 9일에 일본의 히로시마(廣島)와 나가사키(長崎)에 각각 원자 폭탄이 떨어지자 15일 정오에 일본 천황이 라디오 방송으로 연합국에 대하여 무조건 항복을 선언한 것이다.

해방을 맞자 서임수는 공개적으로 복례를 찾아 나섰다. 경찰 주재소와 본서(本署)로 가서 순사들에게 묻고 근무 일지까지 낱낱이 뒤져 보았으나 헛수그였다. 만날 장소 부근에는 아무런 흔적이 없었다. 연락을 맡은 여자는 갑작스러운 병을 얻어 만나기로 한 날 이틀 전에 죽었다고 했다. 결국 금괴를 지니고 학교로 가던 중 강도나 치한에게 유괴되었을 것이라고 생각되었다.

복례의 할머니는 한동안 인근에서 용하다고 소문난 점쟁이들을 찾아다녔다. 점쟁이들은 죽었느냐 살았느냐의 물음에 대부분 고개만 갸우뚱거리며 점괘가 풀리지 않는다고 했다. 간혹 언젠가는 찾을 테니 그냥 버려두고 잊어버리는 것이 최상의 방책이라는 점괘도 나왔다.

서임수는 세상일에 관심을 잃었다. 해방 뒤 좌·우익이 대립되면서 그 양쪽 모두 함께 일하자고 청했지만 병을 핑계로 전혀 응하지 않았다. 제헌의원 선거에 출마하라는 권유도 외

면하고 외아들 명세가 커 가는 것을 지켜보며 그저 조용하게
살았다.

10

승부가 모형귀신을 만났던 1948년은 역사적인 해였
다. 5월 10일, 유사 이래 처음으로 보통선거 제도에 의한 총
선거를 실시하여 임기 2년의 제헌 국회가 구성되었다. 그 국
회에서 7월 12일에 새 헌법과 정부 조직법을 제정하고 7월
17일에 공포하였으며, 7월 20일 이승만 박사를 초대 대통령
으로 선출하여 24일에 취임식이 거행되었다. 해방 3주년인
8월 15일에는 대한민국 건국을 선포함으로써 나라 없는 슬
픔에 마침표를 찍었다. 당당하고 자랑스럽게 세계 무대의 일
원으로 등장한 것이다.

승부와 명세·한기는 1949년에 6학년으로 올라가고 지난
1950년 봄에 국민학교를 졸업했다. 미 군정이 실시했던 9월
학제가 다시 옛날의 4월 학제로 환원되면서 경과 조치로 일
정이 조금씩 앞당겨져 5월에 졸업식을 치르고 곧장 중학교
입학시험을 보았다.

셋은 그동안 열심히 공부했다. 1948년의 여름방학이 끝
나고 5학년으로 올라가면서 승부가 웬일로 놀기를 자제하
며 학업에 힘을 쏟자고 부추기자 두 친구가 호응했다. 원래
머리가 좋았던 그들은 학력이 놀랍게 뛰어오르며 셋이 함께

한강 이남에서 첫손 꼽히는 대구의 대망 중학에 합격했다. 신광 국민학교 개교 이래 처음 맞은 경사에 한동안 떠들썩했다.

승부는 일류 중학교에 진학하여 기쁘고 자랑스러웠다. 아버지를 여의고도 좌절 없이 도전하는 모습을 세상 사람들에게 멋지게 한번 보여 주었다. 어머니가 기뻐하시는 모습은 상상 이상이었다.

6월 5일은 월요일이었다. 입학식이 6월 12일로 예정되어 집에 머물 날은 며칠 남지 않았다. 명세는 중학교 입학을 고하려고 아버지를 따라 할아버지 산소에 성묘 가고, 한기는 외할아버지에게 인사하러 간다고 했다. 오랜만에 외톨이가 되었다. 하늘이 맑게 개고 날씨가 무더웠다. 7월에나 겪을 철 이른 더위다. 마을에서 불과 10여 분 거리에 있는 앞걸에 멱 감으러 갔다.

모심기가 끝난 논에서는 벼가 뿌리를 내려 한창 자라나고 있었다. 논두렁마다 지천으로 널린 개구리들이 마구 뛰어 오르며 귀가 멍하도록 울어 댔다. 작은 개울이지만 장마로 불어난 물이 갱빈(강변) 마을 쪽을 굽이돌며 깊게 패어 허리까지 잠겼다. 둑에 띄엄띄엄 서 있는 키 큰 포플러와 물가의 갯버들이 그늘을 드리웠다. 물에 뛰어드는 순간에 더위가 싹 가셨다.

깊은 곳을 골라 물장난을 치다 둔득 앞산을 보니 산등성이로 목화송이 같은 뭉게구름이 피어오르고 있었다. 무심하게 보아 넘기고 말았다. 사방이 어두워진 것을 느끼고 다시 고개를 들었을 때는 어느덧 짙은 먹구름이 넓은 하늘을 빈틈없이 뒤덮고 있었다. 소나기가 내릴 조짐이다. 시원한 회오리바람이 모래 먼지를 일으키며 한 차례 휩쓸고 지나가더니 빗방울이 뚝뚝 떨어지기 시작했다.

밖으로 나와 몸을 닦을 겨를도 없이 허둥지둥 옷을 주워 입었다. 비를 피하기에는 너무 늦었다. 번개가 번쩍이더니 '꽈르르… 꽝' 하늘 무너지는 천둥소리와 함께 굵은 빗방울이 '쏴–' 소리를 내며 대지에 쏟아져 내린다. 금방 옷이 흠뻑 젖어 버렸다. 빗줄기는 더욱 세어져 눈을 뜨기조차 어렵다.

마을은 개울 건너편이다. 물이 불어나고 있었지만 신발 적시지 않고 건널 외나무다리가 가까이 있었다. 정신없이 뛰어 다리에 막 올라설 참인데 저편에서 건너오는 젊은 여자가 보였다. 얼굴에 비를 맞지 않으려고 손바닥으로 하늘을 가리고 고개를 숙인 것이 금실이었다. 명세의 배다른 누나다. 재작년에 국민학교를 졸업해서 중학교 가기 싫다고 버티다 올해 문을 연다는 고등공민학교(당시의 비정규 중학교)에 들어간다고 했다. 예쁘다고 인근에 소문이 났다.

금실이 먼저 입을 열었다.

"승부야, 어디 갔던? 어디 갔다 이렇게 비를 맞았니?"

"개울에서 멱 감았어. 누나도 비 맞기는 마찬가지네."

"흠뻑 젖었구나. 안 되겠다. 우리 집에 가서 비를 피하자."

몇 마디 말하는 동안 차가운 빗물이 가슴팍으로 거침없이 흘러내렸다. 금실이네 외딴집은 코앞에 있었다. 명세가 금실이 이야기를 입 밖에 내는 일이 거의 없는 데다 좀처럼 만나지지도 않아서 서먹서먹했지만 어떻든 그의 누나다. 집에는 아무도 없었다.

"어머니는 어디 가셨어?"

"큰외삼촌 댁에 가셨어. 내일이 큰외삼촌 생신이거든. 엄마가 시루떡 쪄서 가는 걸 내가 바래다드리고 오는 길이야."

툇마루에 걸터앉아 한숨 돌린 금실은 부엌으로 가더니 불렀다.

"승부야, 이리 와 봐라."

승부는 부엌문 앞에서 들여다보았다. 떡을 쪄 낸 솥에서 아직도 김이 무럭무럭 나고 아궁이에는 불기운이 남아 있다. 손을 끌고 들어가 아궁이 앞에 앉혔다.

불 때려고 들여다 놓은 보릿짚이 어지럽게 부엌 바닥에 깔려 있었다. 머슴들이 농사일에 바빠 산에 나무하러 가기 어렵고 장마가 계속되어 마른 나무가 귀한 여름철에는 보릿짚도 요긴한 땔감이다. 그 위에 앉아 옷을 말리라는 것이었다.

승부가 머뭇거리자 마주 보고 어깨를 잡아 억지로 아궁이 앞에 앉혔다. 금실의 인조견 저고리가 비에 흠뻑 젖어 있었다. 정신없이 달려오느라 치마 말기가 허리춤으로 내려간 맨가슴에 물기 머금은 얇은 저고리 밖으로 희뿌연 살갗이 비쳐 나왔다. 볼록하게 돋아난 한 쌍의 탐스러운 젖무덤이 멋진 윤곽을 그렸다.

승부는 온몸이 짜릿해 소스라쳤다. 금실이도 그의 눈길을 알아차리고 후닥닥 놀라며 한순간에 얼굴이 빨개졌다. 치마 말기를 단단히 동여매어 볼록 솟아난 모양새를 감추던 시대였다. 더 이상 보여서는 안 된다는 듯이 두 손으로 감싸며 몸을 홱 돌렸다. 그러다 금방 표정을 고치고 다시 돌아서서 앉아 있는 승부를 내려다보며 말했다.

“옷이 너무 젖어 쉽게 마르지 않겠구나. 윗옷을 벗어 다오. 솥뚜껑 위에 얹어 말리자.”

가타부타 할 틈도 주지 않고 승부 왼쪽 팔을 추켜올려 소매에서 빼냈다. 승부는 젖무덤을 훔쳐본 흥분이 가시지 않아 멍한 채로였다.

“이거 놓아. 이거 놓아.”

건성으로 중얼거렸지만 옷을 벗지 않겠다고 끝까지 뻗칠 기백이 없었다. 윗몸이 맨살로 드러났다. 그녀는 얼굴이 더욱 빨갛게 물들고 숨이 가빠지면서 어쩔 줄 모르다가 독수리가 먹이를 채듯이 와락 덤벼들며 승부를 마주 안았다. 승부가 몸을 비틀어 빠져나가려 하자 팔을 더욱 옥죄면서 다급하게 말했다.

“조금만, 조금만 있어 봐.”

그녀의 젖무덤이 맨살의 앞가슴을 눌렀다. 따스함이 느껴졌다.

“누나, 왜 이래? 왜 이래?”

승부의 목소리가 떨리고 있었다.

그녀는 빨개진 얼굴을 승부 얼굴에 마구 비비더니 힘주어 밀쳤다. 승부는 그녀를 마주 안은 채로 한 덩어리가 되어 어지럽게 흩어진 보릿짚 위에 벌렁 넘어졌다. 이래서는 안 된다는 생각이 머리를 스쳤지만 그만두기에 너무 늦었다. 남자 나이 열다섯이라면 제구실을 못할 까닭도 없다. 그 남자가 갑자기 굳세게 뻗어나자 몸을 굴려 금실의 위로 올라갔다.

세상을 흔들듯이 세차게 내리던 소나기는 어느새 멎고 구름이 먼 산으로 밀려나면서 파란 하늘이 드러나고 있었다. 좁은 마당에는 빗물이 흥건하게 고였다. 서로가 아무 말도 하지 않았다. 사랑은 먹구름에 실려 왔던 소나기처럼 눈 깜짝할 사이에 물러가 버렸다. 금실은 치마를 내려 여자를 감추고 얼굴을 왼편으로 돌렸다. 바로 쳐다보기가 민망했던 것일까?

승부는 도망치듯 빠져나왔다. 집으로 돌아와서 하루 종일 어지러운 마음으로 보냈다. 본능은 눈앞에만 관심을 두고 뒷일까지 살피지는 않는다. 당장에 후회가 밀려왔다. 그녀와의 사이에서 앞으로 일어날 수 있는 도든 가능성이 하나하나 뇌리를 스치고 지나갔다.

승부는 그런 별난 짓이 남자와 여자를 하나로 묶어 버린다고 믿었다. 급우들 간에도 성행위가 이미 중요한 화제가 되어 있었지만 나이 어린 편이고 공부에만 매달리는 그들 셋은 제대로 끼워 주지 않았다. 남자와 여자가 몸으로 어울리는 짓은 부부간에나 있을 수 있는 일이라고 생각하고 아직도 혼외정사라는 것을 몰랐다. 이제 자기와 금실이 부부가 되는 것은 비켜 갈 수 없는 숙명이라는 생각이 들었다.

그는 억울했다. 두 살이나 연상인 것은 흔한 일이지만 한 번도 그녀를 원했던 적이 없다. 교양이 몸에 밴 어머니가 입 별나 소문난 동점댁을 어떻게 생각하실까? 명세와 한기는 뭐라 할까? 열심히 공부한 덕에 친구들과 함께 일류 중학교 에 합격해서 입학식을 앞두고 잔뜩 부풀어 있었는데 꼼짝없 이 금실의 덫에 걸리고 말았다는 회한이 밀려왔다.

11

6월 12일에 입학식을 치러 학교생활이 시작되었다. 하 숙집에서는 대개 세 학생에 방 하나를 준다. 그들 셋은 학교 가까운 하숙집을 구하여 한 방을 썼다. 학교에 나가 보니 지 금까지 다니던 국민학교에 비하면 규모나 시설이 그저 놀라 울 뿐이었다. 딴 세상에 온 것 같았다.

6월 25일은 입학하고 두 번째로 맞는 일요일이었다. 셋은 명세가 아버지 따라 한번 가 보았다는 백화점으로 구경 갔 다. 멀리서도 눈에 잘 띄는 흰 타일의 5층짜리 빌딩이었다. 그처럼 크고 화려한 고층 건물은 처음 본다.

백화점에는 천 가지 만 가지 물건이 넘쳐났다. 시골 5일장 에서는 없는 온갖 상품들이 진열장에 멋스럽게 정리되어 마 치 요지경을 들여다보는 기분이었다. 백화점 안에 책 가게가 있을 줄은 미처 몰랐다. 많은 학생들이 마음대로 책을 뽑아 읽고 있었지만 점원은 말리지 않았다.

승부는 책 가게를 말로만 들었지 실제로 구경한 적이 한 번도 없었다. 장바닥에 낡은 천막 조각을 깔고 책 수십 권을 펼쳐 놓은 노점을 보았을 뿐이다. 중년이나 노인들이 관심을 갖는 〈장화홍련전〉〈임경업장군전〉〈콩쥐팥쥐전〉〈구운몽〉 등등의 옛 소설과 만세력, 청년들이 호주머니에 넣고 다니도록 손바닥만큼 작고 두툼하게 만들어진 유행가 모음집 따위를 팔았다.

그는 가게로 들어가 다른 학생들처럼 이 책 저 책을 빼내 보았다. 모두가 읽고 싶어 어느 것을 골라야 할지 몰랐다. 문득 〈내가 넘은 삼팔선〉이란 책이 눈에 번쩍 띄었다. 표지 에는 걸인 행색의 초라한 여인이 어린아이를 안고 업고 손잡 아 끄는 모습이 펜화로 그려져 있었다.

38선! 해방 후 오늘까지 가장 흔하게 입에 오르내린 말이 아니던가. 38선에는 국군과 인민군이 마주 보며 총 들고 지 킨다고 했다. 38선 때문에 우리나라가 두 토막이 나서 남과 북이 갈라졌다고 입을 모으고 있다.

작년까지만 해도 교실에서 입담 좋은 녀석들로부터 북한 동포들이 몰래 38선을 넘어오는 이야기를 거의 날마다 들었 다. 경비병의 눈을 피하느라 낭떠러지를 오르내리고 풀숲이 나 바위틈에 숨어 며칠을 보냈다면 그나마 스릴이 있다. 엄 마가 밤에 어린 아기를 업고 몰래 넘어오다 아기가 울자 들킬까 봐 손수건으로 입을 틀어막았던 것이 넘어와서 보니 숨이 끊어졌다든가, 부부나 부자 중의 한 사람이 총에 맞아 어쩔 수 없이 이름 모를 어느 산기슭에 버려두고 왔다는 이야기는 너무나 안타까웠다. 그렇게 사선을 넘어온 이른바 월남 동포가 주로 도시에 많이 살고 있다.

38선은 어떻게 생겼고 도대체 무슨 선이 그어졌나? 그곳을 지키는 양쪽 군인들은 어떻게 서로 마주 보고 있을까?

온갖 궁금증이 넘치던 참이라 얼른 책을 집어서 한쪽 구석에 쪼그리고 앉아 대충 읽었다. 적잖게 실망스러웠다. 목숨 걸고 38선을 넘는 이야기가 아니라 뜻밖에도 일본 여자의 수기였기 때문이다. 가시덤불을 헤치고 깎아지른 절벽을 기어올라 죽음의 골짜기를 빠져나온 장면은 없었다. 추격하는 경비병의 총에 맞은 가족을 부축하면서 마침내 북위 38도 경계선 남쪽으로 한 발자국을 들여놓아 자유의 순간을 맞는 월남 동포의 감격적인 이야기가 아니었다. 만주에서 살던 일본 여인이 남편 출장 중에 일본이 패전하자 혼자 자식들을 데리고 걸어서 압록강과 38선을 넘고 부산항을 거쳐 자기 나라로 돌아가는 힘들었던 여정을 그리고 있었다. 더구나 왕래가 아주 꽁꽁 막히기 전인 해방 직후였다.

종일토록 백화점 안을 구경하다가 돌아와 일찌감치 저녁을 먹은 후 바람 쐬러 대문 밖으로 나갔다. 해가 길어 바깥은 아직도 훤하게 밝았다. 길가 판자 울타리 옆에는 대여섯 사람이 앉거나 서거니 모여 있었다. 중년의 뒷집 주인이 장성한 아들과 이웃 사람을 상대로 이야기를 나누는 중이었다. 가까이 다가가 들어 보니 38선에서 인민군이 일제히 공격해 왔다는 것이다.

둘러선 사람들은 별로 놀라지 않았다. 자주 일어나는 무력 충돌인데 이번에는 규모가 좀 큰가 보다고 입을 모았다. 본 격적인 전쟁이 일어났다고 긴장하는 모습이 아닐뿐더러 국군이 당장 격퇴할 것이라 믿고 있었다. 명세나 한기도 그런 편이었다.

승부는 이야기를 듣자마자 속으로 깜짝 놀랐다. 두 해 전에 모형귀신을 따라가서 보았던 미래가 이제 현실로 다가왔다고 직감했다. 그건 38선 경비대의 총질 따위가 아니었다. 용감무쌍한 국군이 인민군을 마당 강아지 쫓아내듯 물리치는 통쾌한 장면도 없었다. 오히려 국군이 쫓기는 데다 탱크와 대포·전투기·군함 등 거창한 무기들이 등장하여 수많은 사람들이 죽고 다치는 큰 전쟁이었다. 앞으로 어떤 시련을 겪어야 할는지 걱정되었다.

이튿날 새로운 한 주가 시작되어 학교에 나갔다. 화제가 온통 북한의 남침에 쏠려 분위기만 뒤숭숭했을 뿐 딱 부러진 이야기는 들을 수 없었다. 2,3일이 지나 2층 교실에서 내려다보니 여러 학생들이 넓은 운동장 저편의 큰 나무 아래 모여 있었다. 학도병으로 지원하는 상급생들이라고 누가 말했다. 서울을 빼앗겼다는 우울한 이야기가 나돌고 미군이 참전한다는 희망적인 소식도 전해졌다. 세계 최강의 미군이 나섰으니 곧 밀고 올라갈 것으로 믿는 사람들이 많았다.

6월이 가고 7월에 접어들었다. 입학 한 달을 넘어서면서 분위기는 더욱 무거워졌다. 인민군이 대전까지 밀고 내려왔다는 소문을 한 번 들었으나 그 뒤로는 어디에서 어떻게 싸우는지 알 길이 없었다. 7월 19일로 수업을 끝내고 여름방학이 시작되는 20일 아침 일찍 셋은 집으로 돌아오는 열차에 올랐다. 경주역에서 배차가 늦어져 몇 시간 머무는 동안 미군의 대포·탱크·차량 등을 실은 화물 열차가 북상하는 것을 여러 차례 볼 수 있었다.

외지에 머무는 동안 승부는 금실을 잊고 지냈다. 생각하기 싫었다. 당장 보지 않고 듣지 않으니 마음 편했다. 무거운 책 보따리를 들고 마을로 내려가는 나지막한 고개 위에 올라섰을 즈음에는 긴 하루해도 이미 다하고 어둠이 짙게 내려앉아 있었다. 불어오는 더운 바람에 뒤섞인 모깃불의 매캐한 연기가 가슴속으로 빨려 들어왔다.

문득 금실이가 생각났다. 갱빈 마을 쪽으로 고개를 돌렸으나 아무것도 보이지 않았다. 소나기 퍼붓던 날 부엌 바닥에서 저질렀던 별난 짓이 다시 후회스러웠다. 그 짓을 하지 않았던 옛날로 돌아갈 수 없을까. 꿈을 꾼 것처럼 없던 일이면 얼마나 좋을까. 셋이 귀향했다는 소문은 금실에게도 금방 전해져서 분명코 무슨 말이 나올 것이다. 생각만 해도 끔찍스러웠다.

하루 이틀 조마조마 지내는 동안에 별다른 기미가 없어 긴장이 약간 풀렸다. 집으로 돌아오고 사흘째 날 오후였다. 승부는 어머니가 시키는 대로 앞들로 가서 논 물꼬를 둘러보고 명세네 집으로 발길을 돌렸다.

명세 집이 가까웠을 때에 누가 골목 저편에서 걸어왔다. 방금 그 집에서 나온 것 같았지만 주의 깊게 살피지 않았다. 누구일까? 뜻밖에도 금실이었다. 미처 피할 틈이 없었다. 그녀를 아내로 맞아들이지 않을 수 없게 되었다는 것으로 다시 한 번 진저리 쳤다. 마침 골목길어는 아무도 보이지 않았다. 서로 마주하자 걸음을 멈추었고 그녀가 먼저 말을 걸었다.

"승부야, 오랜만이구나. 언제 왔니? 잘 지내다 왔어?"

얼떨떨했지만 어떤 대답이 필요했다.

"그래, 누나는 잘 있었나?"

"나야 늘 너만 생각하고 살았지, 뭐. 헤헤."

그 말 한마디가 갑자기 가슴을 콱 찔러 왔다. 그런데 말끝을 마무리 짓는 헤픈 웃음은 또 뭣기란 말인가?

"미안해, 누나. 난 어떻게 해야 하지?"

"어떻게 하긴, 이 바보야. 너는 아직도 너무 어리더구나."

죽는 시늉으로 겨우 말을 꺼냈는데 돌아오는 대답은 뜻밖이고 거침없었다. 한동안 그냥 멍청하게 서 있었다. 뭔가 헷갈리면서 말뜻을 정확하게 헤아릴 수가 없었다.

금실은 다시 한 발짝 다가서더니 말했다.

"머슴애가 아주 숙맥이네. 잘 가. 다음에 또 보자."

건방지게도 머리를 가볍게 쓰다듬어 주고는 미련 없다는

듯이 홱 돌아서서 가 버린다. 승부도 울컥하는 마음으로 돌아섰다. 발자국 소리가 차츰 멀어진다고 느끼면서도 차마 뒤돌아보지 못했다.

명세는 자기 방에 있었다. 승부는 아직도 금실을 만났을 때의 충격을 벗어나지 못했다. 정신이 멍한 가운데 건성으로 인사말을 건넸다.

"잘 있었니? 한기는 안 왔나?"

"아버지 따라 큰집에 제사 지내러 갔다 내일 온다고 하더라."

그러고는 승부를 빤히 쳐다보더니 물었다.

"너, 누굴 만났나?"

승부는 자기 얼굴이 갑자기 후끈 달아오르는 것을 느꼈다.

"누굴 만났어?"

다시 묻자 더 이상 속일 수가 없었다.

"오다가 금실이 누나를 보았어. 어떻게 알아?"

"응, 이제 방금 누나를 대문 밖으로 배웅했거든…. 오면서 만났는지 궁금해서…."

간단한 대답이었다. 묻지도 않았는데 명세가 덧붙였다.

"아버지가 불렀어."

"왜?"

"딸 부르는 데 꼭 무슨 이유가 있어야 하나?"

"하긴 그러네."

"아냐. 이유가 있어. 혼담 때문이야."

"혼담?"

승부는 움찔했다. 나하고 벌인 일이 소문나서 마침 방학으로 내려와 있는 참에 시집보내려 한다는 말인가? 아니다. 조금 전에 만나서 보여 준 헤픈 웃음과 아직도 너무 어리다고 놀린 말의 의미를 되짚어 보면 어떻든 자기는 아니다. 명세가 분명히 혼담이라 말했으니 다른 상대와 이야기가 진행되고 있다는 뜻이다. 그렇다면 금실이 자기와 서로 이어졌다는 생각은 어이없는 착각이고 부질없는 걱정이었던가?

명세는 승부가 깜짝 놀라고 얼글빛이 달라지는 것이 이상했다. 다 큰 처녀 시집보내려는데 자기가 왜 놀라나? 하지만 더 이상 캐묻지 않았다.

주고받던 이야기를 그치고 영어 교과서를 읽다가 승부가 다시 물었다.

"그래, 금실이 누나 시집가는 일은 결정이 내렸나?"

명세가 알 수 없다는 듯이 승부를 쳐다보았다.

"왜 또 그 이야긴가? 누나가 조금 전에 돌아갔고 나는 아직 아버지 어머니를 뵙지 못했어. 어떻게 알겠니. 저녁상머리에서 무슨 말씀을 하시겠지. 그런데 너 왜 관심이 많아? 누가 또 서금실 데려가겠다던가?"

승부는 물은 것을 후회하고 입을 다물었다. 명세에게 거짓말하기가 싫고 괴로웠다. 안채로 들어가 함께 저녁 먹자는 청을 사양하고 일어섰다. 돌아오는 길에 생각해 보았다. 어쩌자고 금실의 유혹에 끌려들었던가? 오늘 보여 준 모습은 또 무엇인가? 이제 그녀로부터 해방이 될까?

　서임수는 금실을 댓골(죽성동)의 송달호 큰아들에게 시집 보내라는 중매쟁이의 말을 며칠 동안 생각해 보았다. 송달호 는 지주도 아니고 소작인도 아니다. 머슴 하나 데리고 자기 땅 농사짓는 중농이다. 사람 됨됨이도 괜찮은 편이다. 큰아 들 복돌은 국민학교를 졸업하고 국방 경비대에 들어가서 계 급이 이등상사(지금의 중사)라고 했다.

　그는 송달호가 댓골 논 서른 마지기를 탐낼 것이라고 짐작 했다. 복돌이가 사윗감으로서 썩 마음에 들지는 않지만 구태 여 따진다면 이쪽은 소실의 딸이 아닌가? 혼사가 이뤄지면 떼어 주기로 작정했다.

　먼저 금실을 불렀다. 딸이라도 그 어미와 만날 일이 없고 같이 살지 않으니 명절이나 생일 등으로 절 받을 때가 아니 면 얼굴조차 보기 어렵다. 시집보낼 때는 되었는지, 시집갈 마음가짐을 갖췄는지 찬찬히 살펴 가부를 결정하고 싶었다. 막상 가까이 보니 처녀티가 완연하고 놀랄 만큼 예쁘게 피어 나 있었다. 늦출 까닭이 없었다. 실종된 복례 생각에 기울어 져 다 큰 처녀가 되도록 금실에게는 무관심했던가? 송복돌 이 어떠냐고 물어도 얼굴만 붉혔을 뿐 싫다는 말은 없었다. 시집보내기로 생각을 굳혔다.

　며칠 뒤에 승부는 어머니로부터 이웃에 떠도는 금실의 이 야기를 들었다. 혼담이 마무리 단계에 이르렀으며, 다만 전 쟁 중이라 복돌이가 휴가 얻기 쉽지 않아서 좀 늦어진다는 소문이 났다는 것이다. 그의 마음은 차츰 제자리를 찾았다. 크나큰 짐을 벗어던진 홀가분한 기분이었다.

12

7월의 마지막 날 낮이었다. 트럭이 뽀얀 먼지를 일으키며 면사무소 앞 빈터에 멈추더니 군에 입대하는 장정들을 모아 싣고 갔다. 참외밭에서 익은 참외를 골라 개울물에 씻어 주던 마음씨 좋은 돌쇠도 트럭 적재함에 앉아 떠났다. 손을 흔들어 주었다. 전쟁이 모두의 삶에 짙은 안개처럼 내려앉고 있었다.

8월에 들어서자 멀리서 '쿵- 쿵-' 하는 둔탁한 대포 소리가 끊임없이 들려왔다. 여러 날 계속되는 동안 귀에 익어 예사로워졌다. 가끔 비행기 소리에 고개 들면 프로펠러 한 개짜리 미군 전폭기 몇 대가 높지도 낮지도 않게 떠서 편대를 짓고 북으로 날아가는 것이 보였다.

승부나 두 친구는 전황이 어떤지 전혀 알지 못했다. 어른들은 인민군이 백 리 밖 영덕에 와 있다고 했다. 그곳에서 서로 마주 보며 대포만 쏘고 있다는 말인가? 무더위가 기승을 부리는 중에서도 하루하루가 별 탈 없이 흘러갔다.

8월 9일이었다. 구름 한 조각 없는 하늘에서 햇볕이 쨍쨍 내리쬐었다. 무더운 하루가 될 조짐이었다. 셋은 한기 어머니에게 부탁해서 찐빵을 만들어 먹으려고 아침 9시경 명세네 집에 밀가루를 가지러 갔다. 함지박을 들고 곳간으로 들어가 독에 담긴 밀가루를 쪽박으로 퍼냈다. 그때 갑자기 프로펠러 소리가 요란하게 들려왔다. 무슨 일이 일어났는가 보다. 셋은 서쪽으로 난 작은 창가로 우르르 몰렸다. 맑게 갠 하늘을 뚫고 우뚝 솟아난 비학산, 법광사(法廣寺) 언저리에서부터 완만한 내리막을 이루며 가까이 다가오는 상읍 들, 들 가운데 옹기종기 모인 윗마을 아랫마을, 그 모두가 한눈에 들어왔다. 벼가 한창 자라는 들녘은 풍요로운 초록빛이 무르익고 있었다.

비행기 소리는 상읍 상공에서 들려온 것이었다. 소리가 한층 높아지면서 유리창의 오른쪽에서 시야에 나타난 미군기 한 대가 비스듬히 내려오더니 검은 폭탄을 떨어뜨리고 하늘로 가파르게 솟구쳤다. 곧이어 '꽈당-' 하는 폭발음이 들리고 창문이 덜덜덜 흔들렸다. 비행기는 상공을 한 바퀴 돌아와 이번에는 한 줄기 붉은 불덩이를 쏟아 냈다. 따·따·따·따, 기총 소사 소리로 귀가 따가웠다.

"엉뚱한 곳에 폭탄을 떨어뜨리네."

명세가 중얼거렸다. 인민군 그림자도 보이지 않는데 웬 폭격이냐는 뜻이다. 승부는 공감할 마음이 전혀 없었다. 드디어 전쟁의 파도가 이곳까지 덮쳐올 것을 짐작하며 자기도 모르게 고개를 끄덕였다.

셋은 찐빵 생각이 싹 가시어 밀가루를 다시 쏟아붓고 밖으로 나왔다. 여러 사람들이 한곳으로 몰리는 것을 보고 따라

가다 병원 앞에 이르렀다. 장터에서 청하로 가는 길목에 작은 병원이 있었다.

그때였다. 짧은 바지에 윗저고리를 홀랑 벗고 좁은 외가닥 어깨띠를 착용한 건장한 청년이 허겁지겁 뛰어와서 좌우 돌아보지 않고 곧바로 병원 안으로 들어갔다. 승부는 문 앞으로 다가가 사람들 틈에 끼어 들여다보았다. 초소를 지키는 방위병이라고 누가 말했다. 무전기나 통신선이 없어 고함 소리가 서로 들릴 만한 간격으로 비학산 너머에서 이곳 경찰 지서까지 수십 개 초소를 연달아 세워 놓고 급한 일을 알려 준다고 했다.

그는 의사의 진료 테이블 앞 시멘트 바닥에 털썩 주저앉아 두 다리를 쭉 뻗고 등을 벽에 기댄 채 천장을 쳐다보며 가쁜 숨을 몰아쉬었다. 온몸이 땀범벅이 되었으나 다친 데가 없는 것을 보면 동료의 위급한 상황에 도움을 청하러 왔을 것이다.

곧이어 자동차 소리가 나더니 짙은 감청색의 스리쿼터(3/4톤 군용 트럭) 한 대가 흙먼지를 일으키며 달려와 병원 앞길에서 멈췄다. 셋은 스리쿼터 쪽으로 몰려갔다. 승부는 눈부시게 흰 가운을 입은 의사 옆에 바짝 따라붙었다. 가마니로 덮인 들것 하나가 길바닥에 내려졌다. 의사가 다가와 허리를 굽히고 왼손으로 가마니 끝자락을 쳐들어 이리저리 살피더니 찡그린 얼굴로 고개를 젓고는 내려놓았다.

승부는 말로써 다할 수 없는 참혹한 그 모습을 또렷하게 볼 수 있었다. 얼굴이 숯덩이처럼 검게 탔고 눈코를 분간하기 어려웠다. 중상자 하나는 들것에 누운 채 병원 안으로 실려 가 치료를 받았다. 몸매가 굵고 짤막한 키에 어깨가 딱 벌어진 중년의 사내도 따라 들어왔다. 다행히 큰 부상이 아니었다. 비행기에서 쏜 총알이 풀기가 살아 있는 짧은 삼베 바지 궁둥이 쪽을 칼로 벤 것처럼 세로로 찢어 놓았고 몇 방울의 피가 바지를 적셨을 뿐이었다. 아프다는 엄살 없이 태연하게 병원 안으로 들어가 치료받고 돌아갔다.

주검을 실은 차가 떠나자 사람들은 미군기가 잘못 폭격했다고 입을 모았다. 희생된 사람은 작전 지역에서 산을 넘어오며 이어진 초소 중의 하나를 지키던 방위병이었다.

동해안을 따라 7번 국도로 남하하던 인민군 제5사단은 국군 제3사단의 강력한 저항에 부딪혀 영덕 남쪽의 강구에서 멈춰 서고 말았다. 저들의 목표인 포항이나 오천 비행장의 점령이 늦어질 수밖에 없었다. 그러자 안동을 점령한 인민군 제12사단이 청송·도평·죽장을 거쳐 수비가 허술한 비학산 너머 기계 쪽으로 몰려들었다. 제5사단과 동행하던 유격대 제766부대도 국도를 비켜 향로봉과 비학산 능선을 타고 남하해 왔다.

뒷날에 듣기로 이미 그날 아침에 인민군이 기계면 일대를 점령했었다. 초소의 첫머리나 비학산을 넘어오는 연결이 무너졌을 터인데 어쩐 영문인지 육성 통신망이 그대로 유지되면서 이상 없다는 말이 계속 전달되었다. 그때 미군기는 산을 타고 몰래 이동하는 인민군을 공격하던 중이었다. 폭격으로 초소를 지키던 사람이 다친 것은 인민군 유격대가 마침 은밀하게 초소 부근을 통과하고 있었거나 일부 초소를 점령해서 피아를 분간할 수 없었기 떠문일 것이다. 민간인 복장으로 위장해서 침투하는 유격 부대의 편의대(便衣隊)로 보았을는지도 모른다.

비학산은 높고 험했다. 아름드리 소나무가 빽빽이 들어서 있었다. 중턱에서 밀려 내린 검붉은 돌무더기는 멀리서도 잘 보였다. 주봉 양쪽으로 등거리의 좌우 능선 끝을 살짝 치켜들어 각각 작은 봉우리를 이뤘다. 이름 그대로 하늘을 날아오르는 학처럼 두 날개를 활짝 펴고 우뚝 솟아난 모습은 참으로 늠름했다.

신광의 상징은 누가 뭐래도 비학산이다. 예로부터 신광 사람들은 이 산에 묘를 쓰면 후손이 크게 발복하는 대신 지독한 가뭄이 든다는 속설을 믿어 왔다. 가뭄이 심하면 기우제를 지내고 5일장을 개천 바닥으로 옮겼다. 그래도 비가 내리지 않으면 누군가 산꼭대기에 묘를 썼으리라고 단정했다. 대충 주민들의 뜻이 모아지면 떼를 지어 곡괭이와 삽을 들고 묘 파러 올라간다. 부인네들까지도 손에 호미를 쥐고 따라나선다. 묘 쓸 만한 곳을 여러 군데 파헤쳐 혹시 백골이라도 나오면 이리저리 던지고 흩어 버린다고 했다.

해방 후 좌우 대립이 극도에 이르렀을 때 이 산은 무장공비들의 무대였다. 울창한 숲에 몸을 숨기기 쉽고 산이 높아

토벌대 보내기도 만만치 않았을 것이다. 밤이면 양 날개에 불이 당겨지는 것을 신호로 신광 분지를 둘러싼 사방의 높고 낮은 능선이 온통 봉화로 이어졌다.

그들을 제압해야 할 경찰 지서는 산이 정면으로 마주 보이는 마을 서북단의 약간 높은 터에 자리 잡고 있었다. 북쪽의 청하로 통하는 길목이다. 해가 지고 어둠과 고요가 내려앉으면 지서는 넓은 바다 가운데로 던져진 외딴섬이다. 그곳을 지키는 경찰이나 방위병들은 먼동이 트고 해가 솟아올라야 숨 막히는 긴장에서 벗어날 수 있었다. 차가운 북풍이 등성이를 넘어오는 기나긴 밤, 두려움과 외로움에 진저리 치면 그 윤곽조차 묘연해서 닿을지 닿지 않을지도 모르는 산을 향하여 이따금씩 단발의 총을 쏘았다. 허공을 칼로 베는 날카로운 쇳소리가 고독한 영혼의 신음인 양 긴 여운을 남기면서 분지를 덮어 누르는 잔인한 적막을 깨트렸다. 때로는 예광탄의 새빨간 불이 암흑 속을 빨랫줄처럼 뻗어 나갔다.

공비의 발호가 날로 심해지자 지서에서는 굵은 돌을 날라와 두텁게 담벼락을 두르고 총구멍을 낸 보루를 쌓아 소총이나 수류탄으로는 공격하기 어려운 튼튼한 요새로 만들었다. 지하에는 이리저리 이어지는 땅굴을 파 놓았다고 김 순경 아들이 소곤거렸다. 그러고서 얼마 뒤 밤에 무장공비들이 맞은편 언덕으로 몰려와 피아가 마주 쏘는 총소리에 밤새 가슴을 졸였다. 지서를 미리 요새로 만들어 놓지 않았으면 어떤 일이 벌어졌을까?

그들이 사라지고 한동안 조용하더니 큰 전쟁이 일어났다. 인민군은 옛날의 빨치산이 아니라 정규 군대다. 승부가 모형귀신을 따라가 보았던 것처럼 탱크와 대포로 무장한 부대가 큰 도로로 밀고 올 것이다. 아무리 생각해도 탱크가 저 높은 산을 넘지는 못할 것 같았다. 그런데도 미군기는 나무꾼이나 오르내릴 산자락을 공격했다.

"너희 마을이 짓밟힌다. 어렵지만 잘 견디어야 한다. 정말 안됐구나."

2년 전의 모형귀신 말이 문득 생각났다. 길로든 산으로든 저들이 밀려와 우리는 어차피 전쟁의 한가운데 서게 된다. 미군기의 폭격은 심상치 않은 서각일 것이다.

아침나절에 어수선하던 마을은 곧 평온을 되찾았다. 여전히 하늘에서 햇볕이 쨍쨍 내리쬐고 있었다. 보리숭늉 아침밥 한 쪽박을 얻어먹은 개들은 무더위에 지쳐 그늘에 누웠다.

11시쯤에 트럭 한 대가 면사무소 앞마당에 이르렀다. 군량미를 실으러 군청에서 보냈다고 했다. 트럭을 인솔한 군청 서기가 한기 아버지 박 교장을 찾아왔다. 한기 어머니는 친정의 6촌 오라버니인 그에게 새로 밥을 지어 따뜻한 점심을 대접했다. 박 교장은 학교 볼일이 있어 마침 시내로 나가려던 참이었다. 타고 갈 차가 생겨 다행이라며 함께 떠났다.

그 뒤로는 이 외진 산골을 찾는 사람이 거의 없었고 미군기도 더 이상 나타나지 않았다. 마침내 해가 저물어 땅거미가 내려앉으면서 골목골목에는 모기 쫓는 연기가 어지럽게 피어올랐다. 농촌 마을의 하루가 다했다.

밤이 되자 대포 소리는 훨씬 가까워졌다. 이번에는 북쪽이 아니라 서쪽 비학산 너머에서 나는 듯했지만 호들갑을 떨기에는 그 소리가 귀에 너무 익어 버렸다. 비학산 너머는 기계면의 일부인 기북이다. 기북이란 행정 구역은 없으나 기계 서북쪽 일대를 그렇게 불렀다. 어떻든 직선 거리는 퍽 가깝지만 높은 산에 가로막히고 일상으로 넘어 다니는 길이나 재도 없어 멀게 느껴 왔다. 기계라면 남쪽의 냉수와 홍곡의 마줏재 너머를 떠올렸다. 면소재지에 가깝기 때문이다.

이튿날 8월 10일은 목요일이었다. 날이 밝아 오면서 피란 걱정을 하는 사람들이 하나둘 늘어났다. 떠나려고 서두르는 사람들도 있었다. 인민군이 비학산을 타고 은밀하게 남하했다면 미군기가 폭격하던 어제 아침에 나무꾼이든 누구든 본 사람이 있어 친한 이웃끼리 밤사이에 은밀하게 소문을 퍼트렸을 것이다. 경찰이나 군인 가족들도 촉각을 곤두세울 터이다. 요 며칠 눈에 잘 뜨이지 않는 것을 보면 이미 몸을 피했을는지도 모른다.

바깥출입이 거의 없는 서임수도 주민들의 동정을 얼마쯤은 듣고 있었다. 자기는 어차피 인민군 점령 지역에서는 살 수 없는 지주다. 그걸 잘 알면서도 미리 피하지 않고 머뭇거렸다.

그는 이달 들어 두 번이나 복례 꿈을 꾸었다. 처음은 8월 5일 밤이었다. 오늘이 복례가 사라진 지 5주년이 되는 날이라고 생각하며 잠자리에 들었다. 아내가 와서 복례가 돌아왔다고 일렀다. 반갑게 다가갔더니 복례가 눈물을 흘리고 있었다.

"아가야, 어디 갔었니? 얼굴 좀 보자. 얼마나 보고 싶었는데…. 왜 못난이처럼 울고 있어?"

복례는 대답도 않고 그냥 울기만 했다. 상읍 폭격이 있던 날 밤에도 똑같은 꿈을 다시 꾸었다. 잠을 깨어 생각해 보니 실종 이후 5년 동안 아무런 조짐이 없다가 갑자기 두 번이나 현몽하는 것이 아무래도 이상했다.

서임수는 꿈을 좇아 상상의 날개를 펼쳤다. 점쟁이들 말처럼 만일 죽지 않았다면 북한에서 살고 있을는지도 모른다. 금괴를 지니고 심부름 갔을 때 어느 놈이 납치했다가 해방 후 월북하면서 북쪽으로 끌고 갔을 가능성을 생각해 보았다. 그렇다면 이 기회에 그 월북자를 따라 남으로 내려오거나 어떤 경로로 소식을 전해 줄 수 있다. 꿈에 나타났던 복례의 모습이 며칠 안에 현실로 다가올는지도 모른다. 갑자기 마음이 흔들리며 곧장 대문 안으로 들어설 것 같은 환상에 빠졌다. 어머니와 아내가 언제 피란 가려는지를 두어 차례 물어 왔지만 복례 생각이 뒤엉켜 머뭇거리며 시원하게 대답할 수 없었다.

아침상을 물리고 한 시간쯤 지났을 때 몇 해 전에 머슴 살던 김 서방이 찾아왔다.

"어르신네요, 지금 인민군이 비학산까지 와 있다 카네요.

날이 저물어 미군 비행기가 뜨지 않으면 마을로 내려올 게라
는 소문이 났니더. 몇몇 마을 사람들은 피란 갈 채비를 하고
있고요. 어르신네도 준비하셔야지 않을능교.”

“그래, 알고 있다. 걱정은 고맙다만 아직은 괜찮지 싶구
나. 두고 보자. 김 서방은 피란 가려면 양식이 있어야 하겠
지. 명세 어머니 뵙고 쌀 두어 말 얻어 가도록 하게.”

여름철 빈농들에게 보리쌀은 모르지만 쌀 양식은 바닥나
버린 지가 오랠 것이다.

“고맙니더. 잘 먹겠심더. 그런데 어르신네요, 골목 끝에
신달수란 홀아비 있지요? 고향에서 남로당 따라다니다 경찰
에 있는 삼촌이 봐줘서 발 씻고 이사 왔다고 소문이 났잖아
요? 그자를 오늘 아침 장터에서 보았어요. 싱글벙글 입이 벌
어졌다니까요. 오늘 밤만 자고 나면 세상이 바뀐다면서 아주
기세등등했니더. 그 녀석 말이 자꾸 마음에 걸리네요. 아무
래도 오늘 밤을 무사히 넘기지 못할 것 같아요.”

서임수는 아직은 괜찮을 거라고 대답했지만 갑자기 위기
를 느꼈다. 일찍 피란길에 나서야 했는데 복례에 대한 가당
찮은 기대로 머뭇거렸다. 미군이 참전한 이상 아군이 곧장
반격할 것이라든가 형산강 너머 미군 비행장이 있기 때문에
이 지역은 미군이 쉽게 포기하지 않을 것이라는 믿음도 있었
다. 이제는 결단이 필요하다. 공산당 세상에서 살기 싫으면
피란을 가는 수밖에 없다. 어머니와 아내도 걱정스러운 얼굴
로 쳐다보았다.

먼저 가족을 돌봐야 하는 머슴과 찬모들을 불러 쌀 서너 말씩을 나눠 주고 돌려보냈다. 금실이 어미에게는 돈을 보내고 내일 새벽 일찍 떠날 터이니 따라와도 좋다고 일렀다. 남아 있는 머슴들을 시켜 소달구지에 짐을 실었다. 그러면서도 혹시 누가 복례의 소식을 가져올까 싶어 자꾸만 대문간으로 눈길을 돌렸다. 그럭저럭 하루해가 다했다.

그날 밤 마을에서는 집집마다 피란 보따리 챙기기에 부산했다. 더운 여름이라 두터운 겨울옷과 솜이불 따위가 필요 없기에 짐은 한결 가벼웠다. 가장 중요한 것은 역시 식량이었다. 몇 되 보리쌀을 자루에 담아 지게 위에 올려 둔 사람도 있었다. 모두들 날이 밝기를 기다렸다.

11일은 금요일이었다. 하늘에는 구름 한 조각 찾아볼 수 없다. 사람들은 먼동이 트기가 바쁘게 서둘러 흥해로 향한 신작로에 쏟아져 나왔다. 흥해를 거쳐 군청 소재지인 포항에 닿으면 다음 방향을 정할 것이었다. (포항읍은 1949년 8월에 시로 승격되었다.) 양식이 떨어지거나 병에 걸려 피란을 떠나지 못하는 사람도 적지 않았다.

명세네 집은 소달구지에 할머니가 타고 피란 짐을 실었다. 명세는 어머니와 함께 걸어서 뒤따르고 명세 아버지는 자전거를 탔다.

범촌(호리동)을 벗어나면 큰길을 끼고 흐르던 개울이 왼쪽으로 멀어지면서 넓은 들이 나온다. 매산을 거쳐 흥해면 소재지가 빤히 내다보이는 북성동 부근에 이르렀다. 이십 리를 채 못 왔다.

길에 사람들이 차츰 불어나는 것을 보아 어디에서 막힌 것 같았다. 조금 지나자 오히려 돌아오는 사람들이 나타났다. 인민군이 길을 막고 집으로 돌려보낸다고 말했다.

"인민군이라니? 아뿔싸, 한 발 늦었구나!"

서임수는 자전거를 달려 앞으로 나갔다. 피란민 수백 명이 걸음을 멈추고 모여 선 곳에 인민군 4,5명이 길을 막고 있었다. 멀찌감치 떨어져 지켜보자니 나이 든 녀석이 여러 사람을 향하여 큰 소리로 말했다.

"동무들! 영웅적인 우리 인민 군대가 오늘 새벽 군청 소재지 포항과 이곳 면소재지를 접수했습니다. 오늘 밤 안으로 미군 새끼들을 몰아내고 비행장을 접수할 것입니다. 진정한 해방이 눈앞에 다가왔습니다. 인민들이 살기 좋은 세상이 옵니다. 피란 갈 생각을 마시고 집으로 돌아가서 열심히 농사를 돌보십시오. 인민 군대는 절대로 여러분을 해치지 않습니다. 여러분이 가진 물건과 재산에 손대지 않습니다. 빨리 집으로 돌아가십시오."

멀리 소티재 너머로 한 가닥 검은 연기가 하늘 높이 올라가는 것이 보였다. 저들이 포항을 점령했다는 말은 거짓이 아닌 듯했다.

그는 일전에 국군이 영덕 남쪽 강구(江口)와 장사(長沙)를 지키고 있다는 믿을 만한 소문을 들었다. 인민군은 탱크와 대포를 갖춘 정규군이니까 도로를 따라 내려올 것이라 믿고 산을 타고 넘어올 가능성에 깜빡했다. 비학산 너머의 전황에도 관심을 두지 않았다. 돌아오면서 듣기로는 딴판이었다. 기계에 들어온 또 다른 인민군이 오늘 새벽에 포항과 흥해를 점령했고, 엊그제 미군기의 공격을 받은 인민군 유격대도 비학산 능선을 타고 내려와 흥곡·냉수를 거쳐 포항에 접근했다는 것이다. 이제는 사방이 인민군이다. 독 안에 든 쥐 꼴이 되었으니 가족을 이끌고 남쪽으로 가는 피란은 어려워졌다. 일찌감치 서둘지 못한 후회를 삼키며 집으로 돌아왔다.

서임수는 우선 숨어서 동정을 살피기로 했다. 오후에 새미(사미 마을/사정동) 친구 집에 갔다가 어두워지자 몰래 집으로 돌아왔다. 겉보기로 달라진 것이 없었다. 옷을 갈아입고 다시 새미로 가서 하룻밤을 묵었다.

이튿날 오전에는 집에서 명세가 왔다. 마을에서는 아직도 아무런 기미가 없고 인민군도 나타나지 않았다고 했다. 명세와 함께 새미 건너편의 선산에 참배하고 그 자리에서 입을 열었다.

"너의 증조부께서 진 부자 댁 무남독녀에게 장가들어 많은 재산을 물려받은 것이나 할아버지께서 평안도 금광에 투자해 억만금을 모은 내력을 알고 있나? 정말 대단한 분들이었지."

"할머니로부터 들었어요."

"나는 일본 유학에서 돌아온 스무 살에 중국 상해(上海)로 유람 갔었다. 우연히 임시정부 요인을 만나고 그분들의 애국

지성에 감동되어 약간의 독립운동 자금을 부담하겠다고 자청했어. 그 뒤 할아버지 승낙을 얻어 서너 차례 적잖은 금괴를 전달했단다. 임시정부에서는 여러 해 소식이 없다가 해방 열흘 전에 갑자기 군자금을 보내 달라고 연락해 왔어. 깊이 감춰 둔 금괴를 꺼낼 겨를이 없어 우선 벽장에 감췄던 두 개나마 전하려고 네 누나를 내보냈는데 종적 없이 사라졌구나. 평생의 회한으로 남고 말았다. 언젠가는 돌아올 것이라는 생각도 든다만⋯."

"저도 누나가 언젠가는 돌아올 거라고 믿어요."

"이제 우리 가문은 새로운 길을 찾아야 한다. 올 들어 농지 개혁으로 많은 땅을 내놓았다. 그걸 조금이라도 억울하게 생각해서는 안 된다. 농토를 가진 사람들은 지금까지 넉넉하게 살아오면서 많이 배우고 일찍 깨우친 편이다. 배우고 깨우쳤으면 남 앞에서 새 길을 열어야 할 책무가 있다. 전쟁이 일어나면 언제나 큰 변화가 따라오기 마련이다. 요행히 인민군을 몰아내고 대한민국과 자본주의가 지켜지면 머지않아 농업 아닌 다른 산업이 일어난다. 공장이 생기고 상업이 번성하여 농업 사회에서 산업 사회로 바뀐다. 17세기나 18세기 구라파의 산업 혁명과 비슷한 변혁이 시작될 게다. 그렇다면 지주로서 소작료 받아 빈둥빈둥 놀며 편안하게 살아왔던 낡은 생활을 청산해야 한다. 옛날에 금광을 경영했던 할아버지처럼 새로운 가업을 일으켜 새 시대를 대비할 때다. 상공업은 도시가 중심이다. 전쟁이 일어나기 전에 이미 도

시로 나갈 생각으로 너의 할머니 어머니와 상의한 바도 있
었단다.”

“전쟁이 오래가겠어요? 인민군이 쫓겨 가면 아버지 뜻을
펼쳐 보세요. 어차피 저도 중학생이 되어 고향에 머물지는
못하겠지요.”

“사업 자금도 얼마쯤 준비되어 있다. 잘 들어라. 사랑채
뒤로 돌아가면 아궁이 양쪽 부뚜막의 두 자 깊이에 각각 금
괴가 묻혀 있다. 할머니와 엄마는 알고 계신다. 너도 알아
두어야지.”

너도 알아 두어야 한다는 말에 경세는 한순간 숙연해졌다.
전쟁에는 무수한 인간의 생명이 희생되기 마련인데 누가 어
떤 비극을 맞을는지 아무도 예측할 수 없다.

다음 날인 13일이었다. 아침 일찍 명세가 다시 와서 어제
오후에 몇 안 되는 인민군이 들어왔으나 마을 분위기는 조용
하다고 알려주었다. 해가 저물자 서임수는 몰래 집으로 돌아
왔다. 가족들과 의논하여 인민군이 완전히 터를 잡기 전에
혼자서라도 멀리 피신할 생각이었다.

떠날 준비를 대충 마쳐 아내가 시원한 꿀물을 가져왔기에
한 모금 마시는 참에 대문간에서 개 짖는 소리가 들렸다. 바
깥에서 망보던 찬모가 뛰어 들어와 인민군이 온다면서 빨리
숨으라고 일렀다. 밖으로 나가려고 문을 열자 마을 사람 하
나와 인민군 셋이 거침없이 마당으로 들어와 어느새 방문 앞
에 이르고 있었다. 크게 놀라 가슴을 쓸어내리고는 태연스럽

게 무슨 일로 찾아왔는지를 물었다. 같이 온 마을 사람이 뭐라고 미처 대답하기 전에 젊은 군관 녀석이 빤히 쳐다보며 물었다.

"동무가 서임수요?"

"그렇습니다만…."

군관은 20대 초반의 새파란 젊은이였다. 가벼운 목례를 하고는 웃는 얼굴로 정중하게 말했다.

"안녕하십니까? 동무에게 물어보고 싶은 이야기가 있습니다. 본부에 함께 갑시다."

"밤이 늦었으니 내일 아침에 찾아뵈면 안 되겠습니까?"

"지금 모셔 오라는 명령을 받았습니다."

도망치지 못할 바에는 웃는 낯으로 따라가는 것이 이롭다. 사실은 크게 두려워할 것도 없다. 자기는 독립운동에 많은 자금을 댄 사람이며, 상해에서 만나 얼굴 익히고 친해졌던 여러 임시정부 요인 중의 좌파 한둘이 북한 정권의 요직에 올랐다는 소문도 들었다. 최악의 경우에 급하게 수소문하면 그들의 도움을 받을 수도 있다. 해방 뒤에는 복례의 실종에 낙담하여 칩거하면서 좌우익 대립에 가담하지 않았다. 소작 인들이나 빈민층에 가혹하게 굴거나 인심 잃은 적도 없으니 비록 지주이긴 하지만 저들이 자기를 어떻게 할 까닭이 없다고 믿었다.

마루에 등을 밝혀 마당이 아주 어둡지 않았다. 어머니와 아내와 외아들 등 여러 식구들이 넋 놓고 지켜보는 가운데 서임수가 저고리를 걸치고 따라나섰다. 그가 말하는 본부는 국민학교 교무실에 있었다. 명세가 뒤쫓았지만 보초병이 막아서서 학교 안으로 들어갈 수 없었다.

젊은 군관은 서임수를 곧바로 교장실로 데려갔다. 나이 든 군관이 팔짱을 끼고 교장의 회전의자에 앉아 있었다. 본부의 우두머리인 듯했다. 동행한 군관이 데려왔다고 보고하자 고개를 끄떡이고 힐끔 쳐다보며 물었다.

"동무가 서임수요?"

"그렇습니다."

그가 젊은 군관을 향하여 눈짓을 보냈다. 젊은 군관이 동행했던 두 전사에게 데려가라고 하자 둘은 갑자기 달려들어 양 겨드랑이에 팔을 끼워 버린다. 왜 이러느냐는 항변에 대답도 않고는 뒤쪽으로 끌고 나가더니 변소 옆의 작은 창고 안에 밀어 넣고는 문을 닫고 자물쇠를 채워 버렸다. 말 한마디 주고받을 새 없이 순식간에 갇힌 신세가 되고 말았다.

13

마을 사람들이 피란 간다는 소문을 듣고 한기네 가족은 그저 막막할 뿐이었다. 아버지는 요즘에 왜 그리 바쁘신지 피란 준비를 하자더니 지난 9일에 갑자기 포항으로 출장 갔다 아직 돌아오시지 않았다. 어머니가 몸이 불편하여 십리 걷기도 어려운 데다 어린 동생이 셋이나 된다. 승부나 명세가 떠나지 않아 그나마 위안으로 삼고 마냥 기다릴 수밖에 없었다. 공무원 가족이라 혹시 어떻게 되는지 알 수 없어 숨죽이고 지냈다.

인민군이 마을에 나타난 것은 8월 12일이었다. 13일이 되자 몇몇이 학교로 들어와 교무실을 차지했다. 한기는 불안한 마음으로 지켜보았다. 날이 저물 무렵에 그들이 전사라 부르는 병사 하나가 교장 사택으로 찾아왔다. 녀석은 이리저리 살피더니 새파랗게 질려 있는 한기 어머니를 보고 물었다.

"교장 동무 어디 갔소?"

"출장 갔어요."

"동무는 왜 피란 가지 않았소?"

"몸이 불편해서 나다니기 어려워요."

전사는 목발을 짚고 선 한기 어머니를 아래위로 훑어보고는 다리가 온전치 못한 것을 알아차린 모양이었다. 다시 물었다.

"동무, 학교 열쇠 가진 것 있소?"

"찾아보지요."

한기 어머니는 그들이 별다른 적대감을 갖지 않는 것에 약간은 마음 놓고 뒷방 책상 서랍에 있던 열쇠 꾸러미를 가져왔다. 받아 쥔 인민군은 한기를 돌아보며 말했다.

"학생 동무, 나하고 같이 본부에 가서 안내 좀 해 주겠어?"

한기는 그를 따라가 몇몇 곳을 둘러보고는 곧장 교장실에 있는 대장 앞에 불려 나갔다.

"넌 누구냐?"

"교장 아들입니다."

"아버지는?"

"출장 가셨습니다."

"몇 학년이냐?"

"중학교 1학년입니다."

"뭐, 중학생이라고? 몇 살인데?"

"열세 살이어요."

"학교에 무척 빨리 들어갔구먼."

그는 어린 한기가 중학생이라는 것에 고개를 갸웃거리며 뜻밖이라는 표정이었다. 돌아서려는 한기를 부러운 듯이 바라보았다. 자기에게 저런 아들이 있었으면 얼마나 좋을까 생각했다. 아내는 소련 여자고 지금 블라디보스토크에 남아 있다. 자신도 국적은 소련이다.

그가 태어나기도 전에 아버지는 함경도를 떠나 블라디보스토크로 이주했다. 열성적으로 볼셰비키에 가담했고, 레닌의 혁명이 성공하자 그곳 공산당 비서가 되어 떵떵 울리며 살았다. 아버지 덕분에 모스크바로 유학 가서 나타샤를 만나 결혼했다. 소련군 장교가 되어 블라디보스토크 근교에서 근무하다 전쟁 직전에 자원하여 인민군에 배속되었다.

대장 군관은 교장 회전의자에 버티고 앉아 책상 너머 한기를 바라보더니 옆에 놓인 나무 의자에 앉으라고 권했다. 영리한 한기는 그가 자기를 해치지는 않을 것으로 판단했다. 마음의 긴장이 약간은 풀려서 문답이 거침없이 이뤄졌다.

"왜 그렇게 빨리 학교에 들어갔니?"

"국민학교를 만 여섯 살에 입학했어요. 빠른 것은 아닙니다."

"아, 그래. 너 같은 아들을 둔 부모는 참 좋겠네."

"글쎄요, 집에서는 꾸중만 듣는걸요. 그런데 아저씨는 전투하러 가시지 않나요?"

"왜 안 가. 하지만 다른 사업도 있다."

"무슨 사업인데요?"

"당의 정책을 수행하고 반동분자를 처단해야지."

반동분자를 처단한다는 말이 날카로운 가시처럼 마음을 찔러 왔다. 저들이 곧 일을 벌일 것이다. 문득 출장 가신 아버지와 동네 제일의 부자인 명세 아버지의 얼굴이 떠올랐다. 두 사람 모두 그들이 처리해야 할 대상일 테지. 마침 아버지가 안 계시는 것이 다행이지만 관사에서 쫓겨나도 큰일이다. 그런 횡포를 비켜 가려면 얼굴 익혀 두는 것이 좋을는지 모른다. 길어 봐도 한 달이다. 그 한 달을 잘 넘겨야 한다고 생각하며 용기를 내어 다시 물었다.

"반동분자를 벌주나요?"

"미군 새끼들과 반동 군대부터 멀리 쫓아낸 다음에 시작할 거다."

대장 군관은 한기에 대한 특별한 정서 때문이었던지 마치

자기 아들 앞에서처럼 조심성 없이 말했다. 한기는 알겠다는 듯이 고개를 끄덕이며 물었다.

"아저씨, 반동분자는 영원히 혁명 대열에 참여할 수 없나요?"

군관은 제법 놀라는 눈치였다. 남조선의 열세 살짜리가 아닌가.

"너, 공산주의를 알고 있나?"

"한두 번 들었어요."

"맹랑한 아이구나. 어떻게 들었어?"

"어머니로부터요. 외할아버지의 동생이 일본에 유학하실 때 마르크스주의를 열심히 공부했나 봐요. 외가에는 아직도 그때 책이 남아 있죠."

"그래? 그분은 지금 뭘 하시나?"

"젊어서 병으로 돌아가셨어요."

"참 안됐다. 살아 있으면 해방 전쟁의 선두에 설 터인데…. 너를 혁명가의 후예로 대우해야겠군. 놀러 와도 좋다."

대장 군관은 고개를 끄덕이면서도 한가한 시간이 아니라서 대화를 끝내고 싶었다. 연필 다섯 자루를 주면서 내일 저녁에 오라고 했다. 해방 후 학용품을 구하기 어려웠고 연필은 귀한 물건이었다.

집으로 돌아가려고 교장실을 나오는데 어지러운 발자국 소리가 들려왔다. 어두운 구석으로 물러서서 지켜보니 인민군 셋이 민간인 하나를 데리고 교장실로 들어갔다. 깜짝 놀랐다. 민간인은 명세 아버지였다. 끌려온 것이 틀림없다.

한기는 교무실로 갔다. 들어올 때 교무실 정면 현관에 신을 벗어 두었기 때문이었다. 일부러 꾸물거리며 동정을 살폈다. 젊은 군관이 전사 하나를 데리고 교무실로 돌아와 나이 들어 보이는 전사에게 말했다.

"대장 동무 명령으로 그자를 창고에 가두고 자물쇠를 채웠소. 동무, 잘 감시해요."

명세 아버지 이야기다. 나이 든 전사가 불만스럽게 되물었다.

"빨리 처단해 버리지 뭣 때문에 늦추는데요?"

"전선이 안정될 때까지 기다렸다가 인민재판에 넘기라는 것이 상부의 지침이오. 국방군을 멀리 쫓아내는 것이 먼저요. 성급하게 숙청 작업에 들어가면 민심이 이반되어 좋을 것이 없다고 해요. 동무들은 혁명 선배인 대장 동무의 명령을 잘 수행하기요."

뒤따르던 전사가 물었다.

"전선이 지금 어떤가요? 부산까지 며칠이나 걸린다죠?"

"비행장만 점령하면 일사천리요. 곧 좋은 소식이 있을 거요."

한기는 그들의 말을 듣고 소름이 끼쳤지만 애써 웃는 낯으로 작별하고 집으로 돌아왔다. 어머니가 초조하게 기다리고 계셨다.

"어머니 큰일 났어요. 명세 아버지가 잡혀와 창고에 갇혔어요. 오천 비행장을 점령하면 인민재판에 넘길 것 같아요.”

“정말 큰일이구나. 명세네 집은 아버지 혼자서라도 일찍 피해 버리지 않고서…. 저들의 인민재판은 생사람 잡는 연극이다. 빠져나올 방법이 없어. 민심을 이용하려고 승리가 확실해질 때까지 약간 늦춘다는 말이겠지. 머지않아 숙청을 시작할 것이야.”

“인민재판이 뭐예요?”

“저들이 말하는 반동분자를 군중 앞에 내세워서 재판하는 거야. 죄가 있는지 없는지, 어떤 벌을 내릴는지 군중들이 결정하라는 거야. 군중들이 죄가 없다고 인정하여 처벌하지 말자면 풀려날 것 같지만 그런 이변은 아예 일어나지 않아. 누군가 고발하고 처단하자고 주장하여 곧장 몰아세우면 빠져나갈 방법이 없어. 길고 복잡한 재판 없이 단숨에 처리하는 방법이야.”

“참 무서운 재판이네요.”

“우리도 공무원 가족이라 저들이 지목하면 어려워진다. 사택에서 쫓겨나지 않을는지 모르겠다. 아버지도 안 계신데….”

한기 어머니는 어릴 때에 소아마비를 앓아 왼쪽 다리를 절룩거린다. 어린 것들 데리고 남 자라 피란 가기도 어렵고 집을 내주면 다른 곳에서 지내기도 쉽지 않다.

“어머니, 지금은 여름이라 저들은 온돌방이 필요 없어요. 열쇠만 가져가는 걸 보면 사무실과 떨어져 있는 이 사택을 쓰지는 않을 것입니다. 그러다 한 달 안에 쫓겨 가겠지요. 한 달 동안 잘 견디면 됩니다. 눈치껏 할 테니 너무 걱정하지 마세요. 그보다도 지금 곧 명세를 만나야 해요.”

한기 어머니는 생각 깊은 어린 아들이 대견스러웠다. 공무원 가족이기 때문에 언제 어떤 일이 닥칠는지 아무도 모른다. 제발 무사하기를 빌었다. 아들 친구의 아버지가 붙잡혀 간 것도 걱정이었다.

14

한기가 막 일어서는데 밖에서 부르는 조심스러운 목소리가 들렸다. 승부와 명세였다.

명세는 얼굴이 백지장이었다. 한기가 말했다.

“그러잖아도 너를 만나러 가려던 참이야. 어떻게 된 거야? 아버지가 잡혀오셨어. 인민군이 학교 열쇠를 가지러 왔기에 따라가서 대장 군관하고 이야기하다 방금 왔어.”

“우리 아버지 어디 계셔?”

“곧바로 변소 옆에 있는 창고에 갇히셨어. 아마 비행장을 빼앗고 남으로 더 밀고 내려가서 이곳이 후방이 되면 인민재판을 열 거야. 저들끼리 그렇게 말하는 것을 들었어. 어머니 말씀으로 인민재판에 걸려들면 절대로 빠져나올 수가 없대. 재판소에서 열리는 보통 재판과는 아주 다른 모양이더라.”

승부가 물었다.

"대장을 보았나?"

"그래. 한참 이야기 나누고 종이랑 연필 얻어 왔다."

"너 참 대단하구나. 어떻게 대장과 친해졌어?"

"돌아가신 외가 종조부가 공산주의를 공부했었다고 거짓 말을 했어."

승부는 더 이상 묻지 않았다. 다만 명세 아버지가 인민재 판을 받는다니 무슨 수가 있어야 할 것 같았다. 2년 전 모형 귀신을 따라가서 보았던 광경을 생각하면 일각도 지체할 수 없다.

"빨리 빼내야 한다. 좋은 방법 없나? 지금 마을 사람들에 게 아주 친절하게 구는 것이 모두 술책이다. 전쟁이 유리해 지면 조금이라도 눈에 거슬리는 사람과 공무원은 모두 잡아 갈 거다. 갇힌 사람이 늘어나도 경계가 더욱 철저해져서 탈 출이 더 어려워진다. 내일이라도 당장 빼내야 한다."

"어른 주먹만 한 자물쇠를 채웠어. 어떻게 해? 우리 집에 와서 열쇠를 가져가 버렸는데."

둘이 주고받는 동안에 명세는 입이 바짝 말라 말이 잘 나 오지 않는 듯했다. 무슨 방법이든 찾아보라는 듯이 번갈아 쳐다본다.

한기가 갑자기 어머니를 향하여 물었다.

"좋은 생각이…, 어머니 창고 열쇠 하나 더 있죠?"

"하나는 소사(小使_관청 같은 데서 잔심부름을 하는 사람)가 맡아 있고 다른 하나는 인민군이 가져갔다. 아 그래, 너희

아버지 부임해서 창고 자물쇠를 새로 샀을 때에 열쇠 하나가
남아서 따로 두었는데….”

한기 어머니는 뒷방으로 가서 찾아 오셨다.

“열쇠가 있어도 빼낼 방법이 없다면 무슨 소용인가?”

명세가 한숨을 쉰다. 승부가 둘을 쳐다보며 입을 열었다.

“아무도 도와줄 사람이 없어. 저절로 걸어 나오시는 기적
은 결코 일어나지 않는다. 우리가 저들의 눈을 피해 이 열쇠
로 열고 모셔 나오는 것밖에는 달리 방법이 없다. 우물쭈물
하지 말고 당장 내일 밤에 결행하자. 어떻게 감시의 눈을 피
할 수 있을까?”

한기가 말했다.

“대장이 내일 놀러 오라고 했어. 내일 밤에 내가 가서 이
야기판을 벌여 관심을 돌려놓을 테니까 그 시간에 빼내는 것
이 좋겠어. 만일 무슨 일이 생기면 소변보러 가는 척 밖으로
나와 변소 입구에서 기침 소리로 신호를 보낼게. 아무 일도
없으면 나가지 않을 거야.”

승부가 힘을 얻은 듯 말했다.

“거참, 좋은 생각이다. 한기 이야기라면 모두 넋이 빠질
거다.”

다시 한기가 말한다.

“집으로 오시면 금방 다시 잡힐걸. 멀리 도망쳐야 해. 명
세 너도 위험하다. 아버지 따라가거라.”

한참이나 무엇인가 골몰하게 생각하던 승부가 말했다.

"한기 말이 옳아. 도망갔다가 저들이 물러가면 돌아와. 너는 집에 가서 말씀드리고 필요한 물건을 챙겨서 내일 초저녁에 우리 집 뒤쪽 담벼락 밑에 큰 돌덩이 있지? 그 돌덩이 사이에 끼워 둬. 그런 다음 둘이서 창고 자물쇠 따고 밖으로 모시도록 하자. 숙직실 뒤에 담 오르내리기 쉬운 곳이 있어."

명세는 아직도 자신이 없다. 승부를 쳐다보며 묻는다.

"탈출한 다음은 어떻게 하지?"

"깊은 산속에 꽁꽁 숨든가 국군 있는 쪽으로 넘어가야지. 하지만 깊은 산에는 절밖에 더 있니? 숨어 지내기가 쉽지 않을 테니 아예 인민군 지역을 벗어나는 것이 옳다고 생각해. 떠도는 이야기를 들어 보면 인민군이 아직 형산강을 건너지 못했다는 거야. 가척(사정동)을 거쳐 개천 바닥으로 빠져나가는 거야. 범촌(호리동) 앞을 지나 용곡과 매산 사이로 쭉 내려가면 바다가 나올 거다. 해안 어디에서 몰래 배를 타야겠지? 나도 그 이상은 모르겠어."

한기가 둘을 보고 물었다.

"내일 밤 꼭 결행하는 거지? 그래 몇 시가 좋을까?"

승부가 대답했다.

"11시가 어때?"

한기가 말했다.

"아니야. 10시가 좋겠어. 그 시간이면 내가 교무실에서 이야기판을 벌일 수 있어. 너무 늦으면 그게 안 되지."

"그렇게 하자. 한밤중에는 경비가 더 삼엄해질는지도 몰라. 더구나 밤이 짧아 금방 날이 샌다. 멀리 갈 시간도 필요해. 담을 넘어 10시 정각에 창고 문을 연다."

승부가 결론을 내리자 둘은 이의 없이 찬성했다. 명세 얼굴에는 금방 생기가 돌았다.

"알겠어. 훌륭한 계획이다. 내일 밤에 너희 집에서 만나자."

한기로부터 열쇠를 받아 승부가 호주머니에 넣고 둘은 일어서서 인사한다.

"어머니, 그만 가 보겠습니다. 안녕히 계십시오."

"그래, 잘 가. 잘해 보아라. 사람이 할 일 다해 놓고 하늘의 명을 기다린다는 말이 있단다. 너희들이 최선을 다하면 반드시 하늘이 도와줄 거다."

한기 어머니는 눈시울을 붉혔다. 한기는 승부와 명세를 뒤따라 나가 나지막한 목소리로 작별했다.

"내일 밤 10시다. 명세 잘 가. 조심해라."

두 아이의 모습이 곧장 어둠 속에 파묻혔다.

명세가 집으로 돌아오니 할머니와 어머니가 초조하게 기다리고 계셨다. 할머니가 물었다.

"애비는 어떻게 되었나?"

"가시자마자 학교 창고 안에 갇혔어요. 저들이 곧 인민재판을 열는지 모른다고 합니다."

"저런 죽일 놈들이 있나? 무슨 죄가 있다고 인민재판이라니…. 그래서?"

"내일 밤 10시에 한기가 저들을 찾아가 관심을 다른 데로 돌려놓는 사이에 승부와 제가 빼내서 함께 도망치기로 했습니다."

"어린 너희들이?"

"자신 있습니다."

"어디로 도망치나?"

"제가 아버지를 모시고 가척, 범촌으로 빠져 곧장 개울 바닥으로 가다 바닷가에 닿으면 배를 빌려 타고 국군 점령 지역으로 넘어갈 작정입니다."

어머니가 물었다.

"성공할 수 있을까? 저들이 지킬 터인데…."

"아직은 붙잡힌 사람이 아버지 혼자시고 굵은 자물쇠를 채워 놓아 안심하고 있을 겁니다. 할 수 있는 데까지 해야지요."

할머니가 편드신다.

"어미야, 너무 걱정하지 마라. 애들이 꾸민 계획이라고 가볍게 보지 마라. 내 어디 가서 물어보아도 올 한 해 손재수(損財數)는 있을지언정 일신에 크게 나쁜 일은 없다더라. 명세가 반드시 성공할 거다."

명세 어머니는 남편과 아들을 함께 보내고 싶지 않았다. 방정맞은 생각이지만 둘이 함께 도망치다 만에 하나 일이 잘못되면 멸문이 되고 만다. 지금까지 늘 그랬듯이 두 부자의 동행을 시어머니가 결코 허락하지 않을 것이기에 미리 마음

편하게 해 드리고 싶어 다른 의견을 내놓았다.

"넌 아버지 따라갈 것 없이 우리와 함께 피신하면 안 될까?"

그러자 어쩐 일인지 할머니가 단호하게 말씀하셨다.

"아니다. 난리에 흩어지면 서로가 소식 몰라 속 태우고 일이 어려워진다. 며느리는 부자간이 함께 위험에 빠질까 걱정하는 모양이구나. 두려워하지 마라. 하늘이 보살피고 부처님이 돌보실 게다. 돈과 옷을 준비해 두어라."

정말 뜻밖이었다. 할머니는 어떤 확신을 가진 듯이 보였다. 글 배운 며느리가 싫어하니 말은 않았지만 사실은 지난 섣달 그믐께 용하다고 소문난 기성댁을 찾아갔었다. 그 자리에서 집안에 약간의 손재수가 있을 뿐 다른 변고는 없고 아들과 손자의 운세가 맞으니 서로 도우면 길하다는 점괘를 얻었었다. 조용히 염불을 하시려는지 더 이상 말씀 없이 당신 방으로 돌아가신다.

이윽고 새벽닭 우는 소리가 들렸다. 할머니는 염불을 끝내고도 잠이 오지 않았다. 시집와서 듣고 겪은 일들이 눈앞에 어른거린다.

시아버지 서 진사는 아들 하나, 남편인 서대영을 낳았다. 부잣집은 말할 것도 없고 겨우 밥 먹고 살 만하면 너나없이 소실을 한둘쯤 거느리는 세상이었으나 시아버지는 아들이 외동인데도 그렇게 하지 않았다고 한다. 소실을 얻지 않는 것도 흉이라면 흉이어서 이웃들은 마누라에게 꼼짝없이 쥐

여산다고 입방아를 찧었다.

자기는 열여덟에 시집와서 역시 하나 아들인 임수를 얻었다. 시집오자마자 남편은 시아버지를 설득하여 멀리 평안도의 금광에 투자했다. 시아버지가 반대는커녕 기다렸다는 듯이 삼백석지기 땅을 선뜻 팔아 주는 것이 참으로 이상하게 보였다.

금광 해서 망하지 않은 사람 없다며 친척과 친구들이 입 모아 말렸으나 누구 말도 듣지 않았다. 외가 재산을 모두 날릴 것이라고 흉보는 사람도 많았다. 남들의 걱정이 무색하게 금광은 노다지가 잇따르고 남편은 엄청난 돈을 벌었다. 농토를 샀으면 만석꾼이 몇 번이나 되고도 남을 만큼이었다. 그 돈으로 대처(大處_도회지)를 휘젓고 다니면서 좋은 친구 만나면 술 사고, 예쁜 기생 만나면 바람 피우고, 불쌍한 사람을 만나면 아낌없이 적선했다. 그야말로 호탕하고 멋지게 살았다.

남편은 번 돈을 마구 써 버리는 듯이 보였으나 사실은 일부를 남모르게 현물로 갈무리했다. 머지않아 세상이 뒤집어질 것이며 장래에 대비할 재물은 으직 금덩이밖에 없다고 생각했다.

그녀는 세월이 지나도 더 이상 태기가 없자 남편에게 소실을 들이라고 권했으나 듣지 않았다. 유달리 풍채가 좋아 기생들이 목을 매다 보니 바람은 자주 피웠으나 두 살림만큼은 사양했다. 아들이 하나뿐이니 불의의 사고라도 나면 어쩔 테냐고 대들면 늘 둘러대는 말이 있었다.

"그래서 내가 적선을 많이 하는 것이오. 적선을 많이 하면 하늘이 돌보고 부처가 돕는다고 하지 않소. 임자는 걱정마오."

한번은 빳빳한 지폐를 한 다발 들고 나가 매화라는 기생집에서 자고 와서는 '매화 년에게 적선 한번 크게 했다.'고 능청을 떨었다. 처음이 아닌 데다 그 멋을 이해하다 보니 투정을 부리지도 못하고 더 할 말이 없었다. 지금도 죽은 남편을 진정으로 존경하고, 남편이 둘러댄 말을 그대로 믿는다. 생전에 바람 피웠다고 원망하는 마음은 눈곱만큼도 남아 있지 않다. 가문이 큰 위기를 맞자 남편이 남긴 말을 생각하여 마음의 결단을 내리며 혼자 중얼거렸다.

"아들은 하늘에 맡기고 손자는 부처님께 맡기자!"

15

승부는 마음이 바짝 긴장되고 다급해졌다. 집으로 돌아와 어머니에게 명세 아버지가 갇힌 사실과 빼낼 계획을 대충 말씀드렸다. 조심하라면서 고개를 돌리는 어머니의 두 눈에 눈물이 고인 것을 훔쳐보았다. 가슴이 뭉클해지면서 반드시 계획을 성공시켜 어머니를 안심시키겠다고 다짐했다.

사방이 어두웠다. 학교 담을 넘으려는데 누가 뒷덜미를 낚아챘다. 서늘한 감촉에 질겁하면서 뒤돌아보았다. 앗, 모형귀신! 그동안 모형귀신을 거의 잊고 지냈다. 고작해야 인민 군의 남침 소식을 듣거나 지난 9일의 상읍 폭격을 보면서 오 래전에 함께 구경했던 전쟁을 상기했을 따름이다. 모형귀신이 말을 걸어왔다.

"승부야! 잘 지냈니?"

"그럼요. 보시는 것처럼 이렇게 당당한 모습입니다."

"많이 자랐구나. 그렇고말고. 당당한 남자가 되었네."

"놀리지 마세요. 부끄러워요."

"부끄러울 것 없다. 앞으로는 실수하지 않도록 조심해라."

"그럴게요."

"친구들과 함께 좋은 중학교에 들어간 것 축하한다."

"고맙습니다. 덕분입니다."

"너 지금 뭘 하고 있지?"

"귀신같이 안다고 하잖아요. 알면서 묻나요?"

"그래, 알아. 알고말고. 하지만 너무 위험하구나."

모형귀신은 고개를 절레절레 젓는다.

"위험하다고요? 지금 위험하다고 물러설 처지가 아닙니다. 아 참, 그때 우리 일에 비밀을 지키면 날 도와주겠다고 약속했죠? 난 여태까지 굳게 입 다물고 비밀을 지켰어요. 위험에서 벗어날 수 있도록 제발 도와주세요."

"약속했고말고. 잊어버리지 않았다. 그래, 너를 도와야지. 날 따라오너라."

모형귀신은 왼팔을 들어 시계를 보더니 승부에게도 내민

다. 콩알만큼 작고 유난히도 반짝이는 여자용 손목시계다. 자세히 들여다보니 10시 5분이다. 깜짝 놀랐다.

"아이고, 늦었네. 당신과 이야기하느라고 시간을 놓쳤군요. 이걸 어쩌나?"

"나를 원망하는구나. 좋은 버릇이 아니다. 잘 보아 두어라. 늦지 않다."

둘은 담을 넘어 창고 앞에 다다른다. 다시 시계를 보여 준다. 정확하게 10시 10분이다. 창고 밖으로 나온 명세 아버지 손을 잡고 담을 넘었다. 승부가 오른손을 잡아 동쪽으로 가려는데 모형귀신은 아무 말도 않은 채 왼손을 꽉 잡고 북으로 이끈다. 힘에 부쳐 그냥 끌려갔다. 그들은 만석동 선돌 마을 개울 건너 산 밑에 있었다. 명세 아버지는 뒤도 돌아보지 않고 꾸벅꾸벅 고개로 올라간다. 모형귀신은 멈춰 서서 승부를 보며 빙긋 웃는다. 뭐라고 말하려는데 어디론가 사라지고 없었다.

잠을 깨었다. 꿈이었다. 꿈이지만 생시와 다름없이 또렷하게 기억되었다. 바깥이 먹칠한 것처럼 깜깜하다. 낮에 어른들 말씀이 음력으로 유월이 커서 오늘은 그믐이고 내일이 칠월 초하루라고 했다. 일을 벌이기는 좋은 밤이다.

모형귀신이 갑자기 왜 나타났을까? 처음 인연을 맺었을 때 2년 후에 오겠다고 했으니 그게 바로 지금이다. 도와주겠다고 했다. 위험에서 지켜주겠다고 약속했다. 꿈에 나타나 어떤 신호를 보내는 것이 분명하다. 중요한 대목을 다시 생각해 보았다. 해몽하기 나름이지만 10시가 아니고 10시 10분이라야 하며, 가척이 아니라 선돌(만석동)로 가서 재를 넘으라는 암시가 분명하다. 그렇다! 용기를 잃지 말자. 앞을 훤히 내다보는 귀신이 이끌어 준다. 귀신처럼 알고 가르쳐 주는데 무엇이 걱정인가. 자신감이 생기고 힘이 솟아났다.

승부는 저녁 8시경에 한기를 찾아갔다.

"한기야, 어젯밤에 짰던 계획을 조금 바꾸자. 우선 시간을 10분 늦추고, 탈출하시면 가척이 아니라 선돌 쪽으로 모실 게다."

"왜 바꾸는데?"

"그저 기분이야. 딱 부러진 시간, 예를 들면 9시, 10시, 11시라는 것이 마음에 들지 않아. 만일 저들에게 1시간마다 순찰을 도는 계획이 있다고 가정해 보자. 아마 9시, 10시, 11시로 할 게다. 9시 10분, 10시 10분으로 하진 않겠지?"

"참 그렇군. 넌 생각이 깊구나."

"또한 범촌은 너무 드러난 곳이야. 신광 드나드는 사람들은 거의가 그쪽으로 다닌다. 당연히 초소를 두었거나 망보고 있을 거다. 선돌로 가서 재를 넘어 덕실로 빠지는 것이 좋겠다."

"곡강면 덕성동?"

"그래."

"선돌에서 청하 쪽 엿-재가 아니라 곡강으로 넘어가는 재가 있나?"

"있고말고."

"네 생각대로 해라. 내가 더 할 일은 없나?"

"다른 사정이 생기면 변소 간다며 나와서 신호해 주는 것 잊지 마라. 신호가 없으면 계획대로다."

"내가 보기로 지금 학교에 주둔하고 있는 인민군은 몇 명 되지 않는다. 모두 10명에서 12명쯤이다. 보초는 정문과 뒷문에 각각 하나씩이고 6시간마다 교대한다. 만일 내 이야기판에 8명 이상이 모이면 달리 배치된 인원은 거의 없는 셈이다."

"알았어. 제발 그렇게 되어야 할 터인데. 일 성공시켜 놓고 만나자."

둘은 헤어졌다.

명세가 어머니를 모시고 승부 집을 찾아온 것은 9시경, 승부가 한기의 집을 다녀온 얼마 뒤였다. 명세 어머니는 승부 어머니의 안내를 받아 큰방으로 들어가셨다. 남편을 구하려고 승부가 위험을 무릅쓰게 되었으니 인사를 차려야 할 처지였다.

명세는 승부와 마주 앉았다. 승부는 어쩐지 성공의 확신을 가진 듯 보였다.

"넌 어떻게 그토록 자신만만하고 당당하니?"

"널 위해서라면 무슨 일이든지 할 수 있어. 하늘이 날 도울 거다."

"정말 고맙다. 정말 하늘이 도와줘야 할 터인데…."

둘은 머리를 맞대어 계획을 다시금 확인하고 검토했다. 명세가 부잣집 아들답게 야광 손목시계를 차고 있어 시간을 정확하게 맞출 수 있을 것이다. 승부가 말한다.

"시간을 10분 늦춘다. 10시 5분에 학교 뒷담 밑에 세워 둔 소달구지에 접근해서 주변을 살피다 담을 넘는다. 담 너머에서도 아무런 이상이 없으면 10시 10분에 창고 문을 열고 너의 아버지를 모신다. 밖으로 나오면 곧바로 우리 집 뒤에서 옷을 갈아입는다. 그러고는 가척이나 범촌 쪽이 아니라 만석동 선돌 마을 쪽으로 간다."

"시간은 아무래도 좋지만 왜 범촌으로 가지 않나?"

"다시 생각해 보니 너무 열린 곳이야. 사람들 왕래가 많으니 초소가 있을는지도 모르고. 청하 넘어가는 엿-재에도 있다지 않아. 냉수나 마줏재도 저들의 뻔질난 통로가 되어 버렸고 그 너머 기계에서는 죽자 살자 싸우고 있대. 갈 곳이 선돌 쪽뿐이야."

"생각해 보니 그렇구나. 사방이 인민군이군. 하지만 엿-재에도 초소가 있다면서?"

"따로 생각이 있어. 엿-재로 가지 않고 선돌 마을 못미처 왼쪽 논길로 접어들어 개울을 건넌다. 산자락을 따라 조금만 가면 동쪽으로 넘는 재가 나온다. 재 너머가 곡강면 덕성동의 덕실 마을이다. 만석이나 반곡 사람들이 흥해 장 갈 때에 그쪽으로 지나다닌다고 들었어. 고갯마루에 올라서면 아마 11시 반쯤이 될 게다. 인민군이 아무리 사방에 널려 있다지

만 그런 외진 곳으로 다닐 까닭이 없다. 내가 선돌까지 따라
가겠다. 너는 일단 고개를 넘고 나서 갈 곳을 정해라."

"바닷가로 가겠다. 어부들의 배를 빌려 빠져나가야 할 것
같아."

"좋은 생각이다. 어떻든 형산강 너머 국군 지역으로 가야
안전해. 선돌에서 해안까지는 아마 삼십 리가 넉넉할 거다.
빠른 걸음이라면 새벽 2시경에 해안에 닿을 수 있겠지만 아
버지 모시고 가는 데다 도중에 인민군 따돌려야 하니 3시가
넘을지도 모른다. 요즘은 일찍 동이 튼다. 꾸물거릴 시간이
없다. 운이 좋아 곧바로 어부의 배를 구해 영일만을 가로지
르면 내일 아침에 어느 포구에 닿을 수 있다. 만일 빨리 배
를 구하지 못하면 숲 속에 들어가 다시 어두워질 때까지 숨
어 있어야 할 게다."

명세에게는 말할 수 없었지만 승부는 생각했다. 모형귀신
의 행로는 무명의 고개를 앞두고 끝이 났고 그 이후 어떻게
되는지 모른다. 명세 부자가 상황에 따라 대처할 수밖에 없
다. 하지만 넘어야 할 고개까지 암시했다면 그쪽이 보다 안
전하고 끝까지 성공할 가능성이 높다고 보아야 한다. 실패할
계획이라면 모형귀신이 애당초 달리 나왔을 것이다.

명세는 어머니에게 바뀐 계획을 말씀드리고 집으로 돌아
가시도록 권했다. 탈출에 성공하여 떠나는 것까지 보고 싶겠
지만 만일 저들에게 들키기라도 한다면 승부 어머니에게 부
담스러울 테니 참을 수밖에 없었다.

16

한기는 저녁을 먹고 8시 반이 되자 집을 나섰다. 교무실에는 젊은 군관이 전사 다섯과 함께 자리를 지키고 있었다.

"군관 동무, 안녕하세요?"

"아, 꼬마 동문가? 잘 오게."

"대장 동무는 어디 가셨나요?"

"곧 오실 거야. 그래, 동무는 열세 살에 벌써 중학생이라며?"

"지난 6월에 입학했어요."

"정말 빠르군."

마침 대장 군관이 전사 하나를 데리고 들어왔다. 좀 바쁜 듯 한기에게 한번 웃어 주더니 곧바로 교장실로 가 버렸다.

젊은 군관은 한기와 마주 앉아 자기의 처지를 털어놓았다. 함경남도 북청(北靑)이 고향이고 지난봄 중학교 졸업반일 때 인민군에 입대하여 군관으로 임명되었으며, 가족이라고는 어머니 한 분이 계셨는데 몇 해 전에 돌아가셨다. 학교 성적이 우수하여 주위의 칭찬을 많이 받았으나 너무 외롭게 지내 왔는데 지금은 대장 동무가 잘 보살펴 주어 다행이라고 했다. 인민군을 붙잡아 놓을 계획으로 머리를 꽉 채운 한기에게는 제대로 귀에 들어오지 않았다.

9시 반이 되자 한기는 느닷없이 옛날이야기를 하겠다고

나섰다. 10시 10분으로 정해진 계획에 맞춰 꺼내려고 마음 먹고 있었던 것이다. 마침 대장 군관이 교무실로 들어왔다. 한기가 젊은 군관과 몇 명의 전사를 상대로 이야기를 한다는 말을 듣자 심심하던 참이라 옆으로 다가왔다.

"뭐, 네가 옛날이야기를 하겠다고?"

"예, 그러지요."

"꼬마가 못하는 것이 없구나. 신불출(申不出_해방 후 공산주의 활동에 가담하다 월북한 만담가)이가 새로 나왔네그려. 모처럼 위문공연하겠다니 어디 한번 들어 보자."

대장은 전사가 비켜 준 의자에 앉았다.

이야기가 시작되었다.

옛날 저 비학산 너머에 화전민 노파가 살았답니다.

한기가 실재의 비학산 쪽을 가리키며 입을 열자 인민군의 시선이 일제히 손가락 끝을 따라 옮겨진다. 그들도 비학산을 알고 있기 때문이다. 한순간에 잡담이 뚝 끊어졌다.

노파는 나이가 일흔 살이었어요. 하나뿐인 아들이 어려서 죽고 영감이 지난해에 돌아가셔서 혼자 살았습니다. 친척도 없고 아는 사람도 없어 무척 외로웠지요. 영감이 생전에 산기슭에다 화전을 일궈 놓았습니다. 할머니는 그 밭에 감자나 조·옥수수·호밀 따위를 씨

뿌렸어요. 그러나 나이가 많다 보니 농사가 힘에 부쳐 거둬들이는 것이 줄어들면서 먹고살 일이 걱정스러웠어요.

할머니는 어느 날 밤에 꿈을 꾸었어요. 죽은 영감이 나타나서 요즘은 어떻게 사느냐고 물었어요. 영감을 보니 무척 반가웠지요. 당신이 생전에 일궈 둔 화전에다 옛날처럼 이런저런 것을 가꿔 먹고살지만 혼자 외로움을 견디기가 어렵다고 솔직하게 털어놓았어요. 영감은 할머니를 위로해 주고 한참 다정하게 이야기를 나누다가 이제 그만 돌아가겠다고 자리 털고 일어났어요. 할머니는 모처럼 만난 영감이 금방 돌아가겠다니 너무나 아쉽고 화가 치밀어 눈물을 뚝뚝 흘리며 옷자락을 잡고 매달렸어요.

"이 영감쟁이, 이렇게 오랜만에 와서 금방 가 버리면 나는 어떻게 살아? 일은 안 해도 좋다. 너무 심심하니 며칠이라도 놀다 가소."

할아버지는 정 그렇다면 며칠 놀다 가겠다며 집에 머물렀습니다. 살았을 때처럼 밭에 나가 함께 일하고 돌아와 저녁 먹고 함께 잤답니다.

이튿날 아침에 깨어 보니 할아버지와 함께 있었던 일이 모두 꿈이었어요. 현실이 아니라 아쉬웠지만 영감과 함께 보내면서 얻은 짜릿한 행복이 잊혀지지 않았습니다. 비록 꿈일망정 꼭 다시 왔으면 좋을 것 같았지요.

할머니는 그날도 여느 때처럼 혼자서 밭에 나가 김매기
를 했어요. 간밤의 꿈을 생각하니 아주 행복해져서 김
매기가 전혀 힘들지 않았어요. 점심때가 되어 한 일을
돌아보고 깜짝 놀랐지요. 다른 날이면 고작 다섯 이랑
을 매는데 열 이랑 넘게 맸거든요. 지난날 영감과 둘이
서 일할 때만큼 할 수 있었어요. 영감이 옆에서 거들어
준다는 생각이 들자 오후에도 마냥 신바람이 났습니다.
그날 밤 꿈에 또다시 영감이 나타났어요. 전처럼 밭에
나가 함께 일하고, 저녁 먹고 잠자리에 들어 함께 자
고…, 다음 날 꿈에도 또 나타났어요. 그러기가 한 달
동안이나 계속되었지요. 할머니는 행복하고 즐거워 어
쩔 줄을 모르고 꿈을 꾸는 밤이 기다려졌어요. 이런 나
날이 언제까지나 계속되기를 빌었어요. 거울을 보니 늙
어 쭈글쭈글하던 얼굴이 환하게 피어나 젊은이처럼 윤
기가 흐르는 것 같았어요. 낮에 밭에 나가 일을 해도
신바람이 나고 피곤한 줄 몰랐답니다.
한 달이 채워지는 밤이었어요. 영감은 처음 약속한 며
칠이 어느덧 한 달이 되었다며 이만큼 함께 놀아 줬으
니 이제는 돌아가겠다고 했습니다. 할머니는 이렇게 떠
날 사람이 왜 나타나서 나를 또다시 과부로 만들어 놓
느냐고 투정을 부리며 당신 떠나고 혼자 살기보다는
차라리 이 자리에서 죽어 저승으로 함께 가겠다고 했
어요. 영감은 저승에 돌아가야 할 기한이 되었으니 더

머물기 어렵고 죽고 사는 것이 각각의 팔자라서 억지로 죽어 봤자 함께 갈 수 없다면서 당신이 외롭지 않도록 선물을 남겨 두겠다고 했습니다. 할머니에게는 그런 말이 귀에 들어오지 않았어요. 이번에도 영감 바짓가랑이를 붙들고 늘어졌답니다. 병 앓다 죽었을 때보다 더 슬피 울었으나 무정한 영감은 끝내 떠나고 말았습니다.

할머니는 꿈을 깨어나서도 엉엉 울었어요. 이튿날 밤이 되자 은근히 기대하며 잠이 들었지만 영감이 다시는 꿈에 나타나질 않았어요. 여러 날을 눈물로 보내다가 겨우 마음을 가다듬어 무거운 몸을 끌고 밭에 나가 일을 했답니다. 힘이 빠지고 의욕이 사라졌어요. 해질 때가 가까워 돌아보니 종일토록 한 일이 별로 많지 않았어요. 영감이 꿈에 나타나기 전보다 더 힘들어졌어요. 황혼의 밭둑에 홀로 앉아서 엉엉 울다 돌아왔어요.

한두 달이 지난 뒤에 이상한 일이 일어났습니다. 별난 음식을 전혀 먹지 않았는데 구역질이 나는 거예요. 그날 밤에 잠자리에 누워 무심코 배를 쓰다듬어 보니 쭈글쭈글하던 배가 주름살이 쫙 펴져서 매끈매끈했어요. 설마 그럴 리가 없겠지 생각하고 말았는데 여러 날이 지나자 마침내 뱃속에서 무엇인가 꿈틀대는 것을 느꼈습니다. 배가 자꾸만 불러 왔어요. 꿈에서 영감과 함께 잤더니 아기를 밴 것이지요. 외롭지 않도록 선물을 남겨 두었다는 말을 예사롭게 들었는데 뱃속의 아기가 바로 그 선물인 것을 깨달았습니다.

할머니는 황당했어요. 다른 사람들이 알면 민망스러우니까요. 꿈에 영감이 나타나서 임신시켰다고 말하면 누가 믿어 주겠습니까? 마을에서 떨어져 살고 있으니 몰래 서방질을 했다고 생각하지 않겠어요? 서방질이라도 그렇지, 나이 일흔에 애를 배다니요. 사람들 보기가 부끄러워 시장에 나갈 일이 걱정되었습니다. 그러나 영감이 준 선물이라 생각하고 몰래 아기를 낳았어요. 사내아이였어요. 마을에서 떨어진 산속이라 남의 눈을 피할 수 있었지요. 젖가슴도 다시 살아나 아기에게 먹일 젖이 넉넉하게 나왔습니다. 할머니는 정성스럽게 아기를 키웠어요. 아기는 무럭무럭 자랐습니다. 웬걸? 삼칠 안에 걷기 시작하고 백 날도 안 되어 마구 뛰어다녔어요. 첫돌이 가까워 오자 어른처럼 철이 들어 온갖 말을 못하는 것이 없고 험한 산을 거침없이 오르내렸습니다. 밭일도 도와주었어요. 할머니는 그 아들을 바라보는 것으로써 다시 행복해졌습니다.

하루는 아이가 밖으로 나가더니 도토리를 한 자루 가득 주워 왔습니다. 묵을 해 먹겠다고 반가워하자 아기가 절대로 안 된다며 한 알도 없애지 말고 모두 가마솥에 넣고 푹 쪄서 볕에 잘 말려 달라고 했어요.

할머니가 뭘 하려는 것인지 물어보니 대답을 피했어요. 심상치 않다고 여겨 여러 번 다시 묻자 그 도토리로 일본 군대와 싸우겠다고 말했습니다. 소꿉놀이도 분수가 있지 그걸로 어떻게 총을 든 일본군과 싸우느냐고 웃어넘겼어요. 아이는 정색을 하고 첫돌도 지나지 않은 어린 자기의 놀라운 모습을 보라면서, 도토리로써 일본군을 물리칠 수 있으니 걱정 말라고 했습니다.

한기는 벽시계를 쳐다보았다. 벌써 세 번째로 본다. 9시 55분. 조마조마한 기분이다. 지금까지는 아무 일도 없지만 앞으로가 문제다.

그때 스무 살이 될까 말까 어린 티가 나는 한 전사가 자리에서 벌떡 일어났다. 뒤를 오른손으로 틀어막고 울상을 지으며 젊은 군관에게 말했다.

"군관 동무, 측간에 좀 갔다 오겠습니다. 배탈이 났습니다."

"허허, 급한가 보군. 일찌감치 다녀오지 왜 참았나?"

대장 군관이 건너다보며 말하자 전사가 응답했다.

"이야기가 재미있어서요."

이야기판에 둘러앉았던 사람들이 모두 킥킥 웃었지만 한기는 웃을 정신이 아니었다. 명세 아버지가 갇힌 창고는 바로 변소 옆이 아닌가? 이제 곧 탈출이 시작될 터인데 녀석이 하필이면 이 시간에 가겠다니…. 아직은 15분이 남아 승부가 담을 넘지도 않았을 테니 신호를 보내 봤자 헛수고다. 무겁고 고통스러운 시간이 흐르는 가운데서 이야기를 계속했다.

할머니는 도토리를 삶아 햇볕에 널어 탱글탱글 소리가
나도록 말렸어요. 깨물어도 이빨이 들어가지 않을 만
큼 아주 딴딴하게 말랐지요. 아이는 말린 도토리를 큰
소쿠리에 담아 방 한쪽 구석에 가져다 두었답니다.
며칠 뒤에 갑자기 일본 군대가 온 산을 까맣게 덮었어
요. 이 아이 소문을 들었나 봐요. 아이가 자라면 의병
대장이 되어 신출귀몰하는 재주로 일본군에 맞설 것이
라 판단하여 미리 잡아 죽이려고 1개 연대가 출동했답
니다.
아기는 태연하게 마루에 앉아서 도토리를 한 줌 쥐었
어요. 일본군은 멀찌감치 집을 삥 둘러싸고 마구 총을
쏘았지요. 아무리 쏘아도 총알이 아기에게 닿지 못했
어요. 왜냐고요? 아기가 도토리 한 줌을 쥐었다가 총
쏘는 일본군을 향하여 홱 던지니까 날아오던 총알 하
나하나가 도토리 한 알 한 알에 부딪히면서 힘없이 땅
에 떨어졌거든요.

인민군들은 재미있게 듣고 있었으나 변소에 간 녀석을 기
다리는 한기의 속은 새까맣게 타들어 갔다. 이제 자기도 소
변을 보겠다며 신호를 보내러 밖으로 나가야 할 참이었다.
하지만 그 틈에 너도나도 변소로 몰려간다면 더욱 낭패다.

이럴까 저럴까 망설이고 있을 때 나갔던 전사가 한결 시원해진 듯 얼굴 펴고 들어와 자리에 앉았다. 벽시계가 어김없이 10시 5분을 가리키고 있었다. 이야기 때문에 용변을 서둘러 끝낸 눈치다. 군관과 전사들이 모두 그를 쳐다보고는 다시 웃었다. 한기는 일단 안심하면서 아직도 10분 이상 이야기를 계속해야겠다고 생각했다. 누구든 변소에 가겠다고 나서지 않게 하려면 이야기를 더 재미있게 이끌어 가는 수밖에 없다. 다시 이야기의 열기가 후끈 달아오르고 있었다.

일본군은 총알이 다했습니다. 그러나 아이에게는 도토리가 아직 세 알이나 남았어요. 아이가 일본군을 향해 고함쳤어요.

"여태까지는 너희를 불쌍히 여겨 날아오는 총알을 막기만 했지만 이제 더는 참을 수 없다. 빨리 물러가지 않으면 너희들 중에서 가장 높은 녀석이 죽을 것이다. 내 말 명심하고 그만 돌아가거라."

일본군은 그 말에 코웃음 쳤어요. 명중시키지는 못했지만 아직 죽거나 다친 녀석은 없었으니까요. 맨 먼저 제1대대장이 병정들을 이끌고 돌격해 오려고 일본도를 빼들었어요. 명색이 제1대대장이니 선봉에 서서 남 먼저 전공을 세우고 싶었거든요. 마침내 아이가 도토리 한 알을 홱 던졌습니다. 그 대대장은 앞가슴에 도토리를 맞고 마치 총알 맞은 것처럼 피를 흘리며 쓰러져 죽었습니다.

하지만 물러가지 않고 이번에는 제2대대장과 그 부하들이 돌격해 오려고 했어요. 그러나 대대장이 일본도를 빼는 순간에 아이가 던진 도토리에 맞아 쓰러졌어요.
대대장이 모두 죽었는데도 악독한 일본군은 물러나지 않고 연대장이 마지막으로 나섰어요. 이번에는 연대장을 맞히겠다고 고함쳤으나 듣지 않고 모두가 총에 대검을 꽂아 총사령관인 연대장의 돌격 명령을 기다리고 있었어요. 그가 허리에 차고 있던 긴 일본도를 빼어 들었습니다. 칼을 높이 쳐들어 '돌격!' 이라고 외치면 2천 명이나 되는 일본군이 한꺼번에 몰려들 참이었어요. 아이의 목숨이 바람 앞에 흔들리는 촛불과 같았지요. 그런데 분명히 칼을 쳐들긴 했으나 병정들은 어느 누구도 돌격하라는 구령을 듣지 못했어요. 아이가 마지막 남은 도토리 한 알로 신통하게도 연대장을 맞혔거든요. 그가 앞가슴에 피를 흘리며 고꾸라졌어요. 일본군은 그제야 놀라서 모두 도망쳤어요.

한기는 이제 이야기를 마무리 지어도 좋겠다고 생각했다.

아이는 할머니에게 자기는 어머니를 위로하고 일본군을 혼내라고 아버지가 이 세상에 잠깐 보냈으므로 돌아가야 한다면서 다음에 셋이 저 세상에서 만나 행복하게 살자고 했답니다. 일본군이 다시 올 것이므로 어머니는 여기에서 살 수 없으니 빨리 피신하라고 일렀습니다. 다만 아버지 묘에 들러 작별 인사라도 드려야 하지 않겠느냐는 말을 남겼어요. 말을 끝내자 아이는 온데간데없이 사라졌어요.

할머니는 도망가려고 허겁지겁 보따리를 싸 들고 뒷산에 올라 할아버지 무덤에 갔어요. 두 번 절하고 막 돌아서 내려오려는데 차가운 날씨에 싱싱한 잎을 자랑하는 이상한 풀이 눈에 띄었어요. 자세히 보니 천 년 묵은 산삼이 세 포기나 있었지요. 할머니는 그 산삼을 캐어다가 큰돈을 받고 팔아 낯선 곳에 가서 여생을 편안하게 살았답니다.

이야기가 끝났다. 승부 어머니로부터 들었던 콩알로 일본군을 막아 내는 이야기를 자기 나름으로 손질해서 들려준 것이다. 그런대로 괜찮았던지 둘러앉았던 군관과 전사들이 재미있다고 박수 치고는 그제야 우르르 변소로 몰려갔다. 모두가 이야기 듣느라고 오줌을 참았던 것이다. 만일 이야기를 하지 않았다면 저들이 수시로 변소에 들락날락했을 터이니 어떻게 되었을는지 모른다.

한기는 명세 아버지가 무사히 빠져나갔는지 무척 궁금했으나 달리 알아볼 방법이 없었다. 집으로 돌아오려고 막 교무실 현관을 나서려는데 멀리서 총소리가 잇달아 들려왔다. 깜짝 놀라서 귀를 기울여 보니 소리 나는 곳이 동쪽 어디라고 짐작이 가서 크게 걱정되지는 않았다.

<h1 style="text-align:center">17</h1>

밤 10시가 가까웠다. 승부는 단단히 채비하고 명세와 함께 밖으로 나왔다. 어머니가 걱정스러운 눈길로 바라보셨다. 위험하다고 말릴 수도 없고, 잘해 보라고 격려하기도 어려웠을까?

둘은 학교 뒷길 담벼락 옆에 세워 둔 소달구지에 다가갔다. 소달구지에는 가지가 Y자형으로 뻗은 큰 생나무 하나가 실려 있었다. 디딜방아를 만들 나무라는 말을 들었다. 승부는 두 해 전에 여기에서 모형귀신 이야기로 명세를 골려 주었던 일이 생각나 어둠 속에서 혼자 빙그레 웃었다. 담 너머로 고개를 쑥 빼서 4,5분 동안 살펴보니 아무런 기척이 없다. 담은 바깥쪽에서 대충 60cm 높이이고 안쪽은 1m 반쯤이다. 서남쪽으로 기울어진 땅을 학교 터로 닦으면서 수평이 되게 깎아 냈기 때문이다. 담 너머에는 지난겨울 숙직실에 군불 때고 남은 장작더미가 희미하게 내려다보였다.

둘은 담을 넘어가 장작더미 위에 납작 엎드려 주변을 살피다가 깜짝 놀랐다. 인민군 하나가 변소에서 나오고 있었다. 숨을 죽이고 자세를 더욱 낮춰 지켜보았다. 녀석은 바지를 추켜올려 허리띠를 맨 다음 창고 앞으로 가서 자물쇠를 만져 보고는 서둘러 교무실 쪽으로 가 버렸다. 그러고는 사방이

고요하다. 한기로부터 위험을 알리는 기척도 없다.

인민군이 다시 올 것이라 겁을 먹고 돌아설 수는 없었다. 2,3분 동안 정적이 계속되자 둘은 가만히 장작더미를 내려와 살금살금 창고 앞으로 다가갔다. 주먹만 한 무쇠 자물쇠가 채워져 있었다. 승부는 열쇠를 끼워 조심조심 소리 없이 열고는 조용하게 문을 밀쳤다.

명세는 나지막하게 아버지를 불렀다. 아버지가 아들을 덥석 안았다. 명세가 손을 끌어 아버지가 밖으로 나오시자 승부는 주변을 살핀 뒤 소리 안 나지 다시 문을 닫아 자물쇠를 채웠다. 금방 발각되지 않기 위해서였다. 셋은 장작더미로 올라가 담을 타고 넘었다. 아무도 없었다. 뒷문 보초는 적어도 4,50m 밖에서 졸고 있을 것이다.

셋은 자세를 낮춰 주변을 살핀 다음 곧바로 승부네 집 뒤쪽으로 갔다. 명세 아버지가 입었던 흰 모시옷을 벗고 감춰둔 옷을 꺼내 입으려던 참이었다. 담 안에서 어머니의 나지막한 목소리가 들렸다.

"승부야."

"어머니, 왜요?"

"기다려라."

누가 담을 넘어오고 있다. 어둠 속에서 얼굴을 내민 사람은 한기의 아버지 박 교장이었다. 참으로 황당했다. 서임수가 쳐다보며 물었다.

"아니, 교장 선생께서 어떻게?"

"자세한 이야기는 나중에 합시다. 함께 가도록 허락해 주십시오."

마다할 수가 없었다. 일행은 안내할 승부를 포함하여 넷이 되었다. 시장한 명세 아버지가 집에서 가져온 주먹밥을 삼키는 동안 명세가 말했다.

"아버지, 선돌로 향하다가 마을 못미처 오른쪽 논길로 들어서서 개천을 건너면 곧바로 산 아래입니다. 북으로 조금 올라가 골짜기로 들어가면 작은 재가 있습니다. 재를 넘으면 곡강면 덕성동의 덕실 마을입니다. 덕실에서 동쪽으로 이십여 리를 가면 칠포 바닷가에 닿습니다. 그곳에서 배를 하나 구하는 것이 어떻겠습니까?"

"그 길은 내가 잘 모르는데…. 여기에서 논밭을 가로질러 가척을 지나면 범촌이다. 범촌에서 개천 바닥으로 쭉 가면 칠포 바닷가에 이른다. 물도 말랐을 테니 그게 쉽고 빠르지 않아?"

"그쪽으로는 다니는 사람이 많아 어려울 것입니다."

듣고 있던 박 교장이 급히 나섰다.

"가척 쪽은 안 됩니다. 명세 말에 따릅시다."

명세 말을 따르자고 하면서도 자기주장의 단호함이 묻어 있었다.

승부와 명세가 20m쯤 앞서고 서임수와 박 교장이 뒤따랐다. 논밭을 가로질러 신작로에 올라서고 선돌을 바라보며 빨리 걸었다. 달도 없는 음력 초하루, 어둠이 짙어 길이 겨우 보인다. 안덕 입구를 막 지나고 있을 때였다. 동남방으로 1km 남짓하게 떨어진 가척·모정(사정동) 쪽 어디에서 따발총과 소총 소리, 수류탄 터지는 소리가 어지럽게 들려오더니 불길이 치솟았다.

"그렇구나!"

승부는 아찔했다. 만일 모형귀신의 암시가 없었다면 지금 그 부근에 있을 시간이다. 미리 알고 자기를 도와주었다. 그렇다면 이 탈출이 반드시 성공할 것이라는 믿음이 굳어졌다. 명세에게 어떻다고 말할 수가 없었다.

선돌이 가까웠다. 마을을 비켜 가려면 여기에서 오른쪽으로 틀어야 한다. 명세가 말했다.

"이제 우리끼리 가겠다. 승부야, 고맙다. 네가 돌아갈 일이 걱정이다. 그만 헤어지자. 빨리 돌아가라. 인민군 쫓겨가거든 다시 만나자."

명세 아버지와 박 교장도 고맙다면서 빨리 돌아가라고 재촉했다.

"저는 그만 가겠습니다. 몸조심하십시오. 명세야, 다음에 보자. 부디 무사하게 피란 잘해라."

승부는 명세 일행이 오른쪽 논길로 접어드는 것을 보며 돌아섰다. 그렇게 일행과 헤어지고 1분도 채 못 되어 북쪽에서 요란한 오토바이 소리가 고요한 밤공기를 흔들었다. 외눈박이 라이트를 켠 사이드카 한 대가 바람처럼 다가오고 있었다. 재빨리 길 옆 도랑으로 뛰어들어 엎드렸다. 인민군 셋이

탄 사이드카가 눈 깜짝할 사이에 코앞을 지나가자 바람에 실린 흙먼지가 얼굴을 덮쳐 왔다.

누구 말로 인민군들이 선돌 북쪽 청하로 넘어가는 옛-재에 초소를 두었다고 했다. 총격전이 일어나는 곳으로 합세하러 달려가는 것이 분명했다. 미군 비행기가 떠 있으면 라이트를 켜기 어려울 텐데 하늘에선 아무 소리도 들리지 않았다. 승부는 '휴-' 하고 긴 한숨을 두세 번 내쉬어 놀란 가슴을 가라앉히고는 집을 향하여 뛰었다.

어머니는 마당에서 서성거리고 계셨다.

"어머니, 다녀왔습니다."

바짝 다가가 낮은 목소리로 고하자 얼른 다가와 당신 가슴에 꽉 껴안는다.

"무사히 돌아왔구나. 명세 아버지 일은 잘되었나?"

"예, 잘되고말고요. 선돌 못미처서 헤어졌어요."

"사이드카 만나지 않았니?"

"명세와 헤어지고 바로였어요. 길 옆 도랑에 숨었기 때문에 들키지 않았어요."

어머니는 승부가 간 쪽에서 들려오는 엔진 소리가 어둠을 찢으며 동네를 안고 돌아 동쪽으로 사라지는 것을 놓치지 않았을 것이다. 뒷마당 담 너머로 칠흑 같은 공간을 지켜보고 마음 졸였을는지도 모른다. 마루의 벽시계를 들여다보니 11시 20분이 지났다.

승부는 한기 아버지가 끼어든 사연이 궁금했다.

“교장 선생님은 어떻게 된 거예요?”

“나도 잘 모르겠다. 너희 둘이 나간 다음에 내외분이 함께 오셨다. 한기 어머니는 일행이 떠나자 곧 돌아가셨다.”

한기 아버지는 출장 중이라 했는데 영문을 알 수 없었다. 내일 한기를 만나면 의문이 풀릴 것이라 믿을 수밖에 없었다. 승부는 우물가에서 땀범벅이 된 몸을 씻고 잠자리에 들었다.

<h1 style="text-align:center">18</h1>

명세 부자와 박 교장은 논길로 접어들고 100m도 채 못 가서 사이드카 소리를 들었다. 얼른 논바닥에 엎드려 지켜보았으나 승부에게는 별일 없이 그냥 지나갔다. 셋은 곧장 가서 선돌을 끼고 흐르는 개울을 가로지르고 골짜기를 더듬어 고개로 이어진 산길로 접어들었다.

고갯길은 꼬불꼬불하고 가팔랐다. 승부와 헤어지고 30분 가까이 지나서 일행은 이름 없는 작은 고갯마루에 올라섰다. 명세가 말했다.

“아버지, 이제 어디로 가시렵니까?”

“네 생각은 어떤가?”

“아까 말씀드린 것처럼 해안으로 가서 배를 타야겠지요.”

“그렇게 하자.”

묵묵히 따라오던 박 교장이 나섰다.

“사실은 저도 같은 생각입니다. 그렇게 합시다.”

그들은 비탈길을 내려갔다. 내리막은 오르막에 비하면 한결 완만하고 곧게 뻗어 있었다. 마을이 가까워져 바짝 긴장하고 있을 때 박 교장이 말했다.

“서 선생님, 제가 길을 안내하겠습니다.”

서임수는 고개 너머 이 마을이 있다는 말을 들었을 뿐 한 번도 와 보지 못해서 은근히 걱정했는데 박 교장이 나서자 부근을 잘 아는가 보다 생각하여 고개를 끄덕이며 물었다.

“덕실이 얼마나 남았어요?”

“곧 마을입니다. 2,3백m쯤 남았어요.”

셋은 비탈길을 좀 더 내려와 마을 첫 집의 담벼락을 끼고 발자국 소리 들리지 않게 조심조심 걸었다. 풀 밟히는 소리조차 숨죽인 원초의 고요 속에서 사람 사는 곳의 따뜻한 기운이 느껴진다. 달 한 조각 없는 칠흑의 어둠에서도 알 수 없는 빛이 서린 듯 초가지붕의 용마루가 허공에서 뚜렷하다. 다시 걸음을 재촉하여 큰 소나무 밑에 이르자 박 교장이 멈춰 서서 둘에게 앉으라는 손짓을 하고는 말했다.

“여기서 5분만 기다려 주십시오.”

“빨리 가야 날 새기 전에 바닷가에 닿을 수 있을 터인데 이렇게 시간을 허비해도 좋을까요?”

서임수가 불만스럽게 물었다. 박 교장은 그 말에 아랑곳 않고 다시금 앉으라는 손짓을 보내고는 마을로 내려간다. 궁금했지만 조용하게 기다릴 수밖에 없었다. 멀리서 개 짖는 소리가 들려왔다.

시간이 흐르고 있었다. 명세도 조바심이 났다. 오래지 않아 누군가를 데리고 왔다. 다른 사람이 끼어든 것에 바짝 긴장하면서 지켜보았다. 따라온 사람은 서른 살 내외의 젊은 사내였다. 고개를 숙여 인사한다. 박 교장은 그 사내를 가리키며 말했다.

"이 사람이 우리를 안내할 것입니다. 걱정 않으셔도 됩니다."

서임수는 영문을 알 수 없었지만 어디가 어딘지 몰라 장님이나 다름없는 처지에 길을 안내해 준다니 맡겨 두기로 했다. 그런데 어둠 속에서 사내를 찬찬히 살펴보니 왼팔이 없어 소매가 멋대로 놀았다. 젊은 그가 어떻게 인민군 점령 지역에서 지낼 수 있는지 짐작이 갔다. 사내는 물을 담은 조롱박을 가져왔다. 세 사람은 잔뜩 목이 말랐던 참이라 물을 나눠 마셨다.

사내가 동북쪽을 가리키며 속삭이듯 말했다.

"국군 제3사단과 경찰대 피란민 등 1만수천 명이 장사에서 월포까지 해안에서 바다를 등지고 포위되어 있습니다. 포항이 점령되어 퇴로가 끊겼어요. 지금 인민군이 포위망에 많은 병력을 집중시켜 놓았기 때문에 우리는 그 틈에 저들 등 뒤로 돌아가야 합니다. 우목 나루에서 배를 타면 점령 지역을 벗어날 수 있습니다."

서임수는 마음이 약간 놓였다. 사내가 현재의 전세나 양

군의 포진을 알고 탈출로를 분명하게 말하는 것에 믿음이 갔
다. 이 밤중에 따라 나왔으니 박 교장의 친척쯤 되는가 보다
고 짐작했다.

서임수 부자와 박 교장은 사내 뒤를 따랐다. 명세가 야광
시계를 보니 11시 30분이다. 덕실은 완만한 골짜기 안으로
깊숙하게 들어앉은 마을이었다. 좁은 농토를 끼고 마을 앞의
개울을 따라 동쪽으로 빠져나와 숲 사이로 난 낮은 고개 목
을 넘으니 비로소 넓은 들이 활짝 열린다.

인가가 없는 들녘은 개 짖는 소리가 나지 않아 지나가기
쉬웠다. 한참 더 가니 큰길이 가로막았다. 포항에서 강원도
로 통하는 7번 국도다. 동해안을 잇는 유일한 통로인 만큼
인민군의 왕래가 잦을 것이다. 안내인의 말에 따르면 인민군
은 포위된 국군 공격에 몰려들어 그 배후가 거의 공백 상태
라고 했다. 어떻든 도로를 가로질러야 한다.

일행은 논둑에 엎드려 살펴보았다. 100m쯤 떨어진 곳에
서 억양 센 북한 말씨가 밤의 적막을 타고 들려왔다. 가까이
는 아무런 인기척도 없고 길은 자동차 두 대가 겨우 비켜 갈
너비였다. 살금살금 길을 가로질러 왔는데 세 사람 어느 누
구도 땅에 주저앉아 버드나무 가로수 밑둥치에 등을 기댄 채
졸고 있던 인민군을 미처 보지 못했다. 명세가 그의 뻗친 다
리에 걸려 넘어졌다. 얼른 몸을 일으켜 비켜났지만 녀석은
'아얏' 하고 소리 지르며 잠결에 벌떡 일어나 어깨에 걸쳤던
장총을 집어 들고 총검술 자세를 취하더니 '얏' 하고 기합을

넣어 어두운 전면을 향하여 무작정 찔러 왔다. 무엇인가 앞에서 어른거리는 검은 형체를 보았을지도 모른다.

명세는 무사했지만 뒤따르던 박 교장이 낮은 비명을 지르며 오른손으로 왼팔을 감싸 쥐고 물러섰다. 팔꿈치 위쪽이 대검 끝에 찔린 것이다. 누구든 조금만 더 크게 소리 내면 멀지 않은 곳의 인민군 떨거지를 불러들일 수도 있었다. 그때였다. 안내인이 오른손에 들고 있던 박달나무 방망이로 녀석의 뒤통수를 힘껏 갈겼다. 전투모를 쓰고 있던 녀석은 '억' 하는 소리와 함께 앞으로 꼬꾸라지더니 땅바닥에 벌렁 누워 버렸다. 눈 깜짝할 사이에 벌어진 일이었다. 안내인은 쓰러진 녀석의 머리통을 쓰다듬어 까까머리 인민군인 것을 확인하고는 질질 끌어 길 옆 도랑에다 밀어 넣었다.

박 교장은 총검에 찔린 왼팔을 움켜쥐고 아픔을 참았다. 일행이 동쪽으로 향하여 정신없이 달려 300m쯤 왔을 때 뒤쪽이 왁자지껄해졌다. 달음박질을 멈추자 '땅-콩-' 하는 단발의 총성이 들려왔다. 인민군 장총을 쏠 때의 독특한 소리다. 마을 사람들은 그 장총을 '땅콩총'이라 불렀다. 이어서 다시 두 발의 총성이 들리더니 잠잠해졌다.

"저들이 추격해 올까요?"

서임수가 약간 떨리는 목소리로 묻자 청년이 가볍게 대답했다.

"이 어둠 속에서 어떻게 추격합니까. 어디로 갔는지도 알지 못하잖아요. 저들인들 별수가 있겠어요. 어디에서 뭐

가 나타날는지 몰라 덜컹 겁이 나니까 몇 발 쏘아 보는 것
입니다.”

한참 더 와서 안내인이 박 교장 팔을 보자고 했는데 다행
히 큰 상처는 아니었다. 명세 아버지가 손수건을 꺼내어 동
여매어 주었다.

안내인은 부근의 지리를 꿰뚫고 있었다. 평탄한 들판은 바
다에 이르기까지 훤하게 펼쳐져 막힌 데가 없었다. 한참 말
없이 논두렁길로 이끌더니 곧바로 칠포 쪽으로 가면 포위망
남단의 인민군과 만나질 수 있다면서 들길을 버리고 동남쪽
으로 방향을 틀어 야산 오솔길로 접어들었다.

낮은 언덕을 넘고 내려오니 파도 소리가 들려왔다. 다시
자동차가 겨우 다닐 만한 길을 조심조심 넘어서니 바다로 향
한 비탈에 마을이 있었다. 서임수는 배를 구할 일이 걱정되
어 작은 목소리로 안내인에게 물었다.

“바닷가에서 배를 얻을 수 있을까요?

그는 대답 대신 고개를 끄덕이며 마을 옆을 돌아 바닷가로
일행을 데리고 갔다. 모래벌판 위에 끌어올려 둔 작은 고기
잡이 배 여러 척이 보인다. 안내인은 살금살금 다가가 목소
리를 낮춰 누구를 불렀다.

“똥배 있나?”

그때 유달리 물가로 나앉은 배 안에 누워 있던 한 청년이
슬그머니 일어났다. 짤막한 키에다 별명처럼 똥배가 불룩 나
왔다. 포구의 다른 배들 사이에 자기 배를 숨겨 두고 있었던

것이다.

안내인이 그와 주고받았다.

"오래 기다렸나?"

"아니요. 두 시간쯤 되겠지요. 당숙께서는 강령하시죠?"

"그럼, 잘 계신다네. 대동배 당숙모님 평안하신가?"

"예."

뒤에 알았지만 둘은 6촌간의 친척이어서 서로에게 집안 안부를 물은 것이고, 똥배의 집은 인민군 그림자도 찾아볼 수 없는 바다 건너편 동해면 대동배였다.

그가 타고 온 배는 뱃머리만 겨우 뭍에 얹혀 있어 약간 떠밀자 금방 물 위에 떴다. 일행은 아무 말도 않고 힘찬 악수로써 안내인과 작별 인사를 나눴다. 명세가 다시 시계를 보니 3시 10분이다. 한두 시간 지나면 날이 밝는다.

셋이 배에 오르자 똥배는 긴 삿대를 힘껏 떠밀어 소리 없이 해안을 떠났다. 안내인이 어둠 속에서 손을 흔들어 주었다. 천천히 노를 젓는다. 어디선지 수군거리는 소리가 들려오다 뱃전에서 찰싹거리는 물소리에 파묻힌다. 북쪽 해안에서 포탄 터지는 소리가 끊이지 않았으나 들쭉날쭉한 해안선에 가려 아무것도 보이지 않았다.

해안에서 멀어지자 작은 돛을 올렸다. 새벽 바람이 돛폭에 가득 안겨 속도가 빨라지면서 영일만을 가로질러 장기곶을 바라보며 나아간다. 인민군이 바다에 배를 띄우지 못하고 있으니 어떻든 이제는 저들을 벗어난 것이 틀림없다. 하늘은 어둠이 점점 엷어지고 있었다.

문득 서임수가 침묵을 깨고 박 교장에게 말을 걸었다.

"교장 선생, 오늘이 며칠인지요?"

"그러고 보니 8월 15일이네요."

"정말 딱하네. 해방 5주년에 우리가 이런 처량한 신세로 군요."

"너무 한탄하지 마십시오. 슬픈 날을 보내면 반드시 기쁜 날을 맞을 것입니다."

그때였다. 남쪽으로부터 가벼운 비행기 소리가 들렸다. 소리가 차츰 가까워지더니 경비행기 한 대가 낮게 떠서 배 위로 지나갔다. 서로가 대충 알아볼 수 있을 만큼 하늘이 훤하게 밝아 있었다. 서임수는 적잖게 당황했으나 똥배와 박 교장은 흰 천을 장대에 매달아 다시 돌아오는 비행기를 향하여 휘저었다. 비행기는 두 날개를 흔들더니 원을 그리며 한 바퀴 더 돌아 비행장 있는 쪽으로 사라진다.

서임수는 한숨짓고 다시 동녘으로 눈을 돌렸다. 얼마나 시간이 흘렀을까? 배가 해안에 차츰 가까워진다. 그들을 맞이할 자유의 포구에 새날이 오고 있었다. 물안개가 천천히 걷히고 수면에 붉은 기운이 감돌더니 마침내 찬란한 아침 해가 바짝 다가선 언덕 위로 솟아오른다. 똥배는 손끝으로 초가가 옹기종기 모인 포구를 가리키며 말한다.

"저기 마주 보이는 마을이 구만입니다. 그 옆의 편편한 들판 너머가 대보고요. 대보 등대가 보이네요. 구만과 대보는 장기곶 땅끝이지요. 왜 구만이라고 하는지 아세요?”

아무도 대답하지 못하자 다시 계속했다.

“단종 때에 수양 대군에게 죽음을 당한 영의정 황보인(皇甫仁)이란 분이 계셨잖아요? 계유정난에 역적 누명을 쓰고 일족이 모두 억울하게 죽었지요. 그때 단량(丹良)이라는 여자 종이 황보인의 한 어린 손자를 물동이 속에 넣어 머리에 이고 몰래 도망쳐 나왔답니다. 관헌의 눈을 피해 한양에서 멀리 떨어진 이곳에 이르렀어요. 땅끝이라 더 갈 데도 없고 이만큼 왔으면 살겠다 싶어서 이제 그만 가자고 했다는 것입니다. ‘그만 가자’는 말을 여기에서는 보통 ‘구만 가자’라고 발음하지요. 구만 간다고 해서 구단으로 부르게 되었다는 것입니다. 이 부근에는 황보인의 자손인 황보 씨들이 많답니다. 오래 숨어 살았지만 근본이 양반이고 훗날 숙종 때 신원되었어요. 지금 세 분도 바로 그때의 황보 씨 형편과 다름없습니다. 그래서 우리도 그만 가기로 하고 구만 포구에 내려 드리겠습니다.”

똥배의 익살스러운 뒷말에 일행은 모두 조용하게 웃었다. 보기보다는 퍽 유식한 사람이었다.

포구에 배를 대자 미군 MP(헌병)가 지프차를 대 놓고 기다리고 있었다. 경비행기의 제보 때문이라고 생각되었다. 박 교장과 똥배는 MP와 뭐라고 이야기를 나누더니 박 교장이 서임수에게 말했다.

“저는 공무원 신분이어서 지금 곧 MP를 따라가 신고해야 합니다. 미군이 많은 병력과 군수 물자를 부산에 상륙시켜 적극적으로 싸우고 있으니 머지않아 인민군이 쫓겨 갈 것이라고 말했습니다. 좋은 시절이 돌아오면 신광에서 뵙도록 하겠습니다. 선생님 덕분에 무사히 빠져나왔습니다. 정말 고맙습니다. 명세야, 고맙다. 한기에게도 내가 무사히 왔다고 알려다오. 그럼 안녕히 가십시오.”

이어서 똥배에게도 인사한다.

“이번에 힘 많이 썼네. 정말 고맙네. 다음에 또 만나세.”

박 교장이 MP와 함께 떠나자 똥배에게 다음에 또 만나자고 한 말의 의미를 짐작할 수 없었다. 똥배는 서임수 부자를 해안의 한 집으로 안내했다. 구장(이장) 댁이었다. 반갑게 맞으면서 아침을 지어 주었다. 밥을 먹고 나자 똥배가 말했다.

“저는 그만 가겠습니다. 이 난리에 어떻게든 목숨 부지했다가 인민군 쫓겨 가거든 다시 만납시다.”

떠날 사람 보내고 생각하니 서임수는 박 교장이 일행에 낀 사연이 새삼 궁금했다. 배 타고 오는 도중에 박 교장은 서임수가 탈출한다는 것을 부인으로부터 듣고 윤 교장 댁으로 와서 기다렸다고 말했지만 어떻게 덕실 마을에서 안내인과 만났는지에 대한 설명은 없었다. 하지만 묻지 않았다. 말 못할 사정이 있을 것이다. 그와 동행하여 얼마나 쉽게 인민군 점령 지역을 빠져나왔던가. 함께 죽음의 문턱을 넘어와 자기를 살려 준 사람이다. 난리 중에는 생명을 보전하는 것이 최고의 가치요, 생사를 같이한 것이 최선의 신뢰다.

19

명세 할머니와 어머니는 마주 앉아 초조한 마음으로 벽시계를 쳐다보았다. 10시가 지나고 있었다. 할머니가 먼저 입을 열었다.

"10시 10분이라지?"

"예, 아직은 시간이 아닙니다."

이윽고 10시 10분이 되었다. 이번에는 서로가 아무 말도 않는다. 10시 반이 넘어서자 멀리서 총소리가 어지럽게 들려왔다. 가까운 곳은 아니다. 둘은 소스라치며 서로 쳐다보다가 할머니가 일어나서 방문을 연다. 다시 총소리가 들린다. 동쪽이다. 동쪽이라면 범촌 방면이다.

"범촌 쪽으로는 안 간다고 했지?"

"예, 어머님. 선돌 안 골짜기로 해서 재 너머 덕실 쪽으로 간다고 했어요."

"나무아미타불 관세음보살."

"너무 걱정하지 마세요."

"그래, 걱정하지 않으마. 저들이 곧 우리 집을 뒤질 것이다. 그냥 뒤지기만 한다면 어떻겠냐만 무슨 행패를 부리고 누구를 해칠는지…. 낮에 말한 대로 빨리 떠나야지. 함께 갈 오 서방 내외가 기다리고 있을 테니 서둘러라."

명세 할머니의 친정 조카딸이 비구니가 되어 마북 깊은 산

속에서 조그만 암자를 지키고 있었다. 명세네는 해마다 쌀 한두 가마니를 시주한다. 아들과 손자가 탈출하고 나면 며느리에게 그곳으로 가서 난을 피하라고 했다. 하지만 명세 어머니는 선뜻 나서지 못했다.

"어머님도 함께 가셔야지요. 혼자서는 못 갑니다. 명세 아버지도 안 계신데 어머님을 두고 저 혼자 가 버린다면 그 불효를 어떻게 용서받을 수 있겠습니까?"

"너의 말에 명분이 선다. 그러나 난세에는 명분보다 실리를 따라야 한다는 것을 너도 잘 알잖아. 생명이 초개 같은 세상이니 오로지 살 길을 좇아야 할 뿐이다."

"어머니께서 안 가신다면 저도 가지 않겠습니다."

"아니다. 저들도 나 같은 늙은이는 어쩌지 못하겠지만 너는 다르다. 내가 시키는 대로 해라. 내가 자식들에게 죄인 되는 일이 없도록 해라."

'자식들에게 죄인 되는 일 없도록 하라' 는 말 한마디에 명세 어머니는 더 고집을 부리지 못했다. 결국 시어머니가 이겨서 며느리 혼자 가기로 결정되었다. 오 서방 내외와 함께 길을 떠났다.

아침 9시경에 인민군들이 밀어닥쳤다. 승부가 침착하게 창고 문을 닫아 자물쇠를 채워 놓는 바람에 탈출을 늦게 알아차렸다. 젊은 군관은 명세 할머니를 깨워서 신경질적인 말씨로 물었다.

"할머니 동무, 식구들은 모두 어디로 갔소? 어디로 갔다는 말이오?"

"아들을 잡아가지 않았소."

"나머지는 어디로 숨었소?"

"죄도 없는데 숨기는 왜 숨나. 피란 갔지."

머리 아픈 이처럼 띠로 이마를 동여매고 누웠다가 고개 들어 간단히 대답하고 다시 누워 버렸다.

탈출한 서임수가 집으로 돌아오지 않을 것이 분명하지만 부인이라도 데리고 가려다 헛물을 켜고 말았다. 저들도 할머니를 어떻게 할 수가 없어 달리 행패 부리지 않고 돌아갔다.

명세가 떠난 이튿날 한기는 일이 어떻게 되었는지 궁금했다. 아침을 먹자마자 우선 학교도 갔다. 탈출한 일행이 잘못되어 잡히기라도 했으면 저들이 법석 떨 터인데 다행스럽게도 조용했다. 교무실로 들어가니 대장이 곁에 아무도 두지 않고 우두커니 혼자 앉아 있었다.

"대장 동무, 안녕하십니까? 진지 드셨습니까?"

한기가 인사하자 대장이 쳐다보았다. 잔뜩 화가 나서 오만상을 찌푸리고 있었으나 열세 살짜리 아이를 상대로 분을 풀기는 어려웠을 것이다.

"오늘은 내가 바쁘다. 내일 놀러 오너라."

대장은 귀찮다는 듯이 말하고는 고개를 돌렸다. 더 이상 수작을 걸 수가 없었다. 그때 젊은 군관이 쑥 들어오더니 한기에게 눈길을 주어 아는 체하고는 대장에게 다가갔다.

대장이 말했다.

“어젯밤 사정동에 간나 새끼들이 출몰해서 우리가 출동한 틈에 그놈이 도망친 것 같군. 락에서 자물쇠 다시 채워 둔 것 보면 서툰 놈들의 소행이 아니야. 공작원이 빼내 간 것 같군. 다른 장난이 없어 다행이다. 잡아온 것 보고하지 않았으니 내뺀 것 일러바칠 필요가 있겠나? 괜히 일을 키우면 동무가 책임을 면할 수 없어. 앞으로는 철저하게 근무하라고.”

젊은 군관은 크게 꾸중 들을 줄 알다가 뜻밖인 모양이었다.

“대장 동무, 감사합니다. 은례를 잊지 않겠습니다. 서임수 집을 다시 수색해 볼까요?”

“자꾸 수색할 것 없어. 그놈디 집에 앉아 있겠나. 마누라도 없었다며? 그렇다고 할망구를 어떻게 하기는 지금 좀 그렇고. 괜히 시끄러우면 비웃음거리가 되어 동무에게 이로울 것 없소. 별도 지시가 있을 때까지 집 주변이나 감시하라고.”

“옛, 알겠습니다.”

젊은 군관은 경례하고 나갔다.

한기는 그 말을 듣자 세 사람의 탈출이 일단 성공했고 명세 어머니도 피신한 것을 알았다. 국군 공작원이 빼내 갔다고 판단한다면 승부나 자신이 의심받지는 않을 것이었다.

한기는 승부를 찾아갔다.

“일이 어떻게 되었나?”

“한 치도 어긋나지 않고 계획한 대로야. 정한 시간에 모셔 내어 선돌로 향했어. 1km쯤 갔을 때에 가척 쪽에서 총소리가 났지. 그리로 가지 않았던 것이 큰 다행이야. 선돌 못미처에서 헤어지고 논길로 들어섰으니 곧장 고개를 넘었을 거다. 참, 그런데 너의 아버지는 어떻게 되신 거냐?"

"아버지가 출장 가셨다 길이 막혀 어려움을 겪은 끝에 어젯밤 내가 본부에 간 사이에 돌아오셨나 봐. 뵙지도 못했어. 어머니가 빨리 도망가시도록 우겨 명세 아버지와 합류한 거란다. 어머니도 탈출 계획을 알고 계셨잖아."

"인민군들에게 들은 이야기는 없나?"

"어젯밤 가척에서 전투가 벌어져 출동한 틈에 국군 공작원이 명세 아버지를 빼내 갔다고 믿고 있어. 상부에 보고되지 않은 것이라서 저들끼리 조용하게 넘어가자고 했어."

"잘됐군. 그런데 말이야, 명세와 선돌에서 막 헤어졌을 때에 인민군 세 놈이 탄 사이드카를 만났는데 재빨리 길 옆 도랑에 숨어 별일이 없었어. 아마 총격전이 벌어진 사정 쪽으로 갔을 거야."

"큰일 날 뻔했구나."

"운이 좋았지, 뭐. 넌 어떻게 인민군을 잡아 두었어? 역시 이야기로?"

"그래. 너의 어머니께서 해 주신 이야기를 약간 고쳐 들려주니 아주 좋아하더군. 그런데 10시 5분 전에 한 놈이 설사를 만나 느닷없이 변소 가겠다는 거야. 조마조마했지. 그 착한 녀석은 정확하게 10분 만에 일을 끝내고 돌아와 주었어."

"맞아. 담을 넘자마자 그 녀석을 보았어. 바지를 끌어올리고 창고 자물통을 만져 본 다음 교무실로 들어가는 거야. 녀

석들이 아주 꼼꼼했어. 우리가 만일 10시를 택했으면 발각
되고 말았을 것이야.”

“정말 잘되었어. 탈출해서 가척 쪽으로 가지 않은 것이랑,
모두가 최선의 선택이었어. 넌 정말 대단해.”

“대단하긴…. 운이 좋았지, 뭐.”

승부는 모형귀신이 가르쳐 주어 10분을 늦추고 방향까지
바꿨다고 말할 수가 없었다. 한기가 꾸민 이야기가 궁금했다.

“인민군에게 들려준 이야기 한번 들어 보고 싶다. 안 해
줄래?”

“그래, 하고말고.”

한기의 이야기를 끝까지 듣고 난 승부가 말했다.

“넌 정말 이야기 꾸미기에 소질이 있구나. 다음에 소설가
될래?”

“재작년에 너의 모형귀신 이야기는 어떻고? 명세가 기절
하지 않은 게 천만다행이었지.”

“아직도 그걸 기억하나? 어떻든 너에게는 두 손 들겠다.
너에 비하면 난 아주 신출내기야.”

둘은 서로 붙들고 웃다 헤어졌다.

한기를 보낸 승부는 명세 부자가 적어도 신광에서는 무사
히 빠져나간 것을 명세 할머니에게 알려드리고 싶었지만 당
장에 적당한 방법이 없었다. 저녁을 먹고 집 밖으로 나왔다.
어둠이 짙게 깔렸다. 친구를 찾으러 가는 척 명세네 집을 들
여다볼까 어쩔까 생각했다. 그때 누가 옆으로 지나치더니 다

시 돌아왔다. 명세 할머니였다. 다행히 뒤따르는 사람은 없다. 가까이 다가가 나지막한 소리로 말을 걸었다.

"할머니, 웬일이세요?"

"승부구나. 널 만나려고….."

"어디 갔다 오세요? 감시가 따라오지 않던가요?"

"감시는 없었어. 아침에 인민군 왔다 간 뒤 혼자 비학산 밑 법광사에 가서 불공드리고 오는 길이야. 그래, 명세와 애비는 어떻게 되었나?"

"무사히 빠져나갔습니다. 선돌 근처까지 바래다드리고 덕실 가는 고개를 넘도록 했습니다."

"어젯밤 가척 쪽에서 총소리가 났다던데 그 애들은 괜찮았겠지?"

"할머니, 걱정 마세요. 그건 상관없는 일이고 명세 아버지는 무사히 빠져나갔습니다. 명세도요. 아마 오늘부터 집을 감시할 것입니다."

"휴우―."

비로소 한숨을 길게 내쉬더니 말씀을 이었다.

"애들만 무사히 빠져나갔다면 멋대로 하라지."

"명세 어머니는 집에 계십니까?"

"아니, 암자로 가서 숨었어. 나 혼자다. 그만 간다. 고생 많이 했다. 정말 고맙다."

할머니는 꼭 쥐었던 손을 놓고 어둠 속으로 사라졌다.

<h1 align="center">20</h1>

승부는 모형귀신의 신통력에 새삼 놀랐다. 담 넘는 시간을 10분 늦춰 똥 누러 나온 녀석을 피할 수 있었고, 탈출로를 바꿔 국군과 인민군이 교전하는 사이에 끼어들지 않았다.

3,4일이 지나자 14일 밤의 서임수 탈출을 둘러싸고 마을 사람들 사이에 소문이 무성했다.

'국군 정찰대가 범촌 쪽에서 산기슭을 끼고 들어와 가척 근처에 이르렀을 때에 순찰 중이던 인민군과 마주쳐 전투가 벌어졌다.'

'학교에 머물던 1개 분대와 엿-재 초소를 지키던 3명이 달려가 합세하였으나, 국군은 이미 철수해 버린 다음이었다.'

'서임수를 탈출시키려고 국군 공작대 2명이 따로 학교에 잠입했다가 인민군이 출동한 틈에 빼내서 서임수는 아내와 아들을 데리고 도망쳤다.'

누가 만들었는지는 모르지만 제법 그럴듯한 시나리오였다.

그즈음 주민들 사이에서 새로운 피란 방법이 나왔다. 인민군 점령 지역을 벗어나 남하하는 것이 아니다. 순식간에 그들에게 점령당하고 동서남북으로 포위되었으니 꼼짝할 수가 없었다. 그냥 마을에 머물면 인민군과 뒤섞여 미군의 폭격이

나 함포 사격에서 함께 희생될 수도 있다. 처음에 누가 시켰는지 모르지만 인민군과 뒤섞이지 않고 미군기가 민간인임을 알아보기 쉽도록 시야가 트인 개천 모래톱에 나오는 사람들이 차츰 늘어났다. 인민군이 청장년들을 잡으러 올 때 재빨리 알아차리려는 목적도 있었다.

인민군은 한글이나마 깨우친 젊은이들을 달래고 얼러서 청년회나 부녀회 등 공산당 조직에 집어넣고 점령 정책의 앞잡이로 삼았다. 그 밖의 청장년들을 닥치는 대로 잡아가서 강제로 의용군에 편입시키거나 노무자로 부렸다. 인민군 사단 병력의 3할 이상이 강제로 끌려 나온 남한 청년들로 채워졌고, 전투가 벌어지면 그들을 총알받이로 앞세운다는 말이 돌았다. 붙잡혀 가지 않으려고 다을 근처 산기슭에 땅굴을 파고 숨어 지내는 사람이 많았다.

인민군은 남으로 내려오면서 차츰 보급에 어려움을 겪었다. 식량 부족을 메우려고 통일 흐에 갚겠다는 증명서를 끊어 주고 양곡과 소를 징발하는 등 현지 보급을 강화했다. 민가에 곡식이 별로 남아 있지 않은 계절이었다. 양곡 징발은 쉽지 않았으나 소는 닥치는 대로 몰고 갔다.

개전 이래 아군은 계속 남으로 길리면서도 소중한 시간을 벌었다. 그동안 미국의 대규모 병력과 막대한 군수 물자가 부산항에 도착하여 전선에 투입되었다. 그 밖에 영국·캐나다·호주·태국·프랑스·터키·에티오피아 등이 참전했다. 그에 힘입어 가까스로 마지막 방어선을 구축할 수 있었다. 그것이 전선을 지휘하는 미 8군사령관의 이름을 딴 '워커 라인(Walker Line)'이며, 우리말로 '낙동강 방어선'이다. 마산에서 대구에 이르는 낙동강 연안과 대구에서 포항에 이르는 산악 지방의 여러 갈래 축선과 형산강 연안이다.

아군은 한동안 이 방어선에서 저들의 공세에 맞서며 일진일퇴를 거듭했다. 워커 중장과 한미 장병들은 이 방어선이 무너질까 봐 죽을힘을 다하여 막았다. 수많은 젊은이가 피를 흘려야 했다. 만일 북한군이 워커 라인을 뚫는다면 한달음에 부산까지 밀고 올 것이고 대한민국은 지구 상에서 사라질 운명이었다. 나라의 명운이 여기에 걸려 있었다.

동부 전선에서 국군 제3사단과 수도사단은 바다를 낀 포항과 비학산 너머 기계 일대에서 인민군 제5사단과 제12사단을 상대로 격전 중이었다. 특히 동해안은 포항이 점령당하면서 7번 국도를 지키던 국군 제3사단이 포항 북쪽 영덕·강구에서 밀려 강구 남쪽의 장사 해안에서 포위당했으나 8월 15일 밤에 미군 LST(탱크 상륙함) 4척이 송라면 방석동 독석마을 해안에 접안하여 모두 싣고 17일 새벽까지 해상으로 철수하는 데 성공했다. 포위망을 빠져나온 제3사단은 영일만 바깥쪽 구룡포항에 상륙하여 전열을 가다듬고 곧바로 포항 지역에 투입되어 반격전을 펼쳤다. 인민군은 형산강에서 발이 묶였고 한때 국군이 포항을 탈환했다는 소문도 돌았다.

8월 21일이 밝아 오자 지금까지 조용하던 신광은 갑자기 어수선해졌다. 인민군들이 꾸역꾸역 모여들고 학교 정문 좌우편과 마을 뒤쪽 지서 자리에 포대가 설치되었다. 인민군 행렬이 신작로를 따라 남으로 이동하는 것을 볼 수 있었다. 오후가 되자 갑자기 미군기 편대가 몰려왔다. 어떻게 알아냈 던지 학교 정문 좌우의 채전과 지서에 설치한 인민군 포대를 일일이 찾아내어 요절내고는 유유히 사라졌다.

22일에는 신광이 격전지로 변했다. 포탄이 여기저기 어지 럽게 떨어지고 남쪽 마을에서 귀 따가운 총소리가 종일토록 끊어지지 않았다. 유탄이 날아오고 가척에서는 포탄이 떨어 져 토성에서 개업하던 젊은 의사와 이 마을에 사는 유지 한 분이 함께 희생되었다는 소문이 돌았다. 국군이 남쪽으로 3,4km 떨어진 우각까지 밀고 들어와 뒷산에 진 치고 있다 고 했다. 밤에 앞들에서 소리 없이 움직이는 3,4명의 국군 정찰대를 보았다는 사람도 있었다. 비학산 너머에서 들리는 대포 소리는 더 잦고 더 가까워졌다. 인민군이 곧 쫓겨 갈 것같이 보였다.

23일에도 종일토록 우각 쪽에서 총소리가 빗발쳤다. 다음 날이 되자 총소리는 차츰 잦아들고 말았다. 국군이 냉수까지 물러났다는 말이 떠돌았으나 얼마 뒤에는 그 소문마저 허공 으로 날아가 버렸다.

신광은 다시 조용해졌다. 아직도 간간이 포탄이 떨어졌지 만 지상 교전은 없었다. 터일(기일동)에 있다는 야전 병원으 로 몰려가는 인민군 부상자의 행렬이 그치지 않는 것을 보면 처음 밀고 내려올 때와는 달리 신광 바깥에서 치열한 전투가 벌어지고 있는 것 같았다.

8월 24일 아침이었다. 대장은 젊은 군관을 불러서 새로운 임무를 주었다.

"국방군을 쫓아 버려 다행이야. 우각에서 교전하던 그저께 밤에 국방군 정찰대가 이 동네를 엿보고 돌아갔다는 보고가 들어왔어. 전방 녀석들은 도대체 뭘 하는지. 앞으로는 자체 경비를 단단히 하고 인민 통제에 노력해야겠소. 그런데 동무, 내 들으니 서임수의 첩이 갱빈(강변) 마을에 살고 있다네. 우각 뒷산에서 산 밑으로 침투한다면 가장 가까운 마을이야. 녀석이 그 집에 숨지는 않았겠지만 혹시 무슨 정보를 얻을는지 모르니 한번 수색해 볼 필요가 있겠어. 조용히 갔다 오기요."

명령을 받은 젊은 군관은 전사 하나를 데리고 주민에게 물어서 찾아갔다. 마을에서 주민들은 거의 보이지 않았다. 서임수의 소실 집은 갱빈 마을에서도 다른 집과는 수십m 떨어진 외딴집이었다. 집은 작았으나 기와를 올리고 낮은 돌담을 둘렀다. 마을에서 주민들은 거의 보이지 않고 사방이 조용하다. 조용할수록 조심스러워 들어갈까 말까 망설이고 있을 때에 갑자기 노랫소리가 들려왔다. 가냘프고 고운 젊은 여자의 목소리다.

　　찔레꽃 붉게 피는 남쪽 나라 내 고향
　　언덕 위에 초가삼간 그립습니다.

젊은 군관은 담 밖에서 귀를 기울이며 다음 가락이 이어지기를 기다렸다.

    자주 고름 입에 물고 눈물 젖어
    이별가를 불러 주던 못 잊을 사람아

노래를 듣자 가슴이 설레고 여자가 누구인지 궁금했다. 담 너머로 고개를 내밀고 안을 살펴보았다. 큰방 앞뒤 방문이 모두 활짝 열리고 방 안에는 한 젊은 여자가 벌렁 누워서 천장을 쳐다보며 노래를 부른다. 얇은 여름 치마가 무릎 위로 추켜올려져 허연 허벅지살이 드러났다.

군관이 안을 보고 소리쳤다.

"누구 있소? 문 좀 열어 주시오. 물어볼 말이 있소."

노랫소리가 뚝 끊어졌다.

"누구세요?"

그녀가 벌떡 일어났다. 아름답고 앳된 처녀였다.

"인민군 군관이오. 물어볼 말이 있으니 문 좀 열어 주오."

처녀는 부끄러웠던지 벽 뒤로 숨었다가 다시 고개를 내밀어 문 바깥에 인민군이 서 있는 것을 알아보았다.

"걸지 않았어요."

군관은 대문을 밀치고 안으로 들어왔고 그녀는 툇마루로 나와 군관 앞에 섰다.

"이 댁 주인이 서임수 맞소?"

처녀는 얼른 대답하지 못하고 망설였다. 군관은 목소리를 더 높여 다시 물었다.

"처녀 아버지가 서임수 맞소?"

그녀가 말없이 고개를 끄덕였다.

"서임수 집에 있소?"

없을 줄은 뻔히 알고 하는 소리다.

처녀가 말은 않고 고개를 절레절레 흔든다.

"언제 나갔소?"

"아버지는 이 집에 살지 않아요. 오시지도 않고요."

"어머니는 어디 갔소?"

"피란 갔어요."

"어디로 피란 갔소?"

"새미걸(사미 개울)에요."

군관은 주민들이 미군 비행기가 지방민을 알아보고 폭격하지 않도록 날마다 새미걸 모래톱에 나가는 것을 알고 있었다. 피식 웃고는 다시 물었다.

"처녀는 이름이 뭐요?"

"서금실인데요."

이 집은 방 두 개에 부엌 하나, 모퉁이의 측간이 모두였다. 한 바퀴 둘러보니 축사는 물론 농기구나 가재도구가 거의 없어 숨을 만한 곳이 아니었다. 마당에는 손바닥만 한 고추밭과 화단이 있었다. 더 이상 수색하거나 물을 것도 없었다. 군관은 하늘을 쳐다보며 말을 돌렸다.

"날씨 한번 지독하게 덥군. 처녀, 나 물 좀 주소."

금실은 부엌에서 물 한 바가지를 가져와 내밀었다. 따라온 전사가 자기도 물을 마시고 싶다는 듯이 바짝 다가섰다. 역시 물 한 바가지를 건네주었다.

군관은 마루 끝에 앉아 땀을 닦았다. 더위가 막바지 기승을 부리고 있었다. 한동안 침묵이 흐른 다음에 군관이 벌떡 일어나더니 말했다.

"조사할 것이 남아서 내일 다시 오겠소."

군관이 대문 밖으로 나가자 전사도 따라나섰다. 금실은 군관의 뒤통수를 물끄러미 보고 있었다. 대문을 벗어나며 다시 고개를 돌려 금실을 돌아보자 눈이 마주쳤다. 군관의 얼굴에는 그녀에 대한 호감이 쓰여 있었고 금실도 어쩐지 그가 싫지 않았다.

해가 넘어갈 즈음에 동점댁이 돌아왔다. 그녀는 매일처럼 새미걸로 나가 마을 사람들과 함께 나무 그늘에서 시간을 보냈다. 피란보다는 사람들 틈에서 오가는 이야기를 얻어듣거나 한몫 끼어들고 싶었다. 공산당의 통제가 차츰 조여들었지만 상관없는 일이었다. 부자 서임수의 소실이란 것 말고는 적대시당할 이유가 전혀 없었다. 징발당할 소도 없고 양식도 조금 남았다.

동점댁은 돌아오는 길에 우연히 신달수를 만났다. 타처에서 들어와 재작년에 상처한 홀아비다. 그는 요즘 들어 은근히 추파를 보내고 있었다. 서임수가 발걸음을 끊은 지 20년에 가깝다는 사실은 마을에서 모르는 사람이 없다. 더구나 그녀는 삼십대 중반의 젊은 나이로 보기 드문 미인이어서 누구나 탐낼 만한 여자였다. 다만 큰댁의 명망 때문에 아무도 가까이할 생각을 못 가질 뿐이었다.

그녀는 신달수의 관심을 저울질해 보았다. 지금은 세상이 변했다. 그는 할 일 없는 건달이 아니라 인민군을 따라다니는 지방 유지로 격이 높아졌다. 금실을 임신한 뒤로 남자 품에 안겨 보지 못해 오래 허기진 여성이 자기 안에서 꿈틀거리고 있었다. 하지만 아직은 아니라고 생각했다. 만에 하나라도 세상이 다시 본래로 돌아간다면 감당할 수 없는 일이 일어난다. 일찍이 금실을 배었을 때에 잠깐 앞서 나가서 낭패 보았는데 지금 일은 그에 견줄 수 없다. 그녀는 교육을 받지 않았고 교양이 모자랄 뿐 근본은 영리했다.

신달수는 그녀에게 내일 낮에 인민군이 소를 잡는다고 했다. 고기를 얻어 주겠다는 암시였다. 며칠 전 우각에서 전투가 벌어졌을 때에는 서 진사 댁 소를 한꺼번에 두 마리나 잡았다는 소문이 났다. 고등어자반이나 건갈치 한 토막 입에 넣어 본 지가 오랜데 붉은 국물 위로 기름이 둥둥 떠오르는 소고깃국을 먹을 수 있다니…, 내일 낮에는 집에 남기로 이미 작정하고 있었다.

이튿날 아침 장터의 양조장에는 정 부잣집 암소가 끌려 나왔다. 인민군 군관이 그 댁 과부마님에게 통일되는 날에 갚겠다는 쪽지 한 장을 써 주고는 몰고 온 것이다.

양조장의 작업장은 물 흘러내릴 홈까지 파 놓은 깨끗한 시
멘트 바닥이고 우물이 바로 대문 밖에 있어 소 잡기에 안성
맞춤이었다. 일은 몇몇 마을 사람들에게 맡겨졌다. 살코기는
챙겨서 대부분을 전방으로 보내고 학교와 지서 등에 주둔하
고 있는 패들도 조금씩 나눠 갔다. 손질하기 어려운 내장 일
부와 껍질 따위는 거들어 준 주민들 몫으로 돌려졌다.

신달수는 한 근이 넘는 소고기를 싸 들고 점심때 금실이네
집으로 찾아와 문간에서 동점댁을 불렀다.

금실이가 내다보고는 아무 말드 않고 입을 비죽거리며 안
으로 고개 돌려 비아냥거리는 투로 말했다.

"신 건달이 찾아왔어요. 자기가 뭐라고 감히…."

마을 사람들은 만날 할 일 없이 빈둥거리는 그를 신 건달
이라고 불렀다. 비록 소실이지만 인민군이 들어오기 전이라
면 감히 이 댁을 찾아올 수 없었다.

동점댁은 딸의 태도로 보아 아직은 때가 아니라고 생각했
다. 얼른 밖으로 나갔다.

"이런, 고마워서 어쩌나…."

가벼운 공치사로 때우고는 왼손 손바닥에 올려놓은 고기
를 냉큼 집어 안으로 들어왔다. 그는 말 한마디 건네 보지
못하고 고기만 빼앗긴 채 돌아섰다.

신달수가 다녀간 지 한 시간도 못 되어 이번에는 젊은 인
민군 군관이 소고기를 바구니에 담아 들고 왔다. 금실이가
어제 조사하러 왔던 군관이라고 일러 주자 동점댁은 조사하

러 왔던 자가 왜 갑자기 귀한 고기를 들고 왔는지 얼른 이해
되지 않아 눈망울을 굴리며 지켜보고 서 있었다.

군관이 고기를 내밀며 말했다.

"아주머니, 우리 전사들 부식 하게 이 고기로 장조림 좀
만들어 주소. 절반만 하고 나머지 절반은 따님하고 함께 드
소. 두 시간쯤 지나서 오겠소."

동점댁은 장조림을 만들어 달라는 말에 어느 정도 수긍했
지만 너무 뜻밖이라 멍청하게 바라보고 섰는데 금실이가 쫑
알거렸다.

"엄마, 뭘 하세요. 받지 않고요."

그제야 들고 온 바구니를 받아 마루에 놓았다. 군관은 금
실을 보고 싱글벙글 웃음 짓더니 다시 오겠다며 돌아가 버
렸다.

저녁때에 군관이 전사 둘을 데리고 왔다. 동점댁에게 얄팍
한 쌀자루를 내밀며 말했다.

"어머니, 이 쌀로 밥 좀 지어 주소. 우리 전사들과 먹고 가
겠소."

이번에는 호칭이 아주머니가 아니라 어머니로 바뀌었다.
인민군이 민가에 와서 밥 해 달라는 일은 예사로 있었다. 동
점댁은 가져온 쌀을 씻어 솥에 안치고 금실은 어머니를 도와
서 고기를 썰어 국을 끓였다. 그들 셋은 장조림에다 고깃국
으로 배불리 먹고 돌아갔다.

이튿날 동점댁은 새미걸로 나가고 금실은 역시 집을 지켰

다. 아침 10시쯤 되었을까? 혼자 툇마루에 앉아 우연히 밖을 내다보니 젊은 군관이 담 너머로 얼굴을 내밀어 금실을 보고 있었다.

"아이, 깜짝이야. 왜 그러고 계시나요? 어떻게 오셨나요? 감시하나요?"

몇 마디 연달아 쏘아 댔다. 군관은 약간 무안하다는 표정을 짓더니 아무런 대답도 없이 대문을 열고 들어와 툇마루의 금실이 옆에 두어 뼘 떨어져 앉았다. 한동안 말이 없다가 입을 열었다.

"아버지 어디에 숨었나요?"

"난 몰라요. 전쟁 나기 전부터 우리 집에는 오시지 않아요. 잡아갔던 사람을 어떻게 놓쳤나요?"

대답의 끝은 빈정거리는 투로 바뀐다.

"지난 14일 밤 교전하는 틈에 빼내 간 모양이야. 명세라는 아들 녀석은 아직 어리고, 그렇다고 여편네도 아닐 테니 국방군 공작대 새끼들이 왔던가 보지. 혹시 22일 밤에 국방군들이 여기 오지 않았소?"

"국방군이 할 일도 없나, 우리 집에 오게."

"어떻든 서임수 집이 아니오. 공작원이 빼내 갈 만큼 거물 반동이란 거지."

"뭔가 잘못 알고 있네요. 우리 아버진 언니가 행방불명이 된 뒤로 5년 동안 바깥출입을 모르던 분이에요. 거물 반동이라니 당치도 않아요."

“어떻든 큰집 작은집을 모두 감시하라는데, 별로 수상한 점이 보이지 않는다는 말이야.”

“그 보세요. 우리 집 감시해서 얻을 게 뭐 있겠어요? 내가 서임수 딸은 틀림없지만 서로 오가지도 않고 따로 살아요. 딴 집이에요. 괜한 헛수고 마세요.”

“동무! 사실은…, 사실은….”

군관은 뭔가 말하지 못하고 꼬리를 끌었다.

“뭔데요?”

바짝 다가앉더니 벌겋게 상기된 얼굴로 말했다.

“고백할 게 있소. 내 세상에 태어나서 아직까지 동무만큼 예쁜 여자를 본 일이 없소. 동무를 사랑하오.”

그는 두 팔을 벌려 얼떨떨해서 아무 말도 못하고 서 있는 금실을 갑자기 꽉 껴안았다. 그녀는 금방 얼굴이 빨개졌다. 처음에는 풀려나려고 몸을 뒤척였으나 곧 저항을 그만두고는 꼼짝 않고 있었다. 몸부림이 멎자 그도 흥분이 가라앉았는지 팔을 풀면서 은근한 눈길로 바라보고 말했다.

“동무, 그대를 사랑하오. 나의 사랑을 받아 주오.”

“전쟁터를 떠도는 군인하고 연애할 사람으로 보이나요?”

“그냥 연애하고 놀자는 게 아니오. 내 아내가 되어 주오. 우리 인민군은 곧 미군을 쫓아내고 이 전쟁을 끝장낼 것이오. 전쟁이 끝나는 대로 당의 허가를 받아 결혼합시다. 당신은 자랑스러운 군관의 아내가 됩니다. 천석꾼의 외동딸이면서도 호강은 못하고 자라지 않았소. 내가 약속하겠소. 영광스러운 여성으로 만들어 드리겠소."

내친걸음이라 군관의 고백은 거침없었다.

금실은 어릴 적부터 예쁘다는 말을 셀 수 없을 만큼 자주 들었다. 그러나 자기보다 예쁜 여자를 본 일이 없다고 한 사람은 처음이다. 더욱이 영광스러운 여성으로 만들어 주겠다는 말은 남성 우위의 사회를 살아온 그녀에게는 아주 파격적인 것으로 느껴졌다. 호강하지 못하고 자랐다고 누구에게 들었을까? 사실 천석꾼의 외동딸이면서도 유별나게 대우받거나 명예롭게 산 적이 없었다. 그런 천덕꾸러기에서 모든 사람들이 우러러보는 대단한 여성으로 변신한다는 뜻이 아니겠는가. 구애를 받아들일 것 같은 눈길로 군관을 바라보았다. 군관도 역시 금실을 보다가 눈길이 마주치자 사랑이 북받치는 감정을 주체하지 못하여 다시 껴안았고 금실도 군관을 마주 안았다.

그때 밖에 인민군 전사가 와서 군관을 불렀다. 그는 재빨리 팔을 풀고 나가 서로 뭐라고 이야기를 나누다가 다시 들어와 아쉬운 듯이 나중에 오겠다는 말을 남기고 돌아갔다.

해질 무렵 군관이 다시 왔다. 그는 금실에게 다정하게 굴었고 동점댁에게 친절을 다했다. 금실이도 장단을 맞추는 듯이 보였다.

동점댁은 녀석이 갑자기 친절해진 까닭을 모르는 바 아니었으나 서임수가 잡혀갔다가 하룻밤 사이에 빠져나와 큰마누라와 아들을 데리고 도망쳤다는 소식을 들었고, 누가 뭐래도 자기는 서임수의 소실이다. 동점댁은 그들이 서로 친해지고 노닥거리는 것을 탓할 수도 없고 지켜보기도 어려웠던지 자기 방으로 들어가 버렸다.

군관이 말했다.

"오늘 당신에게 좋은 소식을 전하러 왔소."

"뭔데요?"

"공화국은 해방된 이 땅에 아직도 남아 있는 반동을 모두 몰아내고 새로운 세상을 만들기 위해 사상 교육을 강화하고 있소. 젊은 청년과 부녀자들이 나서서 그 사업에 앞장서야지요. 이 동네에서는 교양 있는 여성 동무가 드물어요. 금실 씨는 어떻소? 여성 동맹에 가입해서 활동하지 않겠소?"

"여자가 무슨 활동을 하나요? 남자 받들면 그만이지."

"아니요, 공화국에서는 남녀가 평등해요. 여자든 남자든 차별하지 않소."

"그렇다고 칩시다. 나는 지주의 작은댁 딸이에요. 더구나 아버지가 도망갔다면서요? 어떻게 나설 수 있겠어요."

금실은 터무니없다는 표정을 지었으나 군관은 그만두지 않았다.

"바로 그것이오. 지주의 딸이기 때문에 열성적으로 활동해서 아버지가 공화국에 진 빚을 갚아야 해요. 금실 씨의 활동이 탁월하면 당에서는 지주의 딸이라도 상관 않소. 아버지가 천석꾼이라지만 괄시받고 살아온 작은댁의 딸이니 출신 성분이 얼마나 좋습니까? 당장 출세할 수 있어요. 당에서도 우리 결혼을 곧바로 허가할 것입니다. 남편이 군관이고 아내가 여맹원이라면 공화국에서 온갖 혜택을 누리며 살 수 있소. 하루아침에 팔자가 달라지는 것이오. 미군을 쫓아내고 남반부를 완전히 해방하는 날에는 재물이든 명예든 우리가 원하는 것을 모두 가질 수 있소. 지금까지 잘난 듯이 설치던 여자들이 금실 씨 앞에서 고개 숙일 거요.”

금실은 헷갈렸다. 좌우로 갈라져 싸우는 세상을 다섯 해나 살아오면서도 사상에 관한 지식이 거의 없었다. 군관의 말이 솔깃했지만 그저 하루아침에 팔자가 달라진다는 것이 얼른 믿어지지가 않았다. 겨우 입을 열었다.

“생각해 보구요.”

그때였다. 방에 있던 동점댁이 마루로 튀어나오더니 언성을 높이고 삿대질하면서 말했다.

“애, 금실아! 생각하고 말고가 어디 있어. 이년의 더러운 팔자를 봐라. 호강 좀 할 줄 알고 남의 첩질 나섰지만 생과부가 되어 이 모양 이 꼴이다. 너라도 팔자 한번 고쳐야지 않겠나?”

군관은 뜻밖의 원군을 만나자 약간은 신바람이 나는 듯했다.

“보세요. 어머니도 그렇게 말씀하시네요. 어머니의 맺힌 원도 풀어 주시오. 금실 씨, 내일 당장에 본부로 나와 가입하세요. 어차피 가입하려면 남 먼저 지망하는 것이 백번 유리하지요. 어머니, 그렇잖아요? 여맹에 들어와 적극적으로 활동하면 아버지 문제도 저절로 묻어지고 당에서 결혼 허가 받기도 쉬워집니다.”

“그놈의 영감쟁이, 꽃 같은 이팔청춘을 이 콧구멍만 한 오두막에 가둬 놓고 잘난 체 유세 부리며 괄시하더니 어디 두고 보자. 딸 덕분에 남 보란 듯이 사는 것 구경이나 실컷 해라. 망할 놈의 영감쟁이 같으니라고. 그래 군관 동무, 내 관상이 딸 덕 좀 보게 생겼제?”

동점댁은 드디어 옛날 솜씨가 나왔는지 할 말 못할 말을 마구 쏟아내었다.

한참 뒤 군관은 바쁘다면서 일어났다. 동점댁이 딸에게 당부했다.

“좀 나가 봐라. 이제는 마음 정하고 잘해 드려라.”

금실은 군관을 따라 대문 밖으로 나갔다. 금실을 한번 껴안아 보고는 빙그레 웃음 지으며 뒤로 돌아서서 어둠 속으로 사라졌다.

<h1 style="text-align:center">21</h1>

6월 25일에 일제히 38선을 침공한 인민군의 일부인 제5사단은 동해안을 따라 거침없이 남진하여 7월 중순에는 영덕을 점령하였으나 그런 뒤 전선은 잠시 교착 상태에 빠졌다.

동해안 지역은 험준한 태백산맥을 등지고 해안선을 따라 작은 도시와 포구와 농어촌 마을이 들어서 있다. 7번 국도는 이들을 구슬처럼 한 줄에 꿰어 남북을 이어 주는 유일한 통로다. 내륙으로 들어앉은 산골 마을 사이에 남쪽으로 통하는 길이 전혀 없는 것은 아니지만 고작해야 수레가 겨우 지나다닐 만큼 좁고 험한 고개다. 정규군이 전차나 포차 등을 움직이기는 어렵다.

인민군은 국군 제3사단이 깔고 앉은 이 7번 국도를 뚫지 못했다. 제공권을 빼앗기고 미군이 쏘는 함포가 끊임없이 작렬하는 바람에 탱크와 대포를 많이 잃어 전투력도 약해졌다.

다급해진 그들은 안동을 점령한 제12사단을 죽장·기계·안강 축선으로 남하시켜 그중 1개 연대가 동쪽으로 방향을 틀면서 8월 11일 새벽에 포항과 흥해를 점령했다. 경무장 유격대인 제766부대도 향로봉과 비학산 능선으로 우회하여 합세한다.

기세등등하던 인민군의 진격은 여기까지였다. 미군과 국군이 각각 특수 부대를 편성하여 맞서자 포항 남쪽을 흐르는 형산강을 건널 수 없었다. 미 제8군사령관 워커(Walton H. Walker) 중장은 이 강을 사수하도록 명령했다.

한편 7번 국도를 지키려고 강구 남단에서 장사동 남쪽 11km 지점까지의 해안에 포진하고 있던 국군 제3사단은 바다를 등진 채 3면의 적에게 포위되고 말았다. 사단 병력 9,000여 명과 경찰대 1,200명, 공무원·노무원·피란민 1,000여 명 등 무려 1만1천여 명이 그 포위망 안에 있었다.

이때 새로 부임한 사단장은 백전백승으로 이름을 떨치던

김석원 장군(준장)이었다. 후퇴를 모르고 군인 정신에 충실한 그는 예하 병력 일부를 남하시켜 포항을 점령한 인민군의 배후를 공격하려 하였다. 그러나 워커 장군은 이에 반대하고 철수를 결정했다. 전방을 막기에도 벅찬 상황에서 후방으로 병력을 나눠 적에게 샌드위치 되기보다는 온전하게 철수시켜 재정비하고 다시 투입하여 전선을 정돈하겠다는 의도였다.

국군 제3사단의 철수는 전사(**戰史**)에 남은 중요한 작전이었다. 사단 고문관 에머리치(Rollins S. Emmerich) 중령을 통하여 워커 중장의 철수 명령이 전달되면서 8월 15일 밤 9시에 LST 4척이 송라면 방석리 독석 마을 해안에 도착하여 포위된 병력과 민간인을 모두 실었다. 8월 17일 아침 7시에 마지막 LST가 떠나면서 별 희생 없이 철수 작전이 끝났다. 농민들의 간청을 외면할 수 없어 농가에서 기르던 송아지까지 실었다는 이야기도 있다. 인민군은 어떻게든 타격을 주려고 포위망을 좁혀 왔지만 미군 함재기가 기총 소사를 퍼부어 감히 해안에 접근하지 못했다.

승부와 한기는 명세가 아버지를 따라가 버려 서운하면서도 한편은 홀가분했다. 자신은 가정적으로 문제될 게 없었고, 한기는 나이가 어린 데다 대장이 귀여워했다. 아버지가 부자 지주인 명세와는 처지가 달랐다.

명세 부자와 박 교장이 신광을 떠나고 열흘 가까이 지난 8월 23일이었다. 마을에는 우각에서 국군과 맞섰다가 예비

부대로 돌려진 인민군들이 들끓고 있었다. 지난번의 젊은 군관이 다른 나이 든 군관과 전사 몇을 데리고 오전 10시경 명세네 집에 밀어닥쳤다. 할머니가 찬모와 늙은 머슴 하나를 데리고 집을 지키는 중이었다. 젊은 군관이 할머니를 만나자 인사를 건넸다.

"할머니, 안녕하십니까?"

"그래, 보는 바와 같지. 또 왜 왔나?"

"할머니, 우리 전사들이 잠잘 데가 없어요. 집을 좀 비워 주세요."

"당신네가 인민을 해방시킨다고 큰소리치더니 늙은 나를 길바닥에 쫓아낼 작정인가? 그게 해방이고 혁명인가?"

"아, 아닙니다. 모두 비우라는 것이 아니라 집이 넓고 식구가 적으니 함께 쓰자는 것이오. 오후에 오겠습니다. 안채와 사랑채 중에서 하나면 됩니다."

명세 할머니는 당황하지 않았다. 지금은 전쟁 중이고 저들은 점령군이다. 여태껏 아무 일 없었던 것이 오히려 이상하고, 어느 쪽을 내줄지 빨리 결정하는 편이 현명하다. 모두들 큰 부잣집 살림에는 소중한 물건들이 적지 않으리라 지레짐작하겠지만 실제로는 아니다. 시어머니와 자신과 며느리까지 3대 주부가 검소하게 살아 값진 물건이 없다. 사랑채에는 시부모로부터 전해진 서 씨와 진 쎄 두 가문의 대동보, 시아버지 서 진사가 남겼거나 며느리가 시집올 때에 가져온 옛 책들이 있다. 이런 물건은 돈을 줘도 구할 수 없으니 귀하다면 더없이 귀하다. 머슴과 찬모를 불러 당장에 쓰는 요긴한 살림을 사랑채로 옮기고 자질구레한 물건은 창고에 넣어 안채를 비우도록 일렀다.

점심때가 지나서 인민군은 어김없이 찾아왔다. 20명쯤이었다. 그들은 할머니가 안채를 비운 것에 놀랐다. 젊은 군관이 사랑채를 찾았다.

"할머니, 안채를 비우셨네요?"

"……."

"소중한 것이 많을 터인데요?"

"둘러보면 알겠지만 우리 집에는 귀중품이 전혀 없어. 당신네가 짐작하는 것과는 달라. 귀중품이 있으면 마음대로 가져가. 우리는 해방 전에 가산을 기울여 독립운동 자금을 대었어. 흉년에 굶주린 사람들에게 식량을 나눠 주었어. 마을 사람들에게 물어보면 알고도 남을 것이야. 하여튼 속 빈 부자여. 다만 이 사랑채의 옛날 서책은 다른 사람들에게는 불쏘시갯감에 지나지 않지만 우리로서는 중요하니 흩어지지 않도록 사랑채에 거처하려는 것이야."

군관은 위엄을 갖춘 할머니의 카랑카랑한 말씀에 자기도 모르게 숙연해졌다. 귀중품이 있으면 가지라는 말까지 나오니 아무리 전쟁터의 점령군이지만 함부로 할 수 없었다. 더구나 독립운동 자금을 댔다고 했다. 자기네가 항일 독립운동을 도맡아 한 것처럼 행세하는 처지라 더 이상 말하지 못하고 물러갔다. 안채에 들어온 인민군들은 뒤주의 쌀을 꺼내어 저녁밥을 지어 먹었다. 할머니는 쌀을 먹든 무엇을 쓰든 그 쪽에는 아예 얼굴을 내밀지 않았다.

명세네 집만이 아니었다. 인민군이 처음에 밀고 내려올 때는 그냥 지나쳤던 곳이지만 전선이 멀지 않은 곳에 오래 머물자 드나드는 병력이 늘어나면서 쓸 만한 집들을 차지했다. 신광을 남북으로 관통하는 길은 청하에서 기계·안강 전선으로 이어지는 은밀한 병참 라인이 되었고 터일 야전 병원을 찾는 부상병도 거쳐 갔다.

22

어느덧 9월이 다가왔다. 동브 전선에서 인민군은 아직도 국군의 형산강 방어선을 뚫지 못하였으며 국군도 인민군을 격퇴하지 못했다. 피아가 일진일퇴하고 있었다.

젊은 군관은 금실을 여맹에 가입시켰지만 그뿐이었다. 자기에게 모두 줄 것처럼 보이면서도 좀처럼 실속을 내놓지 않아 내심 초조했다.

그는 늦은 오후에 혼자서 소고기 약간을 싸 들고 금실의 집을 찾아갔다. 그녀는 개천 피란을 가지 않고 집에 있었다. 마을 사람들이 여맹에 가입했다고 곱지 않은 시선으로 바라볼 것 같고, 수다쟁이 엄마와 함께 다니는 것도 싫었다. 오늘따라 여맹 사무실에 나가고 싶은 마음도 없었다.

"금실 동무 안에 있소?"

군관이 대문 앞에서 두세 차례 외치는 소리가 들리자 낮잠
을 즐기던 금실이 눈을 비비고 나타났다.

"동무, 집에 있었소?"

"어디 갈 데가 있어야지요."

"어머니는 안 계십니까?

"곧 오실 때가 되었어요."

"이 고기 구워 먹읍시다."

군관이 가져온 소고기를 내놓았다. 금실은 '이번에는 또
어느 집 소를 잡았을까?' 라고 생각하며 부엌으로 들어가 풍
로에 숯불을 피우고 고기를 손질했다. 불이 벌겋게 피어오르
자 풍로를 툇마루에 옮겨 놓고 고기를 구웠다.

적쇠에 올린 고기가 익을 무렵에 동점댁이 돌아왔다. 대문
을 밀어젖히고 코를 벌룽거리며 들어오더니 한바탕 방정맞
은 허풍을 떤다.

"좋은 냄새 나네. 발걸음이 뜸하더니 소고기 가져오셨나
보지. 그동안에 잘 지냈소?"

"어머님, 마침 꼭 맞춰 오셨소. 이리 앉아 고기 좀 드소."

군관이 동석을 청하자 동점댁은 익고 있는 고기를 들여다
보더니 안주 좋은데 술이 안 보인다며 찬장에서 됫병을 꺼내
왔다. 친정에서 가져온 소주가 조금 남아 있었다.

동점댁이 툇마루에 나앉자 군관은 작은 종지 잔에 술을 따
라 권한다. 무엇을 생각하는지 잔을 응시하며 잠시 뜸을 들
이더니 쭉 들이켠다. 기름진 고기를 씹은 입이라 쓴 술이 시

원하게 넘어가며 목구멍을 짜릿하게 자극한다.

"금실아, 군관 동무에게 술 한 잔 올려라."

금실은 어머니가 주는 잔에 술을 부어 군관에게 건넸다.

"술을 마시면 안 되는데요. 대장이 알면 큰일 나요."

군관은 한동안 사양하다 끝내는 받아 마시고 다시 잔에다 술을 가득 부어 금실에게 건넨다. 금실이가 술 못한다고 웅크리자 동점댁이 재촉했다.

"이게 바로 합환주 아닌가? 한 잔만 받아라."

금실은 잔을 받아 아주 조금 입에 적시다가 마침내 다 마셨다. 술기운이 전신에 번져 확확 달아오르고 몸의 은밀한 곳에까지 이상한 감각을 느꼈다.

날이 어두워지자 취한 동점댁은 나 모르겠다는 듯이 자기 방으로 들어가 버렸다. 금실은 상을 치우고 앞치마를 벗어 들며 건넌방으로 들어갔다. 모기장 한 자락을 조심스럽게 들고 냉큼 안으로 들어가자 군관이 따라 들어왔다. 금실은 뒤돌아보고 깜짝 놀라면서 말했다.

"옷 갈아입으려는데 왜 들어오셨어요? 우리 밖으로 나가서 놀아요."

"모기 때문에 배길 수가 없소. 당의 허가를 얻어 혼인하면 부부가 되는데 뭘 그러시오?"

군관은 금실의 손을 잡아당겨 앉히고는 껴안는다. 금실은 지난번과는 달리 빠져나오려 하지 않았다. 다시 얼굴을 비비며 입술을 찾았다. 한동안 입맞춤으로 달아오르자 마침내 옆으로 눕히고는 손으로 엉덩이를 더듬는다.

금실은 군관의 손목을 잡으면서 가로막았다.

"왜 이러셔요?"

"우리 곧 결혼할 사이인데, 뭘…."

군관은 금실에게 잡힌 손을 빼내어 치마끈을 풀려고 했다. 그녀도 모든 것을 내맡겨 사랑받고 싶었지만 지난번 혼담이 나왔을 때가 생각났다. 첫날밤에 신랑이 처녀성 잃어버린 것을 알아차리면 어쩌나 몹시 걱정하고 후회했었다. 두 번 다시 승부를 상대했던 그런 실수를 거듭하고 싶지 않았다.

"당의 허가를 받고 오세요. 동무가 원하는 대로 따르겠어요."

군관은 다시 여러 번 시도했지만 당의 결혼 허가를 받으라는 조건에는 더 이상 어떻게 할 수 없었다. 단순한 체면치레가 아닌 것 같았다.

"알겠소. 곧 당의 허가를 받을 것이오. 하지만 여기에서 눈 좀 붙여 술을 깨어야 하니 그건 양해하소."

군관은 제법 취해 있었다. 한쪽 팔을 금실이 허리에 올려놓고 잠이 들었다. 금실은 심심하고 외로워졌다. 긴장이 풀리면서 마지막 술기운이 그녀를 허공으로 끌어 올렸다. 군관을 향해 누우면서 오른손으로 뺨을 어루만져 보았다. 참 잘생겼다고 생각했다. 자기를 지켜 줄 든든한 사내로 느껴졌다. 고집스럽게 밀어냈던 것을 후회하며 군관의 가슴에 얼굴을 파묻었다.

그때 군관이 눈을 떴다. 금실을 옆에 눕혀 두고 잠들었던 것에 스스로 놀라며 힘차게 껴안았다. 그녀가 기다렸다는 듯이 빨려 들어왔다. 둘은 한 쌍의 새가 되어 훤하게 열린 창공으로 날아올랐다. 처음으로 여자를 겪어 좀 서툴렀지만 상관없었다. 사랑의 날갯짓은 아무도 가르쳐 주지 않는 법이다.

대장은 새벽에 본부로 돌아온 젊은 군관을 탓하지 않았다. 빙긋 웃고 혼자 중얼거렸다.

"저 녀석이 간밤에 짝을 맞췄나?"

그에게는 요즘에 남모르는 고민거리가 있었다. 아내는 미인이고 그를 사랑하지만 아이를 낳지 못했다. 처음에는 대수롭지 않게 생각하며 아버지가 충성을 바쳤던 소비에트와 사랑하는 아내를 위해서 살기로 했었다. 그러나 나이 먹어 갈수록 자식이 갖고 싶어졌다. 아내도 마찬가지였다.

그는 똑똑하고 머리 좋은 젊은 군관을 양아들로 삼을 생각을 굳혔다. 편지로 의견을 묻자 아내는 찬성한다고 전해 왔다. 혈육이 전혀 없는 녀석도 싫지 않은 눈치였다. 전쟁이 일단락되면 블라디보스토크로 데려가 모스크바로 유학을 보내든지 사관 학교로 진학시켜 든든한 후계자로 만들고 싶었다.

대장은 서임수의 서녀인 금실이란 처녀가 보기 드문 미인이라는 소문을 듣고 있었다. 지주의 딸이라지만 어미가 소실이니 출신 성분은 그런대로 문제될 것이 없었다. 둘이 친하다니 마치 며느리를 얻은 기분이었다. 빨리 짝을 맺어 자기

네가 낳지 못하는 어린애라도 낳아 주었으면 좋겠다는 생각
으로 가끔 그에게 밤 외출을 허용하고 당직도 자기가 대신
서기로 했다. 전쟁터에서는 있을 수 없는 특별한 선물이었
다. 상부에 알려지면 야단나겠지만 그는 소련 국적이고 북조
선을 지원하는 위치에 있다.

젊은 군관은 하루하루를 날아가는 기분으로 지냈다. 금실
과 짝을 맞춘 일이 꿈만 같고 뒷일을 걱정할 마음 여유도 없
었다. 외딴집에서 멋진 로맨스를 엮어 갈 밤이 기다려졌다.

두 사람의 사랑이 무르익는 중에도 전쟁은 계속되었다. 포
항과 기계 등지에서는 하루에도 몇 차례씩 고지의 주인이 바
뀌면서 젊은 주검이 골짜기를 메웠다. 형산강 하류 양안 제
방에는 개인 참호가 열병식 하듯 줄을 지었고 도강 작전이
벌어질 때마다 피는 강물을 붉게 물들였다.

23

인민군은 들어오자마자 남자들을 마구 잡아가 의용군
이라면서 병력 손실을 메우고 총알받이로 삼거나 보급품 나
르는 짐꾼으로 부렸다. 쌀가마니를 메고 그 높은 비학산을
넘어갔다 돌아왔다든가, 잡혀갔다 용케 도망쳤다는 이야기
가 흔히 들렸다. 어떤 이들은 산자락에 동굴을 파 놓고 가족
들이 망보면서 숨어 지냈다. 승부의 급우들 중에서는 소를
지키고 잡혀가지도 않으려고 풀 뜯기는 척 소 몰고 으슥한

골짜기로 숨어 다니는 녀석도 있었다.

저들은 민간인을 만나면 손 검사부터 했다. 손이 곱고 손바닥이 매끈해서 농사일한 흔적이 보이지 않으면 지주 계급이라며 끌고 갔다. 십중팔구 의용군이나 짐꾼이 되겠지만 누가 악의적인 고자질이라도 한다면 살아남기를 장담할 수 없었다. 청장년들은 손을 험하게 만들려고 흙바닥이나 가마니에 비벼 굳은살을 만드는 등 온갖 짓을 다 했다.

승부는 자기가 잡혀갈 나이는 아니라고 믿었지만 조심하던 참이었다. 새미걸에 가서 지내는 동안에도 멀찌감치 인민군 기미만 보이면 숨어 버렸다.

9월 들어 2,3일 지나자 아침저녁으로 찬 기운이 돌며 바깥에서 지내기가 싫어졌다. 갖고 나온 양식도 다했다. 어둡지 않을 때 독에 담아 집 뒤 추녀 안에 교묘하게 묻어 둔 쌀을 꺼내 와야 한다. 빈틈없이 살펴 가며 마을 입구로 막 들어서던 참이었다. 길게 뻗은 골목 저편에 인민군 전사 하나가 눈에 띄었다. 저쪽 눈에 뜨이기 전에 숨으려고 얼른 옆으로 빠지는 순간 그 골목 안에 있던 다른 인민군과 마주쳤다. 멀리 있는 녀석을 피해서 가까운 녀석에게 다가간 셈이었다.

"동무, 어딜 가요?"

"날 불렀어요?"

"그렇소. 따라와요."

가 보니 골목 안 농가의 좁은 마당에 이미 잡혀온 사람이 일곱이나 웅크리고 있었다. 짐꾼으로 잡혔다는 것을 알아차렸다. 승부네 논을 부치는 안 서방도 있었다. 어린 네가 어떻게 왔느냐고 놀라면서 인민군에게 간청했다.

"저 애는 너무 어리니 돌려보냅시다."

"짐은 질 수 있소. 저 애를 보내면 동무가 두 사람 몫을 질 자신 있소?"

눈초리를 치켜세우며 한마디로 거절하자 두말하지 못한다.

전사 둘이 그들을 인솔해서 면사무소 뒤쪽 토성(土城)으로 갔다. 토성은 홍곡이나 냉수 일대의 고분과 더불어 신광의 중요한 옛 유적이다.

옛날 삼국 시대 초기에 고구려 세력이 청하까지 미친 때가 있었다고 한다. 남쪽 냉수를 지나면 서라벌로 이어지기 때문에 신광은 신라를 지키는 최전방이었고, 청하로 넘어가는 엿-재는 두 나라가 서로 내왕하는 통로였다. 물론 7번 국도 따위는 없었다. 신라는 신광 분지 중심의 완만한 언덕 위에 이 토성을 쌓아 전초 기지로 삼았다. 지형이 크게 높지는 않지만 분지 안을 살피고 적의 침공을 감시하기 좋은 길목이다. 이 토성으로 인하여 동네 이름도 토성동이다. 흙으로 쌓아 오랜 세월에 비바람으로 무너지고 겉보기로는 제방이다. 그 경사면에 키 큰 나무들이 무성하게 자라서 작은 숲을 이루고 있었다.

인민군은 토성의 우거진 숲 안에 많은 탄약 상자를 쌓아 두고 있었다. 크고 작은 포탄, 수류탄, 총탄, 화약 등이었다. 북에서 7번 국도로 남하하다 청하에서 지방도로 비켜나 외

진 이곳에 감췄다가 국군과 싸우는 천곡산이나 기계 쪽 전선
으로 가져갈 것이다. 숲 속에는 먼저 잡혀온 사람들이 열 명
도 넘게 기다리고 있었다. 합치고 보니 모두 꼭 스무 명이었
다. 군관 하나가 붙잡혀 온 사람들을 앞에 두고 일장 연설을
했다.

"영용한 우리 인민군이 귀축 같은 미국 놈들을 이 땅에서
몰아내고 조국통일을 완수하기 위해서 영웅적으로 싸우고
있습니다. 모두가 이 영광스러운 해방 전쟁에 힘을 보태야
합니다."

요컨대 짐 운반에 동원하겠다는 말이다. 한 사람 앞에 탄
약 한 상자씩 나눠 주고 새끼로 멜빵을 만들어 어깨에 둘러
메도록 시켰다. 꽤나 무거웠다. 걷기도 전에 멜빵 새끼가 양
쪽 어깨를 파고드는 듯했다.

전사 셋이 인솔했다. 앞선 하나가 길을 잡고 둘이 행렬 뒤
를 따랐다. 그 둘 중에 키 작은 녀석이 따발총을 메고 있었
다. 따비처럼 생긴 둥근 탄창 하나에 총알 일흔 몇 발이 들
어 있어 한 번 방아쇠를 당기면 연달아 쏟아져 나간다는 짧
고 작은 기관총이다. 기관 단총보다는 큰 편이다. 100m만
떨어져도 잘 맞지 않는다지만 턱밑까지 다가와 마구 갈겨 대
는 바람에 국군들에게는 큰 위협이 된다고 했다.

일행은 2열 종대를 짓고 면사무소 앞길로 내려갔다. 승부
는 어머니에게 아무 기별도 못하여 안타까웠다. 때마침 동점
댁이 지나가면서 행렬을 살피다가 승부를 보았다. 승부가 고

함쳤다.

"아주머니! 저, 승부예요. 짐 지고 갔다가 곧 돌아온다고 우리 어머니에게 전해 주세요."

동점댁은 승부를 알아보고 깜짝 놀라더니 고개를 끄덕이고 손을 흔들었다.

행렬은 학교 정문 앞을 지나 남쪽 길로 접어들었다. 막 우각을 지났을 때에 갑자기 하늘에서 요란한 비행기 소리가 들려왔다. 인솔하던 인민군은 짐꾼들에게 길 옆 숲 속으로 숨으라고 고함쳤다. 한 사람이 지고 있던 상자가 기우뚱거려 빨리 숨지 못하자 뒤따르던 인민군이 달려와 장총 개머리판으로 어깨를 내리쳤다. 비행기가 서쪽으로 날아가 버리자 하늘은 다시 조용해졌다. 발견하지 못했던 모양이다. 인민군은 일행을 일으켜 세워 흥곡 쪽으로 방향을 틀었다. 마줏재를 넘어 기계 쪽으로 갈 것 같았다.

흥곡동 마줏재 아래에 있는 자연 부락이 마조(馬助)다. 마주(馬走)라고도 한다. 옛날에는 마줏재 우거진 숲 속에 강도들이 숨어 있다가 안강이나 기계 장에서 소 팔고 돌아오는 사람을 죽이고 돈을 빼앗았다고 했다.

산골짜기 흥곡은 벌써 해가 졌다. 곧 어둠에 묻힐 것이다. 무거운 짐을 지고 20리 길을 걸어온 짐꾼들은 모두 녹초가 되어 있었다. 비행기를 피할 수 있는 밤에 군수품을 운반한다고 소문났지만 더 가자는 말이 없었다. 빈집에 들어가 마당에 헌 가마니나 멍석을 깔고 누워 잠을 청했다. 심한 시장기를 느꼈지만 밥은 주지 않았다.

　새벽 먼동이 트자 일행을 모두 깨워 다시 짐을 지라고 독촉했다. 스무 명의 짐꾼들은 각각 자기 짐을 찾아 어깨에 메고 나섰다. 새끼줄 멜빵이 갈수록 어깨를 파고들었다. 인민군은 마중 나온 녀석이 더해져 넷으로 불어나 있었다. 둘이 앞서고 둘은 행렬 뒤를 따라왔다. 일행은 재를 오르기 시작했다.

　재는 가파르고 숲은 빈약했다. 나무가 사람 키를 넘는 것이 드물고 무성하게 엉기지도 않았다. 짐꾼들은 탄약 상자가 무거워 소나무 가지를 잡아당기며 길도 없는 곳으로 기어올랐다. 흙이 물기를 머금고 미끄러져 내려 어려움은 더했다. 낮은 등성이에 막 올라서자마자 갑자기 스산한 바람이 불어왔다.

　"그 바람 한번 시원하네."

　"새벽 바람이거든."

　온몸을 땀으로 적신 짐꾼들은 하나같이 새벽 바람을 반기며 주고받았으나 승부는 어쩐지 소름이 끼쳤다. 등성이를 따라 이어진 오솔길에 접어들 때 마침 신발 끈을 다시 매려고 허리를 굽혔다. 끈이 풀린 것이 아니라 느슨해졌을 뿐이다. 사실은 누가 등 뒤에서 두 어깨를 내리누르는 보이지 않는 힘에 주저앉은 느낌이다.

　그때였다.

　'타 · 타 · 타 · 타.'

'타·타·타·타.'

기관총 소리가 고막을 찢어 놓았다. 서너 발쯤 앞에 섰던 인민군 둘이 한꺼번에 쓰러졌다. 뒤에서도 넘어지는 소리가 들리기에 돌아보니 짐꾼 하나가 쓰러져 피를 흘리고 있었다. 엎드리지 않았으면 자신이 총을 맞았을 것이다. 승부는 자기도 모르게 땅바닥에 배를 깔았다가 무거운 탄약 상자를 슬그머니 벗어 놓고 자세를 더욱 낮춰 옆으로 기었다. 흩어진 짐꾼들은 모두가 그처럼 엎드려 손으로 땅을 짚고 무릎으로 기면서 슬금슬금 대열에서 벗어나려 하고 있었다. 기회 보아 도망가겠다는 속내였다.

총소리가 잠시 멎는가 싶었는데 다시 한층 격렬하게 연속적으로 들려왔다. 이번에는 총알이 날아오지 않았다. 자기들을 향하지 않고 좌우 능선이 서로 보고 쏘는 듯했다. 두 부대가 대진한 상태에서 일행이 멋모르고 가까이 다가가다가 왼쪽 산등성이로부터 총알 세례를 받은 것 같았다.

조금 지나자 총소리가 멎고 사방이 조용해졌다. 승부는 주변을 살피며 기회를 엿보았으나 어느 틈에 뒤따르던 인민군이 가까이 와서 장총으로 쿡쿡 찌르며 어서 일어나라고 재촉했다. 탄약 상자를 지고 다시 일어설 수밖에 없었다.

등성이를 내려가서 부대를 만나 지고 간 탄약을 건네주었다. 그들 얘기로는 침투해 온 상대는 국방군 정찰 부대인 것 같은데 금방 어디론가 사라져 버리고 찾을 수가 없다고 했다. 전선 곳곳에서 국군의 반격이 계속되고 있었다.

탄약 상자를 날라 주었으니 곧 돌려보낼 줄 알았는데 그게 아니었다. 전사 하나가 오더니 짐꾼 중에서 나이가 비교적 젊은 층을 불러냈다. 먼저 넷을 지명한 녀석은 승부를 여러 차례 아래위로 훑어보고 망설이는 눈치더니 나이 든 옆 사람을 지목했다. 인민군이 그 다섯을 데리고 가 버리자 의용군으로 뽑힌 것이라고 누가 나지막하게 말했다.

다시 전사 둘이 삽을 들고 와서 나머지 사람들을 따라오라 했다. 그들이 안내하는 곳에는 지독하게 해어져 넝마가 된 인민군 군복을 입은 시체 다섯이 마구 뒤엉켜 썩어 가고 있었다. 냄새가 이만저만 아니다. 승부는 얼굴을 찡그리고 외면하다 다시 보고는 깜짝 놀랐다. 이럴 수가…. 그중 하나는 지난봄까지 장터에서 나무 팔던 청년이었다. 그의 나무를 한 짐 들여놓은 적이 있었는데, 홀어머니 모시고 산다며 빨리 장가가고 싶다는 푸념을 늘어놓았기에 한눈에 알아보았다. 그 시체 다섯을 묻으라고 시켜 드러나지 않을 만큼 흙을 덮었다.

작업을 감독하는 전사가 중얼거렸다.

"이 새끼들, 영광스러운 공화국 의용군이 되었으면 끝까지 충성할 일이지 비겁하게 도망치다니…. 모두 미국 놈 간첩들이야."

승부는 그 말로 미뤄 짐꾼 중에서 뽑혀 간 다섯이 이들의 죽음과 무관하지 않을 것으로 추측했다. 어느 날 느닷없이 끌려와 시신에서 벗겨 낸 낡은 군복을 받아 입고 억지 의용군이 되었으나 혼란한 틈에 몰래 도망치려다 그들의 총에 쓰러져 이제 새로 뽑힌 다섯이 그 자리를 메울 것이다.

그러고 보니 승부는 자신이 국군에게 총을 겨눠야 하는 의용군이 될 뻔했지 않은가? 인민군의 3분의 1이 남한에서 강제로 끌어 모은 청년들로 채워졌고 전투가 벌어질 때마다 맨 앞에 세워 총알받이로 삼는다는 말이 돌았다. 여태까지는 예사로 들었다. 토성으로 돌아가면 어떤 일이 있어도 짐꾼에서 빠져나오겠다고 생각했다.

그들은 잠깐 쉬었다가 곧바로 토성으로 향했다. 스물 중에서 하나가 죽고 다섯이 인민군에 뽑혀 가 돌아온 사람은 모두 열넷이었다. 그 열넷도 해산하는 것이 아니라 다시 짐을 지기로 예정되어 있었다.

그늘에 앉아 아침이라면서 나눠 준 보리쌀 주먹밥을 먹는 중에 나이 지긋한 전사가 나타나 윤승부가 누구냐고 찾았다. 따라가 보니 토성 어귀에 젊은 군관과 금실이가 서 있었다. 금실은 자기 어머니 동점댁이 승부가 짐꾼으로 잡혀간 것을 알려주어 군관이 빼내도록 함께 왔다고 했다.

군관은 승부를 곧바로 놓아주지 않고 대장 군관에게 데리고 갔다. 대장 군관이 지시했기 때문이다. 젊은 군관이 아니라 실은 대장 군관이 한기의 부탁을 받고 빼낸 것이다.

대장이 승부를 보고 물었다.

"이름이 뭔가?"

"윤승부라고 합니다."

“아버지는 뭘 하시나?”

“돌아가셨습니다.”

“박한기를 아나?”

“예, 친구입니다.”

“어느 학교 다니지?”

“한기와 같은 중학교입니다.”

“산골에서 일류 중학교에 여럿이 합격했구나. 수재들이 많은 마을이군.”

“…….”

대장은 승부를 뚫어지게 바라보며 뭔가 생각하더니 짐꾼으로 가서 고생했다고 위로해 주었다. 밖으로 나오면서 뒤통수에 자꾸만 대장의 날카로운 시선을 느꼈지만 돌아보지 않았다. 집에서는 울어서 두 눈이 퉁퉁 부은 어머니가 기다리고 계셨다.

24

요즘에 와서 전선이 차츰 어려워지는 것이 대장에게는 걱정이었다. 지난 6월에 7번 국도를 따라 탱크를 앞세우고 파죽지세로 남하할 적에는 신바람이 났었다. 서부 전선에서는 사흘 만에 수도 서울을 점령했다. 2주일이면 부산을 해방시킬 수 있다던 고위층의 호언장담이 터무니없다고 생각되지 않았다.

지금은 다르다. 민중들이 인민공화국 깃발을 들고 인민군을 맞이할 것이라던 예상은 처음부터 완전히 빗나갔다. 미국을 비롯한 여러 나라 군대들이 잇따라 참전하여 국방군을 편들고 있다. 현대전에서 가장 중요한 제공권과 제해권을 미군에게 빼앗겨 탱크와 대포를 많이 잃었고 낮에는 병력이나 물자의 이동이 어려웠다. 북한의 군수 공장이 미군기의 폭격으로 거의 파괴되었고 보급선이 길어져 보급품을 제대로 공급하지 못한다고도 했다. 반면에 국방군은 그간에 전투 경험을 많이 쌓은 데다 병력이 늘고 좋은 무기를 하나하나 갖추면서 차츰 전열을 가다듬었다. 처음과는 다르게 이젠 만만찮은 상대가 되었다. 전선은 아직도 곳곳에서 일진일퇴를 거듭하고 있지만 크게 보면 국방군의 방위선은 마산·대구·포항을 잇는 워커 라인으로 정돈되어 어떤 공세에도 요지부동이었다. 뜻대로 될 조짐은 하나도 보이질 않았다.

9월 15일은 금요일이었다. 대장은 까닭 없이 기분이 언짢아 아침부터 외출하지 않고 일손도 놓은 채 회전의자에 몸을 던져 사무실을 지켰다. 오후 들어 아무 까닭 없이 초조하고 불안해져 어쩔 줄 모르고 있던 참에 전화가 걸려왔다. 당 직통 전화에 나온 상대는 개인적으로 친한 막강한 실력자 김 소장이었다. 그의 권유로 인민군에 복무하게 되었다.

"나, 김 소장이오."

"그간 안녕하십니까? 요즘엔 문안 인사조차 제대로 드리지 못해서 죄송합니다."

“지금 문안 인사라고 했나? 한가하게 문안 인사 나눌 때
가 아니란 말이야. 사정이 매우 급하게 됐어.”

“급한 사정이란 뭡니까?”

“미군 새끼들이 방금 인천에 상륙했대. 아군이 지키지 못
하고 밀렸다네.”

“미군이요? 미군 어느 부대요?’

“어느 부대라니. 맥아더가 극동의 양코배기를 총동원하고
국방군도 일부 가담한 것 같소. 맥아더가 직접 인천 앞바다
에 나타났다는 말도 있소.”

“그럼 큰일 났네요.”

“그렇소. 아직 당에서 대책을 논의하기 전에 동무에게 먼
저 전화한 것은 앞으로 일어날 상황을 남보다 빨리 예측하자
는 것이 아니겠소? 전문가인 당신의 의견을 들어 보고 당에
서 발언하고 싶소.”

“심상찮은 사태로군요.”

“심상찮고말고.”

“지금으로서는 미군을 꺾기 어렵다고 생각합니다. 전방에
서 느끼고 있습니다. 하물며 맥아더가 직접 나섰으니 예사롭
지 않습니다.”

“그런가?”

“놈들이 인천에 상륙했다면 곧바로 서울로 향하겠죠. 서울
은 조선 반도의 목구멍입니다. 막히기 전에 손을 써야지요.”

“어떻게 손쓴다는 것인가?”

“재빨리 후퇴하는 것입니다. 뒷일 생각 말고 퇴로가 끊기기 전에 전광석화처럼 후퇴하는 거요.”

“다른 묘책이 없을까?”

“무슨 수가 있겠습니까? 빨리 도망치는 자가 살아남아 다음을 기약할 수 있습니다. 말뜻을 아시겠지요?”

“어디까지 도망쳐야 끝날까?”

“38선 넘어가면 추격이 멈춰질는지 모르겠습니다. 미국의 목표는 일단 38선을 원상 회복하자는 것인데 그다음에 어떻게 나올는지 지금은 아무도 모릅니다.”

“남 먼저 38선을 넘어가야겠군.”

“물론이지요. 조심하십시오.”

“알았소. 당신도 조심하구려.”

“그러면 가서 뵙겠습니다.”

전화는 끝났다. 대장은 모스크바에서 군사 전술전략을 체계적으로 공부한 사람이라 안목이 남다르고 판단이 정확했다.

잠깐 무엇인가 생각하던 대장은 젊은 군관을 불렀다. 마주 앉자 대장이 귓속말처럼 나지막하게 말했다.

“하나 묻겠네. 나를 누구라고 생각하나?”

밤중의 홍두깨 같은 물음이었으나 말씨는 잔잔한 물결처럼 부드럽다. 평소의 딱딱하고 싸늘한 어조와는 다른 느낌을 준다.

“대장 동무입니다.”

“아니, 그 말고 개인적인 나를 말이야.”

답답하다는 듯이 말하자 대장의 안색을 살핀 젊은 군관은 그제야 감을 잡았다.

“아버지라고 부르고 싶습니다.”

“그렇고말고. 그래, 아버지가 되어 줄게. 지금 이 순간부터 넌 내 아들이야. 전쟁이 끝나면 블라디보스토크로 가자꾸나. 아니, 끝나기 전이면 어떨라고? 소련에 귀화시켜 빨리 장가보내고 모스크바에 유학시키겠다.”

“모스크바 유학이라고요? 고맙습니다. 아버지, 정말 고맙습니다. 좋은 아들이 되도록 노력하겠습니다.”

“암, 그래야지.”

걸핏하면 아들로 삼겠다고 말해 왔기에 새삼스러울 것은 없지만 오래 생각해 오던 일이 마무리되었다. 대장은 비로소 흡족한 표정을 지었다. 그러다 한순간에 표정을 바꾸며 소리 낮춰 말한다.

“그런데 정말 큰일 났구나. 아직은 비밀인데…, 지금 맥아더의 미군이 경기도 인천에 상륙했다는 거야.”

“미군이 인천에 상륙했다고요? 그게 무슨 큰일입니까? 일격을 가해서 서해 바다로 밀어 넣고 이참에 맥아더의 코를 아주 납작하게 만들지요.”

“서해 바다로 밀어 넣는다고? 지금 인민군에게 그럴 힘이 있어? 남반부를 돕겠다고 참전한 나라는 열을 헤아리고 아군은 힘이 빠졌어. 소련 적군(赤軍)이 전면에 나서도 어려운 판인데 뒤로 숨는 바람에 제대로 되는 게 없어. 제공권과 제해권을 저들이 틀어쥐고 있는 데다 전선에 투입한 탱크와 대포를 거의 잃었다. 탄약조차 모두 바닥났고 사단 병력도 3,40% 수준이야.”

“앞으로 저들이 어떻게 나올까요?”

“미군은 보나마나 곧 서울로 진격할 거다. 그러려고 인천에 상륙한 것 아닌가. 그것도 모르고 방비를 소홀히 했으니 누가 전략을 주무르는지, 바보 같은 녀석들…. 서울을 빼앗기면 어떻게 되지? 지도를 펴 보면 당장에 감이 잡힌다. 서울은 조선 반도의 북과 남의 중심축이야. 북과 남을 잇는 도로나 철도가 모두 서울로 모여들고 서울에서 뻗어 나가. 그러잖아도 폭격과 함포 사격으로 병력 이동이 막히고 병참선이 끊어졌는데 저들이 서울까지 점령하고 나면 모두 끝장이야 끝장. 어차피 거덜 난 보급이지만 그마저 내려올 수 없고 우리는 꼼짝없이 포위되는 거야.”

“그래도 영용한 우리 인민군은 강철 같은 정신력으로 적을 굴복시키고 남조선 인민을 해방할 것입니다.”

“이 철부지야, 이건 혁명이 아니고 전쟁이야 전쟁. 레닌 동무가 이끈 볼셰비키는 소수파이면서도 기막힌 전술로 혁명에 성공했다지만 전쟁은 달라. 보급을 받고 보충병으로 대가리 숫자를 채워야 해. 너도 알다시피 그게 끊긴 것이 한참이나 되었어. 강철 같은 정신력은 우리에게만 있는 게 아니야. 공격을 받고 궁지에 몰린 쪽이야말로 죽자 살자 싸우지.

전쟁 치르며 알았는데 지금 남조선 인민들이 리승만을 철저하게 믿고 따른다. 모두가 제멋대로 놀고 있는 것 같지만 지도자의 카리스마가 우리보다 훨씬 강력하다. 리승만은 미국도 괄시 못하는 거물이야."

"그걸 미리 몰랐나요?"

"정세가 바뀌었어. 지난 6월어 밀고 내려올 때와는 사정이 달라졌어. 미군이 끼어들 줄 누가 알았나. 지금 자본주의 국가들이 뭉치고 있어. 박헌영이란 녀석, 뭐 남조선 인민들이 모두 인공기 들고 거리로 나와 맞이한다고? 바보 같은 새끼들, 감당도 못하면서 괜히 전쟁은 일으켜 가지고…."

그제야 젊은 군관은 사태가 심상치 않다고 생각하는 모양이었다.

"그럼 어떻게 되나요?"

"철수할 수밖에 없어. 살 길은 삼십육계뿐이야. 내가 살아야 내일이 있는 거야. 통일 전쟁의 환상에서 깨어나야 해. 이젠 저들이 밀고 올 차례니 잡아먹히지 않으면 천만다행이지. 어떻든 속 시원하게 되었어. 디 기회에 인민군 그만두고 원대복귀하여 너 데리고 집으로 돌아갈 거다."

젊은 군관은 알아들었다는 듯이 고개를 끄덕였지만 할 수 있는 말이 없어 침묵을 지켰다.

한참 뜸 들이던 대장이 다시 입을 열었다.

"넌 그래 금실이란 처녀가 마음에 드나?"

"예."

"그 애 좋은 점이 뭔가? 솔직히 말해 봐."

"세상에 태어나서 그런 미인은 처음 봐요. 아버지가 보셔도 놀라실 거요. 더구나 머리는 좋은데 첩의 딸이라 신분이 낮으니 혁명 대열에서 일하기가 안성맞춤이구요."

"금실이가 예사 미인이 아니라는 소문은 이미 듣고 있다. 너 아주 쏙 빠졌구나. 그래, 데려갈 작정인가?"

"할 수만 있으면 데려가겠습니다."

"음, 알겠다. 그러려면 돈이 있어야 해. 비상금이 필요하단 말이야. 새살림도 차려야 하고…."

"돈을 어떻게 마련하지요?"

"그 있잖아. 빨치산 출신이라는 땅딸보 말이야. 어제 땅딸보에게 들으니 도망간 서임수 그 작자 애비가 옛날에 금광을 했다는군. 지금도 금덩어리를 어디엔가 감춰 두었을 것이라고 하더군. 만일 그 금덩어리를 하나라도 찾아낸다면 우리에게 큰 도움이 될 거다. 서임수를 놓쳐 버리지 않았다면 간단한데 말이야. 무슨 방도가 없을까?"

"서임수가 없으니 식구들을 추궁하는 수밖에 더 있습니까?"

대장은 고개를 끄덕인다. 그렇다. 서임수 내외는 없지만 그 어미는 남아 있다. 작은댁과 서출(庶出) 금실이도 있지 않은가.

"그래, 네 말이 옳다. 맡아서 한번 해 보아라. 우선 금실에게 물어봐."

젊은 군관은 늦은 밤에 금실을 찾아갔다. 10시가 넘어서다. 동점댁은 새미걸에서 아예 돌아오지 않았고 금실이 혼자 우두커니 마루에 앉아 기다리고 있었다. 그녀가 끼얹어 주는 목물로 더위를 식히고 방 안으로 들어갔다. 주위는 깜깜하고 서쪽 하늘에 실낱 같은 초승달이 걸렸다.

군관이 입을 열었다.

"할 말이 있소."

"무엇인데요?"

"이건 당신만 알아 두소. 다른 사람이 알면 큰일 나요. 절대 비밀이오. 비밀을 지키겠소?"

"그럼요."

"우리는 며칠 후 다른 곳으로 갈 것이오."

"뭐라고요? 다른 데로 간다고요? 부산으로 가나요? 부산을 점령했나요?"

"아니요."

"인민 군대가 곧 부산까지 밀고 내려갈 것이라고 말하지 않았어요."

"원래 그럴 계획이었는데 사정이 좀 달라졌소."

"그럼 어디로 가나요?"

"아마 원산 아니면 서울 쪽일 것이오."

"같은 값이면 서울이 좋겠네. 서울 구경하게요."

"그런 철없는 소리는 그만두소. 우리는 당분간 후퇴했다가 다시 내려올 것이오."

“후퇴요? 쫓겨 가나요? 그럼 나는 어떡해? 내 처녀 물어
내고 가셔요.”

“당신도 데리고 갈 것이오.”

“전쟁에 져서 도망가는 사람을 어떻게 따라다녀요?”

“곧 다시 내려온다고 하지 않았소.”

“여기에서 기다리면 안 되나요?”

“당신은 여맹에 가입했기 때문에 국방군 새끼들이 들어오
면 그냥두지 않을 것이오. 더구나 나하고 혼약한 사실까지
알면 잡아가서 발가벗기고 여러 놈이 덤벼들어 욕보인 다음
에 죽일 거요.”

“정말 그럴까요? 아이, 무서워. 아이, 소름 끼쳐. 그럼 어
떻게 해요?”

“죽든 살든 나를 따라가야지요. 금실 씨는 내 아내가 아
니오.”

“맞아요. 난 당신 따라갈게요.”

“함께 가는 것은 이미 정해진 일이고, 그다음에 문제가
있소.”

“말씀하세요.”

“당에서 먹이고 입혀 주겠지만 그래도 살림 차리고 비상
시에 대비하려면 우리 돈이 좀 있어야 해요. 비상금 말이오.
당신이 어떻게 구해 보세요.”

“내게 돈이 어디 있겠어요? 어떻게 구해요? 있은들 남
반부 돈은 쓸모가 없잖아요?”

"그런 종이돈이 아니라 금붙이가 필요해요."

"점점 더 어려워지네. 종이돈도 없는데 금붙이라니요? 느닷없이 금붙이를 구하라니 숨이 콱 막히네. 이럴 바에는 왜 당신과 잤을까?"

"없는 걸 억지로 가져오라 하겠소? 내가 듣기로 옛날에 당신 할아버지가 금광을 경영했다더군."

"정말 딱한 양반이야. 그건 할아버지 때 이야기고, 아버지가 금붙이를 가지고 계시는지는 알 길이 없어요. 가졌다 한들 내가 엄마 배 속에 있을 때부터 아예 발걸음을 뚝 끊으셨어요."

"당신 아버지도 정말 야박하군. 아무리 두 번째 부인의 딸이지만 그래도 자식인데 어떻게 그리 무정하나. 어머니를 생과부로 만들고…. 당신은 아버지가 밉지 않소?"

"아버지를 미워하면 사람 도리가 아니지요. 양식과 쓸 돈은 때맞춰 보내 주셔요. 쌀 떨어진 적이 한 번도 없고 월사금(학교에서 학생들에게 징수하는 돈의 해방 전 용어) 제때 못 낸 적도 없었어요. 간장 된장이나 김장도 모두 큰댁에서 보내 주신다고요. 엄마를 생과부로 만들었으니 좀 섭섭하다는 생각은 들지만…."

"아버지가 어머니와 당신을 버틴 것입니다. 지주나 자본가는 늘 그렇다니까. 돈 몇 푼, 쌀 몇 되로 달래려고 해요. 어머니가 부잣집 딸이라면 버리지는 않았겠지요."

"돈 이야기 하다가 왜 자꾸 아버지로 넘어가나요. 얼마쯤 잘못이 있다고 해도 아버지는 아버지예요. 아버지 없이 내가 어떻게 이 세상에 태어났겠어요. 학교도 보내 주지 않으면서 온갖 농사일에 내몰고 만날 술 취해 욕하고 때리는 집도 많은데 우리 아버지는 절대로 안 그래요. 설이나 추석에 인사드리러 가면 세뱃돈이나 용돈도 듬뿍 주신다고요. 다른 집 아버지들은 그런 것 아예 없다고 해요.”

“정녕 그렇게 생각하면 더 할 말이 없소. 하지만 떠나는 마당에 응당 당신 몫의 재산은 받아 내야 합니다. 큰집 할머니에게 가서 몫을 받아 떠납시다.”

“내 몫으로 논과 밭을 받은들 어떻게 갖고 가나요? 지금은 팔리지도 않을 터인데….”

“정말 안 통하네. 금붙이나 귀중품, 뭐 그런 것 챙겨서 가자는 것이지. 그런 것 없어도 아버지는 부자로 살 수 있잖소?”

“하긴 그래요.”

“당신 어떻게 하시겠소? 내가 후퇴해도 여기 남을래요?”

“아뇨, 당신 따라간다고 하지 않았어요.”

“당신 몫은 그냥 두고 갈 작정이오?”

“방법이 있다면야 가져가야죠. 좋은 방도를 세워 보세요.”

“그럽시다. 오후에 오겠소.”

자정이 넘은 지가 오래다. 군관은 이쯤이면 다음 행동에 들어갈 명분을 세웠다고 생각했다. 일어나 옷 입고 마당으로 나가 주변을 조심스럽게 살핀 다음 대문 밖으로 나가 어둠 속으로 사라졌다.

25

9월 한때 국군은 더욱 밀렸다. 부대 간의 임무 교체에 틈이 생기자 인민군이 형산면(兄山面)에서 강을 건너고 오천 비행장 맞은편 대송면 계곡으로 들어가 운제산(雲梯山)을 점령했다. 형산강 방어선 일부가 무너진 것이다.

운제산의 오어사(吾魚寺)는 신라 시대에 창건되어 원효와 혜공 두 스님이 수도하시던 유서 깊은 절이다. 그 산에서 오천 비행장이 내려다보여 지키기가 어려워진다. 더구나 산 너머는 경주 땅이다. 경주를 점령하고 울산을 거쳐 부산으로 진격하자는 것이 동부 전선에 투입된 인민군의 목표였다. 미군은 급히 특수임무부대를 편성하여 이들을 형산강 너머로 쫓아냈다.

그런저런 경과는 신광에 갇힌 사람들이 알 수 없었지만 어떻든 미군 전폭기는 자주 나타났고 개천의 모래톱으로 가는 피란도 그대로 이어졌다. 낮에 마을에는 늙은이들 몇몇이 남을 뿐이었다.

명세 할머니는 부리는 사람들을 대부분 돌려보내고 갈 곳 없는 늙은 머슴과 찬모 한 사람씩만 남겨 두어 함께 지냈다.

9월 16일 오후였다. 이날 역시 다을은 텅 비어 있었다. 젊은 군관은 전사 둘을 데리고 명세네 집에 들이닥쳤다. 명세 할머니가 집을 지키고 있었다.

"할머니, 안녕하십니까?"

"또 무슨 일이오?"

"가택수색을 좀 하겠소."

"무엇 때문에 가택수색이오? 많은 인민군들이 지금 내 집에서 잠자고 내 양식으로 밥 지어 먹는데 수색할 게 뭐 있소?"

"악질 반동 지주의 집이라 일찌감치 전 재산을 몰수해야 마땅한데 손녀 서금실 양이 여맹에서 열성적으로 활동하는 덕분에 여태까지 그냥 넘긴 것이오."

군관은 전사 둘을 시켜 사랑채와 살림 넣어 둔 창고를 마구 뒤지게 했다. 대대로 부자로 살아온 집이다. 사랑채에서는 도자기·서화·고서적 등이 쏟아져 나왔다. 창고에는 의복과 침구, 비단·명주·모직·모시 등 옷감, 제구와 놋그릇 등이 먼지를 뒤집어쓰고 어지럽게 쌓여 있었다. 이런 물건은 전쟁 중에는 쓸 일이 없고 지니고 다닐 수도 없다. 안 되겠다고 생각한 군관은 할머니를 노골적으로 협박했다.

"이 댁이 금광을 경영하면서 노동자를 착취하여 재산을 긁어모으고 많은 금붙이를 감춰 두었다는 것을 잘 알고 있소. 노동자를 착취한 자본가는 공화국에 그 죗값을 치러야 하오. 만일 10분 내로 숨겨 둔 금붙이를 모두 내놓지 않으면 인민의 이름으로 할머니를 즉결 처분하겠소."

"마음대로 하시구려. 총 가진 당신 마음이 내키면 내가 어떻게 말리겠소."

할머니가 쉽게 물러서지 않자 군관은 더 강력한 행동이 필요하다고 생각했다. 권총을 빼들고 할머니 가슴에 겨누면서 위협했다.

"총이 무섭지 않다는 말이지. 한번 해 볼까요? 나는 이 총알 한 방으로 반동분자를 즉결 처분할 권한을 가졌소."

명세 할머니는 몸이 오싹했지만 곧 정신을 가다듬어 아무 말도 않고 바깥을 내다보며 그림처럼 앉아 있었다.

"내 말 들리지 않소? 금붙이를 빨리 내놓으시오. 노동자를 착취해서 긁어모은 금붙이를 모두 공화국에 바쳐야 용서받을 수 있소. 시간 없소. 빨리요 빨리."

"이봐요, 군관 나리. 우리 집이 한때 금광을 경영했던 것은 사실이나 이미 30년 전에 그만뒀소. 번 돈은 독립운동 자금 대주느라고 모두 쓰고 남은 것이 없소. 훈장을 받아도 성에 차지 않을 터인데 노동자 착취했다고 몰아세우다니…."

"독립운동 자금이라고? 일본 놈들에게 빌붙어 천석꾼 부자로 살다가 이제 와서 딴소리하네 정말 악질 반동이군."

군관은 동행한 전사를 불러 지시했다.

"악질 반동이 아직도 정신을 못 차리네. 동무, 이 늙은 반동을 밖으로 끌고 나가 즉결 처분하시오."

전사 둘이 덤벼들어 할머니의 양쪽 옆구리를 꼈다. 끌고 나가려는 기세였다. 이때 바깥에서 기침 소리가 나더니 뜻밖에도 신달수가 나타났다.

“군관 동무, 어인 일로 오셨소?”

“동무, 마침 잘 왔소. 이 할망구가 금광 하면서 인민을 착취하여 감춰 둔 걸 내놓으라는 명령을 거부하고 있소. 내 그냥두지 않을 거요. 번거롭게 인민재판 열 것도 없이 꽝! 쏘아죽이고 집을 불살라 버릴 작정이오.”

신달수는 적잖게 당황하는 눈치였다. 조용한 말로 군관을 달랬다.

“이 댁이 금광을 경영해서 돈을 번 것은 사실이나 독립군 군자금으로 몽땅 바쳤다고 들었소. 마을 사람들이 알기로 지난 수십 년간 사 모은 땅이 한 마지기도 없다니 크게 틀린 말은 아닐 것이오. 감춰 둔 재산이 있을 성싶지 않소. 내 할머니께 고이 알아보리다.”

군관은 반가웠다. 노파가 쉽게 응하지 않아 즉결 처분 으름장을 놓았지만 사실은 허풍이었을 뿐 어떻게 할 방도를 찾지 못하던 참이었다. 안채에 다른 군인들도 있는데 시끄러워 덕 볼 것이 없었다. 고개를 끄덕여 동의했다.

신달수는 할머니에게 다가가서 간곡하게 청했다.

“노마님, 이왕에 군관께서 오셨으니 체면이나 세워 주세요. 혹시 가락지라도 몇 개 갖고 계시면 줘서 돌려보내지요.”

그제야 명세 할머니는 피란 짐 쌀 때 따로 모아 두었던 금비녀 한 개와 금반지 다섯 개, 은가락지 일곱 개를 꺼내 들고 나와 자신이 끼고 있던 반지까지 벗어 보태 군관에게 건네주면서 말했다.

“이것이 모두요. 우리는 금광을 경영했지만 패물을 소중히 여기는 집이 아니오. 사람 목숨이 파리 목숨 같은 이 난리판에 금비녀든 금반지든 무엇이 아까워 감추겠소. 만일 당신네들이 뒤져 보고 가락지 하나라도 더 나오면 그때는 마음대로 하시구려.”

패물을 받은 군관은 눈초리를 치켜세우며 내뱉었다.

“이게 고작이오? 반동 할머니 정말 혼이 나야 알겠소?”

말은 그러했지만 속마음은 만족스러웠다. 가난하게 자란데다 사회 물정을 모르는 나이 스물둘의 젊은 청년이었다. 신달수의 도움으로 예상 밖의 큰 수확을 얻었다고 생각했다. 사실 이만한 것도 당시로서는 함부로 구경할 수 없는 대단한 재물이었다.

젊은 군관은 신달수에게 수고했다고 인사하고, 할머니에게는 앞으로 더 조사해 보고 사실과 다르면 큰 벌을 받을 것이라는 협박의 말을 남긴 채 전사들을 데리고 돌아갔다.

그는 본부로 가서 있었던 일을 보고했다. 대장은 이번에도 서임수가 독립군에게 자금을 대주었다는 말을 듣자 속으로 놀랐다. 땅딸보도 언젠가 서임수가 당의 수뇌부에 아는 사람이 있을지도 모른다고 말했었다. 더 이상 그 댁에 가지 말라 하고는 가져온 물건에서 금반지 두 개를 자기 몫으로 챙기고 나머지를 새살림에 보태라며 도로 내주었다. 젊은 군관은 은가락지 두 개를 따로 떼어 따라갔던 전사에게 하나씩 나눠 주었다.

대장은 전국적으로 전세가 날로 악화되고 있어서 아마 수일 내로 후퇴할 것 같다고 했다. 전사들이 눈치채지 못하게 소각할 문서와 가져갈 문서를 분류해 놓고 당분간 외박하지 말라고 일렀다.

하루 이틀 지나자 저들이 물러갈 조짐이 나타났다. 전선에 나가 있던 인민군이 꾸역꾸역 모여들었다. 처음 이곳에서는 전투가 벌어지지 않고 그냥 지나치다시피 해서 눈에 보이는 인민군은 많지 않았다. 그러나 포항과 기계 쪽의 공방전이 지루하게 이어지고 형산강 대치가 길어지면서 머무는 숫자가 자꾸만 늘어났다. 신광은 7번 국도를 비켜나 있어 공격할 때는 소용이 적었으나 공격당하면서 은신하기는 좋을지도 모른다. 야전 병원이 따로 있다지만 부상병은 대개 마을에 머물면서 상처를 돌보았다.

인민군이 불어나자 날아오는 포탄이 더 많아지고 미국 전폭기를 더 자주 보게 되었다. 전폭기는 주로 인민군이 이동하고 군수 물자가 운송되는 통로를 공격했다. 탄약이나 주먹밥을 지고 끌려다녔던 사람들은 공습을 자주 겪었다. 새미거랑에 모여 밤낮을 보내는 주민들도 더 늘어났다. 저들이 집을 차지하는 바람에 돌아갈 데가 없는 사람도 있었다.

17일 낮에는 무슨 낌새를 보았던지 미군 정찰기 한 대가 토성 상공을 여러 차례 맴돌았다. 마을에 머물고 있던 인민군들은 모두 추녀 안쪽으로 들어가 감쪽같이 몸을 감추었다. 마을이 한순간에 정적으로 빠져들었다. 그때에 따발총을 멘 전사 하나가 골목으로 뛰어나와 하늘을 쳐다보고 손가락질하며 욕을 퍼부었다.

"간나 새끼들, 왜 자꾸 왔다 갔다 하는 거야. 맛 좀 봐야 알건."

한 군관이 옆에 있는 전사에게 황급하게 물었다.

"어? 저 동무 왜 저러나?"

"저 동무가 요즘에 좀 이상하답니다."

"빨리 안으로 끌고 들어와. 빨티 빨리."

군관이 짜증스럽게 말하자 전사는 그의 뒷덜미를 낚아채어 추녀 밑으로 들어왔다. 녀석은 질질 끌려오면서도 히죽히죽 웃었다. 군관은 혀를 껄껄 차고 보기 싫다는 듯이 고개를 돌렸다. 전쟁은 젊은이의 피를 강요하다 못해 영혼까지도 흔들고 있었다.

저녁 무렵에 정찰기가 다시 나타났다. 이번에는 무엇인가 꼭 찾아내겠다는 듯 낮보다 더 낮게 떠서 지나갔다. 손에 잡힐 듯 가까워져 총알 한 방이면 떨어뜨릴 수 있을 것처럼 보였다.

인민군들을 또다시 모두 추녀 밑으로 숨어들었지만 낮에 욕지거리를 내뱉던 녀석은 담 밑에서 올려다보고 뭐라고 중얼거리며 이를 벅벅 갈더니 벌떡 일어서서 정찰기를 향하여 따발총을 겨누었다.

"저 동무 또 왜 저러나. 동무! 빨리 숨지 못해."

낮의 그 군관이 외쳤다. 녀석은 힐끔 돌아보고 히죽히죽

웃으며 말했다.

"군관이라고 건방 떨지 말고 내 솜씨 구경 좀 하시지. 미국 놈들 비행기에 아주 넌더리가 난단 말이야. 더 참을 수 없어. 저놈의 비행기를 꼭 잡고야 말 게다. 너 죽고 나 죽자."

정찰기는 비학산 기슭을 한 바퀴 돌아 다시 다가왔다. 좋은 기회라고 생각했던지 비행기를 향하여 따발총을 겨누고 마구 쏘아 댔다.

'따 · 따 · 따 · 따…'

'따 · 따 · 따 · 따…'

'따 · 따 · 따 · 따…'

탄피가 골목길에 어지럽게 흩어졌다. 탄창을 채운 70여 발이 모두 쏟아져 나갔는지 더 이상 총소리가 들리지 않았다.

정찰기가 맞은 모양이었다. 검은 연기를 길게 내뿜으며 곧바로 동남쪽으로 날아가 버렸다. 그제야 가까이 있던 십여 명 전사들이 골목으로 쏟아져 나와 달아나는 비행기를 쳐다보며 총을 흔들어 승리를 환호했다.

"뭣 하는 짓이오. 조용히 하기요."

전사들과는 달리 군관은 고함치면서 녀석을 끌고 본부로 데려가라고 지시했다. 걱정이 되는지 몇 차례나 고개를 기웃거렸다.

10분도 채 못 되어 굉음과 함께 미군 전폭기 두 대가 나타났다. 이번에도 인민군들은 추녀 밑으로 숨어들었으나 소용없었다. 범촌 쪽에서 차츰 고도를 낮추며 한 대가 독수리처럼 덤벼들어 폭탄을 떨어뜨리자 다른 한 대가 매처럼 날아들면서 기관포를 퍼부었다. 불길이 일어났다. 여러 집에 묵던 인민군들이 견디지 못하고 사방으로 흩어져 좌왕우왕하자 다시 기총 소사가 그들을 휩쓸고 따라간다. 폭탄 터지는 굉음이 하늘을 뒤흔들고 기관포 소리가 땅을 갈기갈기 찢어 냈다.

마을은 순식간에 불바다가 되었다. 명세네 집도 예외일 수 없었다. 큰채에 불길이 솟아올랐다. 거처하던 인민군들은 뿔뿔이 흩어졌다.

사랑채에 머물던 할머니는 정신을 차려 치솟는 불길을 바라보았다. 시아버지가 장가들자 장인이 지어 주었다는 집이다. 강원도에서 아름드리 금강송을 실어 오고 이름난 대목과 솜씨 좋은 미장이들을 불러 모아 일을 맡겼다. 개와 염소를 번갈아 가며 하루 한 마리씩 잡아 일꾼들에게 술과 밥을 푸짐하게 먹이고 상량식에는 소를 잡아 동네가 떠들썩하도록 잔치를 벌였다고 했다. 찹쌀풀로 횟가루를 반죽해서 기와를 얹고 벽을 발랐다. 마루는 아직도 윤기가 흐르고 문짝은 빈틈없이 맞춰진다. 70여 년이 지났다는 지금에도 어느 한 군데 흠이 없었다.

그런 집이 불길에 싸인 것을 바라보며 할머니는 불구덩이에 뛰어들고 싶었다. 터가 넓고 추녀 사이가 떨어져 사랑채나 대문채에 불길이 옮겨붙지 않은 것이 그나마 다행이었다. 타오르는 불길을 바라보며 눈을 지그시 감고는 불보살을 외었다.

“나무아미타불 관세음보살. 나무아미타불 관세음보살.”

승부는 어머니와 함께 마을이 검은 연기에 휩싸이는 것을 새미걸에서 바라보았다. 어머니의 눈에서는 눈물이 뚝뚝 떨어졌다. 밤이 되면서 불길이 잦아지자 마을로 가시겠다고 나섰다. 말렸으나 막무가내였다. 얼마 뒤 돌아와서 집이 불타지 않아 다행이라고 하셨다.

<h1 style="text-align:center">26</h1>

어느덧 9월 20일이었다. 아침저녁으로 날씨가 쌀쌀하다. 하늘이 흐려져 비가 내릴 것도 같았다. 해가 지자 승부는 인민군의 눈을 피해 가면서 동생 진구와 함께 어머니를 따라 집으로 돌아왔다. 온갖 세간이 어지럽게 흩어져 있었지만 평소와 달리 어머니는 정리하시지 않았다. 등불을 켤 수 없고 밖으로 나갈 수도 없어 무엇에 짓눌린 듯 가슴이 답답했다. 대충 치우고 일찌감치 잠자리에 들었다.

모형귀신이 슬그머니 다가와 머리를 쓰다듬어 주고는 말을 걸었다.

“승부야 잘 있었니? 지금 바로 일어나서 집 뒤로 오너라.”

깨고 보니 꿈이었다. 꿈에서나마 모형귀신을 본 것은 명세 아버지 탈출 이후 처음이었다. 그때와 마찬가지로 어렵고 숨 막히는 이 고비에서 뭔가 새로운 돌파구를 열어 줄 것 같았다.

　승부는 주섬주섬 옷을 입고 가만히 집을 빠져나왔다. 어느새 구름이 걷혀 마을이 희미한 달빛 아래 숨죽이고 있었다. 멀리서 대포 소리가 '쿵- 쿵-' 하고 들린다. 그 소리가 어제나 그저께보다 훨씬 잦고 가까워진 것 같았다. 담을 돌아 밭과 이어진 뒤편으로 갔다. 명세 아버지가 옷을 갈아입었던 바로 그곳이다. 1분도 못 되어 모형귀신이 모습을 드러냈다.

　귀신은 꿈에서처럼 다시 한 번 승부 머리를 쓰다듬어 주면서 말했다.

　"두 해 만이구나. 잘 있었니?"

　"잘 지냈어요. 열심히 공부해서 일류 중학교에 들어갔답니다. 전쟁만 일어나지 않았으면 좋았을 터인데 아깝게 되었어요."

　"그러게 말이다. 어려운 일은 없었나?"

　"지난번에 짐 지고 갔다가 천만다행으로 총알을 피했죠. 그래서 이처럼 무사한걸요."

　"어깨를 눌러 땅에 엎드리게 했었지."

　"아하! 역시 당신이었군요. 정말 고마워요."

　"그래. 어떻든 이 난리 중에 무사하다니 다행이구나. 정말 다행이야. 그래 날 따라오너라."

　모형귀신은 밭을 가로질러 토성으로 데리고 갔다. 인민군은 그림자도 구경할 수 없었다. 짐꾼으로 붙들렸을 때에 나무 밑에 쌓여 있던 탄약 상자는 모두 어디로 옮겨 갔는지 하나도 보이지 않았다. 나뭇등걸에 앉으라고 권했다. 초아흐레 달은 해맑은 모습으로 비학산 등성이에 걸터앉아 나뭇가지 사이로 내려다보고 있었다. 귀신이 중얼거렸다.

"일찍이 신라가 엿—재 넘어오는 고구려 군사를 막으려고 이 성을 쌓았단다. 일천팔백 년이 지난 옛날이다. 무너져 내리긴 했지만 참으로 긴 세월을 견디었다."

승부는 성의 역사보다 자기를 그곳으로 데려온 까닭이 궁금했다.

"여기에서 무슨 할 일이 있나요?"

"너무 채근하지 마라. 그러잖아도 오늘따라 마음이 어지럽구나. 옛날에는 이곳에 오면 튼튼한 토성이 나를 감싸고 지켜 준다고 믿어 마음 든든했다. 숲의 맑은 공기가 유난히도 상쾌했었지. 오늘도 그러면 좋으련만⋯."

"귀신도 마음이 불안해질 때가 있나요?"

"사람이었을 적에 얻은 버릇이야. 아니, 사람이든 귀신이든 큰일이 앞에 놓이면 마찬가지가 아니겠나."

"나도 이 토성을 무척 좋아해요. 어릴 적에 저 나무를 오르내리며 놀았어요. 여기에서 전쟁놀이를 하면 내가 늘 대장이었다니까요."

"그럴 테지. 너에겐 놀이터였지만 본래는 신라를 지키고 신광을 지켜 온 성이다."

"그렇군요."

"가만있어 봐. 무슨 소리가 들리네. 이 성으로부터 나오는 소리야. 토성의 영령(英靈)이 지금 내게 무엇인가 속삭이고 있어. 아주 은밀한 속삭임이야. 일천팔백 년 전의 신라 말씨는 알아듣기가 쉽지 않네."

"토성의 영령이라고 했나요? 그게 뭔데요?"

"이 성을 쌓고 지키면서 목숨 잃은 사람들의 혼령이 모두 모인 것이지."

"도대체 뭐라고 하나요?"

"가만있어 봐. 조금만 기다려 다오."

모형귀신은 나무둥치에 몸을 기대어 눈을 지그시 감고 뭔가에 귀를 기울이고 있더니 3,4분이 지나자 감았던 눈을 번쩍 뜨고 자세를 바로잡은 다음 승부를 건너다보며 입을 열었다.

"그래, 들었다. 그 소리를…."

"그게 뭔데요? 나는 아무 소리도 듣지 못했어요."

"아니야, 분명하게 말했어. 이제 때가 왔으니 오래전에 세워 둔 계획을 망설이지 말고 실천하라고 했어. 지금이 바로 행동할 때라는군. 너와 내게 앞으로 해야 할 일이 주어졌다. 그게 뭔지 미리 밝힐 처지는 아니지만, 우리가 힘을 모으라고 토성의 영령이 당부했어. 만일 네가 기꺼이 나서 도와주거든 이 성이 지나온 세월만큼 오래도록 너의 은혜를 기억하라는군."

"오랜 계획을 실천하는 데 내 도움이 필요하다는 것이네요. 말씀하세요. 내가 할 수 있는 일이라면 최선을 다하겠어요.”

“넌 이미 오래전부터 나를 도와주고 있다. 하지만 앞으로의 일은 정말 중요하다. 그로써 우리의 운명이 판가름 나기 때문이야.”

“우리라고 했나요? 운명이 판가름 나다니요?”

“그렇다. 너와 나는 이미 끊을 수 없는 운명의 끈으로 묶어져 있다. 그래서 우리다. 더구나 이건 마지막 기회고 너의 도움 없이는 이뤄질 수 없는 일이다. 내가 하는 말을 잘 들어 두었다가 잊어버리거나 빠트리지 말고 실천에 옮겨라. 반드시 그대로 해라. 약속하겠지?”

“약속하겠어요.”

“하나라도 소홀히 하면 안 된다.”

“명심하겠어요.”

여러 차례 약속하고 다짐하는 동안에 승부는 차츰 모형귀신과 하나가 되는 기분에 빠져들고 망설임이 사라졌다. 모형귀신이 말을 이어 갔다.

“내일 낮에 금실이가 너를 찾아올 게다. 젊은 군관이 전하는 말이라면서 한기와 너에게 은밀하게 할 이야기가 있으니 한기를 데리고 밤 11시까지 3학년 교실 화단 앞으로 나와 달라고 부탁할 것이다. 같은 시간에 고급 군관들이 회의를 여니까 그 틈에 빠져나오겠다고 할 게다. 너는 그러겠다고 대답해라. 그러나 약속대로 하지 말고 한기를 떼어 둔 채 혼자 그곳에 가거라.”

"한기와 함께 간다고 약속해 놓고 혼자 가라고요? 그 누나는 영 만나고 싶지 않아요. 혼자서는 더더욱 그래요."

"아주 중요한 일이야. 우리의 운명을 판가름 짓는다고 금방 말했지? 네 기분을 모르는 바 아니지만 큰일하는 사람이 작은 기분 따위에 얽매이면 안 된다. 딴말하지 마라. 반드시 그가 요구하는 대로 만나야 한다. 미리 말하거니와 그러지 않으면 넌 살아남을 수 없다. 그러나 한기를 데려가서는 안 된다. 절대로 안 된다. 왜 함께 오지 않았느냐고 묻거든 10분쯤 뒤에 올 것이라고 적당히 둘러대라."

승부는 금실을 만나기가 정말 싫었다. 다행히 7월 들어 혼처가 정해졌다는 소문이 돌았고, 그렇게 정혼한 것을 잊어버린 듯 요즘에는 인민군 군관과 친해졌다. 이미 두 고개를 넘어간 이상 자기 책임은 거의 사라졌다고 생각하지만 어찌되었든 다시는 보고 싶지 않았다.

"왜 금실이가 나를 만나자고 할까요? 새 애인도 생겼는데요."

"그 문제라면 더 걱정할 것이 없다. 내일 낮에 금실을 만난 후 한기에게 가거라. 가서 오늘 밤 11시에 학교 교무실에서 중요한 회의가 열리는데 그 시각에 젊은 군관이 만나잔다고 하는 금실의 말을 그대로 전해라. 오늘 밤 11시에 학교 교무실에서 중요한 회의가 열린다는 말을 결코 빼먹지 마라."

"한기 어머니가 들어도 괜찮을까요?"

“친구 어머닌데 들으면 어때. 상관없다.”

“알았어요. 오늘 밤 11시에 교무실에서 중요한 회의가 열리는데 그 시각에 군관과 금실을 만나기로 했다고 한기에게 말하겠어요. 그러면 되지요?”

“넌 아주 정확하구나. 또 있다. 한기 어머니가 밤에 그곳에 가기 전에 잠시 들러 자기부터 만나자고 할 거다. 그러겠다고 대답해라. 하지만 절대로 한기네 집에 다시 들러서는 안 된다. 군관을 만나기 직전에 한기 어머니를 만나서는 결코 안 된다. 알겠지?”

승부는 일이 꽤나 복잡하다는 생각이 들었다. 귀신의 말을 마음속으로 정리해 보았다. 금실은 승부에게 젊은 군관과 만나라며 한기를 데려오라 하고, 한기 어머니는 군관을 만나기 전에 자기부터 보자 하고, 모형귀신은 한기를 데려가서는 안 되며 한기 어머니에게도 가지 말고 곧바로 금실을 만나라고 한다. 금실이나 한기 어머니가 정말 그렇게 요청할까? 어떻든 모형귀신이 시키는 대로 할 수밖에 없다고 생각하고는 대답 대신 고개를 끄덕였다. 둘은 인사를 나누고 헤어졌다.

21일이 되자 학교는 갑자기 붐비기 시작했다. 후퇴 작전을 의논하려고 정치 군관들이 곳곳에서 모여들었기 때문이다. 하급 전사들도 며칠 전부터 전세가 어려운 낌새를 눈치채고 있었다. 마을에 남아 있는 몇몇 노인은 그들이 곧 물러갈 것으로 보고 며칠만 더 참자는 말을 가만히 주고받았다. 인민군의 패색이 짙어지는 조짐들이 눈에 뜨였다.

그날 아침에 젊은 군관은 대장에게 불려 갔다. 대장은 밖에서 들을 수 없는 나지막한 소리로 말했다.

"우리는 내일 새벽 3시에 철수한다. 다시 한 번 묻겠는데 철수할 때 금실을 데려갈 작정이냐? 역시 데려가야겠지?"

"그렇게 하겠습니다."

금실에게 빠져 버린 군관은 대장이 그 동행을 좋아하는지 싫어하는지 눈치 살필 겨를도 없이 동의했다.

대장은 말을 이어 갔다.

"데려갈 사람이 더 있다. 박한기와 윤승부다."

"박한기, 윤승부요? 그 애송이들은 왜요?"

"박한기는 재주도 있고 말솜씨가 탁월하다. 열세 살짜리 답지 않다. 정보에 의하면 그 아이 외삼촌이 국방군 고급 군관이라는군. 이용할 가치가 충분히 있을는지도 모른다. 녀석의 외가 종조부가 공산주의자란 것은 새빨간 거짓말이었어. 박한기의 친구, 지난번에 짐꾼으로 갔던 윤승부라는 애도 역시 머리가 좋고 아주 활동적이야. 땅딸보 말로는 이 둘이 서임수 아들과 친구라더라. 이들이 수상하다는 정보가 들어왔는데 지난번에 승부라는 녀석을 직접 만나 보고 감을 잡았어. 국방군 공작원이 아니라 두 녀석이 서임수를 빼내었어. 박한기는 이야기로 우리를 붙들어 놓고, 윤승부는 창고 문을 열고, 그 틈을 타서 서임수가 아들과 마누라를 데리고 도망쳤어. 내 추리가 맞는지는 모르지만 어떻든 젖비린내 나는 놈들에게 감쪽같이 당했던 거야. 거참 기가 막혀서…. 어디

두고 보자. 끝내 나를 이길 수는 없겠지.”

“두 녀석을 불러다 족칠까요?”

“아니야. 이런 경우에는 발상의 전환이 필요한 법이다. 두 놈은 아주 영리한 녀석들이야. 이 시골 학교에서 십 년 이십 년에 하나도 어렵다는 일류 중학에 셋이 한꺼번에 들어간 것은 결코 우연이 아니야. 족친다고 최선은 아니지. 당에는 그런 인재가 필요하다. 서임수 아들은 내뺐지만 나머지 둘을 데려가서 특급 공작원으로 만들겠다.”

“그럼 두 녀석을 당장 잡아올까요?”

“넌 아직 서툴구나. 남조선 인민들이 보는 앞에서 잡아오면 안 된다. 애들 잡아갔다는 소문이 나면 다음에 공작원으로 써먹기도 어려워진다. 애들을 다시 찾으려고 가족들이 밤낮 주변을 맴돌고 따라다니면서 우리 동정을 국방군에게 고자질하거나 후퇴를 방해할 수도 있다. 잘 유인해서 아무도 보지 않게 창고에 가뒀다가 내일 새벽에 몰래 꺼내어 데려가자. 그래야 감쪽같이 사라지는 것이지. 알겠나? 금실이도 내일 새벽 2시까지 이곳에 나오도록 일러라.”

“옛, 알겠습니다. 역시 대장님이십니다. 그런데 윤승부와 박한기를 어떻게 유인하면 좋을는지 말씀해 주십시오.”

“금실을 시켜 보아. 금실이가 윤승부를 만나서 내가 국방군에 귀순하려고 국방군에서 계급이 높은 박한기 외삼촌을 만나고 싶어 한다고 말하는 거야. 거래가 잘되면 그들은 나와 고급 정보를 얻을 수 있고, 나는 신변이 안전해지니 서로에게 이득이라고 꼬이는 거야. 알아들었지?"

젊은 군관은 그 길로 금실을 만났다. 대장의 명령에 따라 내일 새벽 3시에 신광을 떠나며 한 시간 전까지 학교에 모인다고 했다. 서임수 집과 또 다른 부잣집에서 얻은 금붙이는 앞으로 자신이 지니고 다닐 수가 없기 때문에 아내가 될 금실이가 관리해야 된다면서 몽땅 맡겼다. 싫다고는 않았다.

박한기와 윤승부를 데리고 가야 하는데 그들이 부모형제를 두고 순순히 응할 리가 없기 대문에 금실이가 오늘 밤에 유인해 오면 11시 10분경에 나가서 잡아 두었다가 새벽에 함께 떠날 것이라고 했다.

금실은 두 사람을 데려간다는 말에 깜짝 놀라면서 고개를 흔들었다.

"동생 친구들인데 내가 어떻게?'

"모두가 혁명과 해방을 위해서요. 당신의 결단은 우리 공화국에 영웅적인 공을 세우는 것이오."

전쟁은 인간의 이성을 마비시켜 감성을 잔인하게 만들었다. 국군이 들어오면 험한 꼴을 당한다는 엄포에 넋이 나갔고, 패물을 모두 받고 보니 믿음이 생겼다. 결국 군관의 설득을 받아들였다. 하지만 일에 자신이 없었다.

"내가 무슨 재주로 그 둘을 데려오나요?"

"방법을 하나 가르쳐 줄까? 박한기 외삼촌이 국방군 고급 군관이야, 군관. 아니, 장교라 그런다지? 승부에게 나와 우리 대장이 그를 통해 귀순하려 한다고 말해. 나야 뭐 초급 군관이지만 대장은 소련군 고급 군관이라 특별한 정보를 갖고 있으니 무조건 귀순할 수 없고 미리 박한기 외삼촌과 교섭할 생각이기 때문에 먼저 한기를 만나 다리 놓게 한다는 거야. 그래서 윤승부보고 박한기를 데리고 나오라 하면 둘을 한꺼번에 만날 수 있잖소.”

금실은 그 묘안에 감탄하면서 일을 맡겠다고 약속했다. 점심을 먹고 나서 승부를 만나러 갔다. 먼발치에서 보니 마침 혼자 집을 지키는 듯했다. 좀 더 가까이 대문까지 다가가서 살펴보니 마침 툇마루를 내려서고 있었다. 나지막하게 이름을 불렀다.

승부는 대문간에 서 있는 금실을 발견하고 흠칫 놀랐다. 조금 망설이다 집 안으로 들어오라는 손짓을 보냈다. 짐꾼으로 잡혔을 적에 신세도 졌고, 괜히 바깥에서 오래 얼쩡거리게 놔둬 이웃 사람들이 보면 낭패다. 더구나 어젯밤 모형귀신이 일러 준 말이 그대로인 것이 신통했다.

금실은 조심조심 마당으로 들어와 툇마루에 나란히 걸터앉았다.

“승부야, 잘 있었니?”

“그래…, 누나도 잘 있었지? 짐꾼에서 빼내 준 것 고맙다.”

“짐 지고 가서 고생했지? 죽을 고비 넘겼다며? 지난봄의 일은 네게 정말 미안하구나. 왜 그런 실수를 저질렀는지 나도 모르겠어. 그동안 많이 반성했어. 솔직히 말하면 진정으로 널 좋아했다. 아직도 그 마음은 변함이 없지만 너는 앞으

로 크게 출세할 사람이니 나 같은 시골 여자는 가당찮아. 그
래서 놓아준 거다. 우리 서로 예쁜 추억으로 간직하자꾸나.”
  “나도 실수한걸. 새로운 행복을 축하해. 군관하고는 재미
있지?”
  “그래, 고맙다. 군관이 아버지 사건 무마하느라고 애썼어.
가택수색 명령을 받았을 적에도 피해가 적도록 힘썼다고 그
러더라. 남들은 오해하겠지?”
  “아냐, 나도 알고 있어. 오해라니 가당치 않아.”
  “명세가 없어서 무척 외롭겠구나. 전쟁이 곧 끝나지 않겠
나. 그때 다시 만날 게다.”
  “그럼, 그럼.”
  “한 가지 부탁이 있어서 왔다.”
  “무슨 부탁인데?”
  “한기를 만나게 해 줘. 요즘에는 영 보질 못했어.”
  “한기는 왜?”
  “그 군관이 만나고 싶어 한다. 이건 절대로 비밀인데…”
  금실은 입을 승부 귀에 가까이 대고는 목소리를 낮춰 말
했다.
  “군관은 골수 공산주의가 아니야. 자기는 함경도 고향에
서 중학교 졸업반이었는데 전쟁 직전에 뽑혔나 봐. 공산주의
가 싫어 남조선 국방군으로 가겠다는 거야. 그보다도 대장이
귀순하고 싶어 한대. 대장은 실은 인민군이 아니라 소련군
고급 군관이야. 귀순해서 미국으로 가고 싶다나. 온갖 비밀

을 많이 알고 있으니 귀순하면 국방군에게 크게 이롭고 세상
이 떠들썩할 만한 대단한 사건이 될 거라나.”

“어, 소련군 장교라고? 귀순하겠다고? 그런데 한기를 만
나 뭘 하나?”

“너 모르나? 한기 외삼촌이 국방군에서 계급이 아주 높다
는 거야. 자기 대장이 그 양반의 안내로 귀순하면 그분은 큰
공을 세우게 되고 이쪽은 그분의 보호를 받을 수 있어 서로
에게 좋다는 것이지. 그렇게 하도록 알아봐 달라고 부탁하려
나 봐. 연결이 될지 안 될지 모르지만 일단 한기를 만나도록
해 줘. 네가 데리고 나오면 좋겠다.”

“언제 어디로?”

“자기가 멀리 나갈 수 없다나. 학교에서 오늘 밤 11시에
만나자는 거야. 교무실 옆에 3학년 교실 있잖아. 그 앞 화단
쪽으로 나오면 좋겠다고 했어. 11시에 회의가 시작되는데 그
때에 빠져나오면 남들 눈 피하기가 쉽대.”

“회의가 시작되는데 어떻게 나와?”

“높은 사람들이 많이 모이는 회의니까 자기 같은 초급 군
관은 끼어들 수 없다는 거지. 늦어도 11시 10분까지는 나오
겠다는 거야.”

“거 좋은데 내가 어떻게 학교로 들어가지? 요즘은 옛날
같지 않고 경비가 엄하던데.”

“정문에서 여맹의 서금실을 만나러 왔다면 들여보내 줄
게다. 내가 미리 초병에게 이야기해 두겠어.”

“알았어. 11시 5분 전까지 나갈게.”

“그래. 한기 데리고 나오는 것 잊지 마라.”

“그렇게 하지.”

“난 그만 갈게. 11시에 3학년 화단 앞에서 만나자. 잘 있어.”

“누나, 잘 가.”

승부는 금실을 보내 놓고 생각해 보니 역시 모형귀신이 말한 그대로가 아닌가. 놀라웠다. 어떻든 요즘에 인민군이 부쩍 늘어나 살벌해진 그곳에 위험을 무릅쓰고 가야 한다는 것이 내키지 않았다. 더구나 3학년 교실 앞 화단이라면 2년 전에 모형귀신과 함께 어느 여인의 불행을 지켜보았던 자리이다. 저주받은 그곳에 가려니 꺼림칙했으나 어떻든 앞날을 훤히 내다보는 모형귀신이 시키는 일이니 금실의 말에 따르기로 했다.

승부는 그 길로 한기를 찾아갔다. 어머니에게 인사하고 한기와 이야기를 나눴다.

“금실이가 너와 나를 오늘 밤 11시에 만나자는 거야.”

“어디에서?”

“3학년 교실 화단 앞에 나오라는구나.”

“하필이면 학교 안에서? 그것도 인민군들이 북적대는 교무실 옆 3학년 교실 화단 앞에서? 화약 지고 불 속에 뛰어들라는 말이군. 뭣 때문에 만나자고 하는데?”

“자기가 교제하는 젊은 군관이 대장과 함께 국군에 귀순

하고 싶대. 그런데 너의 외삼촌이 군대에서 계급이 높다고
하던데 정말인가?"

"외삼촌이 국군에서 계급이 높은 걸 저들이 알고 있구나.
큰일 날 뻔했네."

"너무 겁먹지 마라. 그 대장은 사실은 소련군 고급 장교라
는군. 외삼촌을 통해서 귀순할 생각이라 하더라. 그가 귀순
하면 국군에게 소중한 정보를 넘겨줄 수 있고, 외삼촌도 큰
공을 세운다는 것이지. 어떻든 세상이 떠들썩해지는 큰 사건
이 된다는구나. 그래서 널 만나 외삼촌의 도움을 받을 방법
을 물어본대."

"내가 뭘 안다고?"

"그러게 말이지. 나와 함께 나오라는 거야. 하지만 넌 나
갈 필요가 없어."

"귀순하겠다는 생각이라면 해치진 않겠지. 대장이 귀순하
고 소중한 정보를 얻어 우리 국군에게 도움을 줄 수 있다면
나가 봐야 않겠나?"

"아니야. 넌 나올 것 없어. 내가 먼저 만나 본 다음에도 늦
지 않아."

둘의 이야기를 가만히 듣고 있던 어머니가 말씀하신다.

"승부 말이 옳다. 알아본 다음에 가도 늦을 것이 없다. 그
래, 회의가 밤 11시라고?"

"예, 그래요. 11시부터 교무실에서 높은 놈들이 모여 중요
한 회의를 열기 때문에 그 틈에 빠져나오겠다며 11시 10분

까지 나오겠다고 했어요."

"무슨 회의인데?"

한기가 말했다.

"지금 학교 안에는 높은 놈들이 수도 없이 와 있어요. 무슨 일인지 모르지만 회의를 시작하는 시간이 11시란 말이네요."

"11시에 회의라…."

한기 어머니는 고개를 끄덕인다. 알아들었다는 표정이다.

승부는 한기 어머니가 회의에 지나친 관심을 갖는 것이 이상했지만 물어볼 생각은 없었다. 한기에게 일단 혼자 갈 터이니 그냥 집에서 기다려 보라고 재차 당부하고 일어서 나오는데 밖으로 따라 나온 한기 어머니가 말했다.

"승부야, 너에게 부탁이 하나 있다."

"무엇입니까, 어머니?"

"11시에 학교 들어가기 전에 내게 잠깐 다녀가지 않을래? 10분 전이면 충분해. 올 수 있어?"

"그럼요. 그때에 뵙겠습니다."

"꼭 와야 해. 아주 중요한 일이야. 늦으면 절대로 안 돼. 시간 약속을 꼭 지켜라."

"예, 알겠습니다."

"승부야, 반드시 날 먼저 만나고 학교로 들어가도록 해라. 잊어버리면 안 된다."

"예, 어머니. 명심하겠습니다."

　그는 교장 사택을 나오면서 모형귀신의 지시와 한기 어머
니의 당부를 비교해 보았다. 한기 어머니는 10분 전에 자기
를 꼭 만나고 가라고 하신다. 그야말로 신신당부한다. 반대
로 모형귀신은 한기 어머니에게 들르지 말고 그냥 가라고 한
다. 누구를 따라야 할까? 친구 어머니에게는 안됐지만 지난
번 명세 아버지를 탈출시킬 때 모형귀신의 도움을 받았다.
이번 일에 둘의 운명이 결정된다 했는데 무슨 까닭이 있을
것 같았다. 전쟁이 일어난다던 그의 예측이 조금도 어긋나지
않고 적중되었지 않은가. 마음이 흔들려서는 안 되겠다고 생
각했다.

　집으로 돌아오는 길에 학교 쪽을 건너다보았다. 해가 서산
마루로 다가가면서 하늘 높이 솟은 몸집 큰 플라타너스가 운
동장 가운데로 긴 그림자를 눕혔다. 어디에선지 모르지만 아
득하게 들리던 포성이 점점 가까워지는 것 같다. 인민군이
들어올 때에는 귀에 익어 포성에 주의를 기울이지 않았다.
하지만 이번에는 그 소리에 희망을 걸어 보았다. 어쩌면 가
까워진 대포 소리가 이 숨 막히는 세상을 다시 한 번 뒤집어
놓을는지도 모른다. 명세가 보고 싶다. 어른들 말씀을 들으
면 국군이 잘 싸우고 있다니 이젠 얼마 남지 않았을 것이라
고 생각하며 두 주먹을 불끈 쥐었다.

승부가 돌아간 뒤 한기 어머니는 사택 뒷마당으로 가서 교묘하게 감춰진 뚜껑을 열고 좁은 토굴 속으로 기어들어갔다. 습기가 온몸을 싸고돌면서 퀴퀴한 곰팡이 냄새가 코를 찌른다. 손전등을 켜서 무전기를 찾아냈다.

그 토굴은 해방 전에 일본 사람들이 미군기의 공습에 대비한다며 판 방공호인데 해방 후 공비들이 극성을 부리자 승부 아버지 윤 교장이 남몰래 고쳐 두었던 것이다. 무전기는 한기 아버지가 지난달 14일 탈출할 때에 만일을 생각해서 두고 갔다. 남편에게 배운 대로 작동시켜 감이 잡히자 재빨리 어딘가에 송신했다.

"오늘 밤 11시 신광 국민흑교 교무실에서 고급 군관 회의. 이상."

한기 아버지 박 교장은 6·25전쟁이 일어나자 아무도 모르게 미군 정보 요원으로 일하게 되었다. 그럴 만한 인연이 있었다.

해방 후 미 군정 때였다. 어느 날 우연히 포항 읍내에서 한 미군 장교가 상점에서 물건을 흥정하며 말이 통하지 않아 쩔쩔매는 모습을 보고 도와주었다. 그는 정보 장교 브라운 대위였다. 절친한 사이가 되었다.

1949년 이른 봄에 브라운은 곧 귀국한다면서 작별하러 찾아왔었다. 그는 미국에 가면 제대하고 입대 전에 다니던 프린스턴 대학에서 공부를 계속할 계획이라고 말했다.

박 교장은 그즈음에 한국에 대한 미국의 정책에 불만이 높았다. 마구 질문을 퍼붓다 보니 둘의 대화는 긴 토론으로 이어졌다.

박 교장은 38선이 생기지 않았으면 남북 분단이 없었을 것이라면서 미국이 38선을 그었으니 그것을 허물고 통일을 지원해야 할 책무가 있다는 논리를 폈다.

브라운은 해방 당시의 정세를 자세히 설명했다. 소련은 일본에 선전포고한 연합국의 일원이어서 소련 군대가 일본군 주둔 지역을 점령하는 것은 지극히 당연하고 자연스러웠다. 종전 후 소련은 일본 본토의 일부까지 점령하겠다고 주장할 정도였다. 더구나 소련군은 일본이 항복한 8월 15일 이전에 이미 함경도에 발을 들여놓고 있었다.

당시에 소련의 독재자 스탈린은 동유럽에서 독일군으로부터 수복한 지역에 위성 국가를 세우는 데 혈안이 되어 있었다. 특히 폴란드에서 좌우 연립 정부를 만든다는 협약을 무시하고 우파를 무자비하게 숙청했다. 미국은 그 학습 효과로 스탈린의 의도에 경계심이 높아져 한반도에서 소련의 자의적인 점령과 공산화를 막기 위한 조치가 필요하다고 생각하였다. 하지만 아직도 태평양 한가운데서 일본군과 싸우던 미국으로서는 남하할 소련군의 철수를 요구할 명분도 없고 수단도 없었다. 그런 상황에서 소련의 점령 지역을 최소한으로

묶어 두려고 북위 38도선 남북에서 각각 일본군의 무장 해
제를 맡는다는 안을 내놓았다. 미국의 요구가 좀 지나쳤지만
소련은 다른 이득을 챙기고 싶었던지 선뜻 동의해 주었다.
그로써 38선 이남에서나마 미군이 진주하여 자유가 지켜지
고 민주 국가를 세울 수 있었다는 것이다.

그는 이어서 말했다.

"한반도 전체가 공산화되는 것을 싫어하는 입장에서 본다
면 38선은 한국을 분단한 도구가 아니라 공산주의 위성 국
가를 세우려던 소련의 흉계를 남쪽에서나마 막아 주었다고
보아야 한다. 대한민국 건국에 미국이나 UN이 나섰다고는
하지만 어떻든 당신네가 스스로 선택한 국가요 정부다. 미국
시민이 아닌 당신네의 투표로 뜻을 모아 대표를 뽑았기 때문
이다. 38선 이북에도 그런 선거가 치러져 국민에 의한 통일
정부가 세워졌으면 좋겠지만 흉측한 욕심을 가진 소련이 용
납하지 않았다. 어떻든 당신네 스스로 세운 나라는 스스로
지켜야 한다. 역사상의 어느 나라도 남의 힘으로 자기를 끝
까지 지켜 낸 사례는 없었다."

박 교장은 더 할 말이 없었다.

미국으로 돌아가 퇴역하고 대학원에서 공부하던 브라운은
불과 1년 남짓 지나 6·25가 일어나자 다시 입대하여 한국
으로 왔다. 그는 박 교장을 찾아와 이런저런 이야기를 나누
다 헤어질 때 말했다.

"미스터 박, 나는 학업을 중단하고 죽음의 시그널이 점멸

하는 이곳에 왔답니다. 정의를 위해서 개인적인 인생의 목
표를 접은 것이오. 와서 보니 공산군의 남침으로 국가의 운
명과 자신의 자유가 위태로워진 이 전쟁을 강 건너 불처럼
보는 사람도 많네요. 당신은 나라를 위해서 무엇을 할 수
있소?”

　박 교장은 조국의 위기를 지켜보기만 했던 자신이 진심으
로 부끄러웠다. 정보 장교인 그를 돕겠다고 자원하여 비공식
정보 요원이 되었다. 위험한 일에 자신을 내던진 것이다.

　인민군이 포항 쪽으로 남하해 오자 박 교장은 바빠지기 시
작했다. 가족을 피란시킬 틈도 없었다. 지난 8월 9일에도 출
장 간다며 나가서 임무를 부여받고 적 점령 지역을 헤매다
포항이 점령당하고 사흘이 지난 14일 저녁에야 집으로 돌아
왔다. 그에게는 이미 덕실 마을로 가서 안내인의 도움을 받
아 빠져나갈 방도가 세워져 있었다. 길은 가까워도 가척 · 범
촌 쪽은 어렵다고 미리 판단했기 때문이다. 때마침 부인으로
부터 명세 아버지가 탈출한다는 계획을 듣고 도와주고 싶어
서 그들과 합류했던 것이다.

　한기 어머니는 남편이 두고 간 무전기로 신광 초등학교에
서 오늘 밤 11시에 간부 회의가 열린다는 정보를 송신했다.
승부에게 11시 10분 전에 찾아오라고 당부했던 것은 무전
연락을 하게 되면 혹시 11시에 학교에 대한 공습이나 포격이
있을는지도 모르니 아들의 친구인 승부를 위험한 그곳에 가
지 않도록 잡아 두려는 속내였다.

28

　승부는 지난봄의 일 때문에 금실을 다시는 만나고 싶지 않았다. 인민군 군관이 한기의 외삼촌을 통해서 귀순하려 한다는 금실의 말도 납득하기 어려웠다. 아무리 소련군 장교라지만 자기 발로 넘어올 것이지 촌각을 다투는 전쟁터에서 누구의 안내를 받겠다는 것인가? 흥정이라도 벌이자는 속셈인가?

　승부는 10시 40분경에 집을 나서서 학교 옆길로 천천히 비탈길을 내려갔다. 문득 5년 전의 광경이 다시 떠올랐다. 해방의 기쁨에 격해진 마을 사람들은 일본인이 그토록 높이 받들던 봉안전(奉安殿)을 넘어뜨렸다. 다시 교무실로 몰려가서 인체모형까지 부수려 했지만 귀공자 청년이 만류하여 겨우 그만두었다.

　그로부터 3년이 지나서 모형귀신과 만난다. 한 소녀의 죽음과 미래의 전쟁을 보았으나 누구에게도 말하지 못하고 가슴속에 묻어 왔었다. 모형귀신은 왜 나를 만나자고 했으며 무엇 때문에 2년 만에 다시 불러냈을까?

　승부는 천천히 정문 쪽으로 꼬부라졌다. 학교는 짙은 어둠에 싸여 있었다. 한기 말로는 교무실 안에서 밖으로 불빛이 새지 않게 철저한 등화관제를 한다는 것이다. 달은 서쪽으로 기울었지만 어렵지 않게 주변을 분간할 수 있었다. 정문 초소에 이르러 초병 앞으로 걸어 나갔다.

"누구야?"

초병이 나지막하면서도 짜릿한 목소리로 고함치자 승부가
여유 있게 대답했다.

"윤승부라는 학생입니다. 여맹 서금실이 만나자고 해서
왔는데요."

초병은 총을 든 채로 다가와 승부의 얼굴을 찬찬히 살피더
니 일행이 둘이 아니냐고 물었다. 한 학생이 곧 뒤따라 올
것이니 그도 들여보내 달라고 태연하게 부탁했다. 안으로 들
어가라고 손짓한다. 훨씬 삼엄해진 경비를 한눈에 읽을 수
있었다.

승부는 오른쪽으로 고개를 돌렸다. 교장 사택의 윤곽이 희
미하게 드러나자 한기 어머니의 당부가 생각났다. 왜 11시
10분 전까지 보자고 했을까? 어떻든 지금은 이미 그 시간도
지났거니와 모형귀신의 부탁이 더 중요하다. 둘의 운명을 결
정짓는다는데 이리저리 견주고 망설일 때가 아니다. 적어도
오늘 밤만은 한 치도 어긋나지 않게 모형귀신이 시키는 대로
따르지 않으면 안 될 것 같았다. 이미 한기 어머니에게 가지
않기로 결심하고 있었다.

운동장을 가로질러 3학년 화단 앞에 이르렀다. 교무실 현
관에서 10m쯤 떨어진 곳이다. 현관은 출입문이나 창문이
없고 지붕과 1m 높이의 양쪽 벽만 있는 테라스다. 수업을
시작하고 마칠 때 치는 종이 매달려 있다. 그 종 아래 한 녀

석이 따발총을 오른쪽 어깨에 걸치고 의자에 앉아 있었다. 회의실을 지키는 경비병일 텐데 승부를 보고 누구냐고 묻지 않았고 움직이지도 않았다. 어두워서 머리 윤곽만 겨우 보이고 표정 따위를 살피기 어려웠다. 졸고 있는지 이쪽을 보고 있는지 알 수 없어 어쩐지 꺼림칙했다. 그때 4학년 교실 앞쪽에서 인기척이 났다. 금실이었다. 교무실 왼편의 여맹 사무실에서 서쪽 현관으로 나왔을 것이다. 둘이 마주하자 금실이 먼저 말을 걸었다.

"한기는 안 보이네."

금실의 말이 약간 떨리는 듯했지만 둘 사이에 있었던 지난 봄의 일 때문일 것이라고 생각했다.

"응. 곧 뒤따라 올 거다. 10분 안에 온다고 했어. 내가 초병에게 일행이니 통과시켜 달라고 말해 두었어. 군관 동무는 어디 가셨나?"

"한기는 바로 나오면 되는데 왜 초병에게 부탁했니?"

승부는 속으로 움찔했다. 말실수를 했다. 교장 사택에서 운동장으로 나온다면 정문을 통과할 일이 없다. 하지만 금실이도 초병에게 둘의 통과를 부탁했으니 실수하기는 마찬가지다. 상대에게 따지기보다는 우선 둘러대기가 편하다.

"한기도 새미거랑에 나가 있었어. 바로 이리 올 거다."

"그렇군. 잘했어. 군관 동무는 회의 시작되면 나온단다."

둘은 마주 보고 약간 떨어져 화단 경계석 위에 앉았다. 멀리서 '웅-' 하고 비행기 소리가 난다. 두 달 동안 끊임없이 들어 온 탓인지 금실은 태연했지만 승부의 귀에는 어쩐지 심상치 않게 들렸다. 밤에는 미군기가 드문 편이지만 아마 폭탄을 싣고 멀리 날아갈 것이다.

금실은 어디에서 났는지 미군들이 흔히 차고 다니는 동그란 자판의 야광 손목시계를 갖고 있었다. 아마 포로에게 빼앗았거나 전사자의 팔에서 풀어낸 것을 젊은 군관으로부터 얻었으리라. 손목을 들어 시계를 보더니 나지막하게 말했다.

"11시 정각이네."

그 말이 미처 끝나기도 전에 요란한 비행기 소리가 귓가로 다가오면서 운동장 상공에 갑자기 조명탄이 터졌다. 눈이 시리도록 밝은 불덩이가 하늘에 떠서 학교는 물론이고 온 마을이 대낮처럼 밝다. 현관에서 의자 놓고 앉았던 녀석은 벌떡 일어나 허둥지둥 안으로 들어갔다. 활동사진 볼 때처럼 검고 붉은 커튼으로 가려 놓고 막 회의를 시작하려던 인민군 군관들은 바깥이 갑자기 훤해지는 것을 알아차리고 커튼 틈으로 내다보더니 "대피. 대피." 하고 고함쳤다. 그러나 피할 겨를이 없었다. 고막을 찢어 놓을 듯 프로펠러 소리가 울리면서 우각 상공으로부터 미군 전폭기 한 대가 다가오고 있었다.

승부는 머리 위로 폭탄이 떨어질 것을 직감했다. 누가 뒤에서 다급한 어조로 말했다.

"엎드려. 엎드려."

소리 나는 쪽으로 고개를 돌렸다. 3학년 교실의 인체모형이 창문 문틀에서 논둑의 개구리처럼 풀쩍 뛰어 금실을 덮쳤다. 둘이 한 덩어리가 되어 땅에 쓰러지며 금실의 몸은 인체 모형 밑에 완전히 깔려 버렸다.

승부는 해방 전 방공 훈련 받을 때 익힌 수칙이 몸에 배어 자기도 모르게 땅에 납작 엎드리면서 두 손 손가락으로 귓구멍과 코와 눈을 감쌌다. 그 순간 가까운 곳 어디엔가 폭탄이 떨어져 천지가 산산이 깨어지는 엄청난 천둥소리가 났다.

그는 본래 침착한 아이여서 곧 정신을 차렸다. 정신 차리도록 누가 도와주었는지도 모른다. 목조 교실의 기둥과 벽체 일부가 넘어졌으나 화단의 굵은 전나무에 걸려 그들 위로 덮치지 않았다. 다행이었다.

승부는 금실과 인체모형이 궁금했다. 고개를 들어 보니 금실의 몸을 감싸느라 흙먼지를 흠뻑 뒤집어쓴 인체모형이 일어나 앉아 무릎 위로 금실을 안아 올린다. 혼절하여 죽은 사람처럼 팔다리가 축 늘어진 몸으로부터 뿌연 기체가 발산되고 있었다. 마치 싸늘한 날씨에 김을 내는 모습이었다. 그것이 흩어지지 않고 한데 모여 천천히 사람과 비슷한 모습으로 엉겼다.

엉긴 기체 덩어리가 바람 따라 이리저리 흔들리고 있을 때에 인체모형은 고개를 숙여 자기에게 안긴 금실의 입에 자기 입을 맞추고 마치 물에 빠진 사람에게 구급법을 시행하듯이 혼신의 힘을 다하여 한 차례 숨을 불어넣었다. 또 한 번, 다시 한 번, 모두 세 차례였다. 숨결을 넣어 준 인체모형은 전신의 힘을 빼앗긴 듯 팔다리가 풀리면서 맥없이 옆으로 나가 떨어졌다. 반면에 숨결을 받아들인 금실은 나지막하게 기침하고 크게 한 번 숨 쉰 다음 부스스 일어나 앉았다.

금실은 정신을 차리려는 듯 머리를 좌우로 흔들다 감았던 눈을 떴다. 이번에는 허공에서 떠돌던 기체 덩어리가 다가와 금실의 주위를 몇 차례 돌다 나가떨어진 인체모형으로 찾아들었다. 인체모형은 툭툭 털고 일어나서 벽이 넘어지고 지붕이 내려앉아 아수라장이 된 3학년 교실 쪽으로 사라진다. 그때 금실은 힘차게 벌떡 일어나 승부의 오른손을 꽉 잡아 이끌면서 외쳤다.

"승부야, 일어나. 빨리 일어나. 빨리 빨리. 날 따라와. 뛰자. 빨리 뛰자. 빨리 뛰어야 살 수 있다. 뛰자."

다급한 금실의 외침과 거의 동시에 억센 손아귀를 느꼈다. 승부는 오른손을 잡힌 채로 거스를 수 없는 강한 힘에 끌리면서 교문 쪽으로 달렸다.

"빨리 뛰어. 더 빨리, 더 빨리."

황급하게 부르짖는 칼날 같은 목소리가 귓전을 후볐다. 다른 생각을 가질 정신이 없었다. 손을 놓치지 않고 죽을힘을 다해 뛰면서 뒤돌아보았다. 회의 중이던 군관들은 조명탄을 보고 재앙을 예감했지만 곧이어 머리 위로 떨어지는 폭탄을 피할 겨를이 없었을 것이다. 근처에 머물던 몇몇이 뿔뿔이 흩어지고 있었다.

다시 프로펠러 소리가 다가왔다. 금실은 손목에 더 센 힘을 주면서 갑자기 왼쪽으로 꺾어 교장 사택 쪽으로 달린다.

승부는 급하게 방향을 바꾸느라 금실에게 부딪히고 크게 한 번 휘청거렸지만 손이 단단하게 잡힌 덕분에 넘어지지는 않았다. 비행기는 교문 위를 낮게 날아 운동장을 가로질러 가면서 기관 포탄을 마구 쏟아부었다. 폭격에 살아남은 인민군들이 그 자리에서 거의 쓰러졌다. 방향을 바꾸지 않았으면 둘도 무사하지 못했을 것이다.

기총 소사와 함께 폭탄도 떨어뜨렸다. 폭음이 고막을 갈라 놓고 뒤에서 밀어닥친 폭풍이 승부를 땅바닥에 팽개쳤다. 둘이 앉았던 자리 부근에 떨어진 것 같았다. 그쪽 교실에서 화염이 일었다. 또 다른 한 대가 뒤따르며 폭탄을 떨어뜨렸다. 학교 뒷담 너머 길에 떨어진 듯했다. 훨씬 더 큰 폭음이 천지를 흔들어 놓자 거센 폭풍이 땅에 넘어진 승부의 등 위를 휩쓸고 지나갔다. 금실은 승부를 일으켜 세워 세차게 끌면서 다시 정문 쪽으로 방향을 바꿨다. 조금 전에 만났던 보초가 초소 앞에서 총을 팽개친 채 벌렁 자빠져 있었다.

폭음은 더 들리지 않았고 비행기는 멀어져 갔다. 부상당한 자들의 고통스러운 부르짖음이 개구리 울음처럼 여기저기서 어지럽게 들려왔다. 승부는 그냥 금실의 손에 잡힌 채로 신작로를 가로질러 앞들 가운데로 뻗은 논둑으로 정신없이 내달았다. 학교가 바야흐로 불길에 휩싸이고 있었다. 훨훨 타오르는 불꽃이 만들어낸 둘의 그림자가 그들 앞으로 길게 뻗어 벼가 익어 가는 들판에서 마그 춤췄다. 이윽고 금실은 발길을 멈춰 섰다. 아직도 서로 손을 꽉 잡은 채로 어느새 앞

걸까지 와 버렸다. 금실과 별난 짓을 벌인 날 멱 감던 개울이 가뭄에 말라 있었다.

금실은 승부를 제방 비탈에 앉히고 자신도 마주 앉아 달음박질로 흐트러진 숨을 몇 차례 심호흡으로 가다듬고는 빤히 쳐다본다. 승부는 엉겁결에 끌려오긴 했지만 마주 보기가 멋쩍었다. 금실이가 다시 자기를 귀찮게 한다는 생각이 들었다.

그녀가 입을 열었다.

"승부야, 내 말을 잘 들어라. 잘 듣고 낱낱이 기억해 두어라. 영리한 너라면 빠뜨리지 않을 것이다. 거듭할 수 없으니 한 마디도 놓치지 말고 잘 들어라."

"무슨 말을 할 건데?"

"너는 조금 전에 나를 보았지? 나는 금실이가 아니다."

"금실이가 아니라고?"

"그렇다. 나는 2년 전부터 너를 만났던 모형귀신이다. 지난 5년 동안 깃들어 있던 인체모형을 버리고 방금 혼령이 빠져나간 금실의 몸을 차지했다."

승부는 깜짝 놀랐다. 조금 전의 입맞춤이 아무래도 수상쩍어 물어보았다.

"입맞춤으로?"

"그렇다. 세 번의 입맞춤으로 혼이 날아가고 비어 버린 금실의 몸에 내 혼령을 온전히 불어넣고 그 몸을 얻어 다시 사람으로 살아났다."

그때 이상히 여겼으나 혼령을 블어넣는 줄은 몰랐다. 깜짝 놀라 외쳤다.

"어?"

"침착한 너도 놀랄 때가 있구나! 그래, 모형귀신의 혼령이 본래 누구 것이었다고 생각하니?"

"혹시…, 복례 누나?"

승부는 추측해 오던 대로 그렇게 말하려다 자신도 모르게 왼손으로 입을 막았다. 절대로 입 밖에 나와서는 안 된다고 수백 번을 스스로 다짐했었기 때문이다.

"괜찮다. 지금 우리 둘 사이어서는 상관없다. 너는 뻔히 알면서 한 번도 입 밖에 내지 않았구나. 명세에게도 말하지 않았더구나. 장하다. 정말 장하다. 진정으로 감사한다. 네 덕분으로 나는 이제 새로운 몸을 얻어 환생했다. 귀신에서 인간으로 부활한 것이다. 비밀을 발설해 버렸으면 오늘처럼 다시 살아날 수 없었다."

"누나가 어떻게 인체모형 귀신이 되었나?"

"넌 잘 알잖아. 설마 함께 가서 본 과거를 잊지는 않았겠지? 그대로다. 5년 전 8월 5일 밤에 아버지가 날 부르셨다. 아버지는 금괴 두 개를 청자 쟁반에 담아내어 할아버지 사진 앞에 놓고 두 번 절했다. 그러고는 창호지와 손수건에 잘 싸서 주셨다. 나는 그걸 양쪽 발목에 하나씩 묶고 학교로 가서 3학년 교실 앞, 조금 전에 너희 둘이 앉았던 바로 그 자리에 앉아 상해 임시정부 연락책을 기다렸다."

승부는 2년 전에 모형귀신을 따라가 보았던 장면을 떠올렸다.

"기다리는 연락책은 오지 않고 뜻밖에도 일본 경찰에게 들켜 사복 형사가 나를 욕보이려 했다. 깨물고 반항하다 명치를 발로 채어 나는 단박에 숨이 끊어졌다. 그들은 주검을 화단에다 깊이 묻었다. 아무도 내 흔적을 찾을 수 없었다."

승부는 깜짝 놀랐다. 자신이 모형귀신과 함께 보았던 그대로다. 복례는 다시 말을 이었다.

"내 혼령은 갈 곳이 없어 이리저리 떠돌다 교무실 구석에 세워 둔 인체모형 안으로 들어갔다. 원래는 저승으로 가야 마땅했지만 조상의 음덕으로 인간 세계에 돌아올 수 있는 아주 특별한 허락을 받았다. 나는 인체모형에 머물러 기회를 엿보는 동안 너무 억울해 자신을 다스리지 못하고 아버지가 금괴를 담았던 접시를 굴리고 소리 없이 울며 밤에 복도를 오르내린 적이 한두 번이 아니었다. 아버지를 원망하는 마음이 없지 않았으니 큰 불효였어."

승부는 귀신이 접시를 굴리면서 복도를 지나다닌다는 이야기를 들었지만 1학년 조무래기들의 얼토당토 않은 말장난으로 치부했었다. 자기도 모르게 나지막한 소리로 부르짖었다.

"정말이었구나."

"나는 인체모형에 깃든 이후 두 차례의 위기를 겪었다. 처음은 열흘 후 해방되고서 장정들이 교무실로 몰려와 모형을 집어던지려 할 때였다. 모형이 산산이 부서지면 머물 곳을 잃어버려 나는 끝장이었다. 그다음은 모형이 3학년 교실로 옮겨진 뒤 네가 없는 일을 이야기로 꾸몄을 때다. 만일에 너의 이야기가 미신 좋아하는 어른들 사이에서 널리 퍼졌다면 인체모형을 귀신 붙었다고 불태으거나 없애 버렸겠지. 그래도 역시 끝장이었다."

"아! 그랬구나."

승부는 해방되는 날 한 청년이 인체모형을 집어던지려 하던 광경이 아직도 눈에 선하고 자기가 명세와 한기 앞에서 꾸며 댄 이야기를 들려주던 일도 또렷하게 생각났다.

"처음에는 너를 혼내려 했다. 다시는 그따위 거짓 이야기로 내가 깃든 소중한 몸뚱이가 의협받지 않도록 해 두고 싶었다. 하지만 넌 명세와 아주 친하더구나. 네가 어떤 화를 입는다면 하나뿐인 동생 명세가 너무나 슬퍼할 것 같더라. 달리 생각해 보니 그런 이야기를 만들어 낸 상상력이 정말 놀라웠어. 잘 설득하면 나를 도와줄 만한 아이라고 생각했지. 언제까지나 그 모형 속에서 지낼 수는 없지 않니? 너라면 나를 꺼내 줄 수 있다고 믿고 너를 불러내고 지금까지 남몰래 보호해 준 것이야. 널 믿은 것은 훌륭한 선택이었어. 네가 창고 문을 열고 우리 아버지를 구해 낸 용기와 솜씨는 상상을 뛰어넘었어. 누가 널 열다섯 살짜리 아이로 생각하겠나? 그로써 너에 대한 확신을 갖게 되었어."

그녀의 말이 이어졌다.

"승부야, 잘 들어라. 나는 이제 귀신이 아니다. 부활하는 나를 보았지? 나는 금실이 몸을 얻어 다시 사람이 되었고 금실의 혼령은 모형 속으로 들어갔다. 지금 타오르는 저 불로 모형은 타 버리고 머물 곳이 없어졌으니 그 혼령은 결국 저승으로 가게 될 게다. 하필이면 이복형제라 안타깝지만 나도 되돌릴 수 없는 금실의 숙명이었다."

"금실이 아닌 다른 몸은 없었나?"

"어젯밤에 우리가 토성에 갔었잖아? 나는 하필이면 동생의 몸이냐고 따졌어. 그때 토성의 영령은 나와 금실의 운명이 한 폭 명주의 씨줄과 날줄처럼 서로 짜여 있어 피할 수 없으니 순순히 받아들이라고 했어. 너에게 말하긴 좀 거북하다만 금실은 내가 부활할 몸을 마련하러 태어났다는 거야."

"금실은 왜 한기와 나를 보자고 했나요?"

"인민군은 지금 패주하고 있어. 북으로 도망갈 방책을 의논하려고 우두머리들이 교무실에 모였던 거야. 대장은 너와 한기를 납치해서 내일 새벽 3시에 도망칠 때 데리고 가려 했지. 현관에서 망보던 녀석이 한기가 나타나면 너희 둘을 한꺼번에 잡으려고 기다리고 있었어."

"왜 나를 데려가려 했나요?"

"9월 초에 너를 처음 만나본 대장은 뭔가 이상하다고 생각하다 이런저런 정보를 주워 모아 엊그제 비로소 우리 아버지를 탈출시킨 것이 국군 공작대가 아니라 너희들 셋이라고 알아차렸어. 냄새 잘 맡기로 사냥개 같은 놈이지. 처음에는 어이없이 당한 것이 너무 분해서 너와 한기를 죽일 생각이었으나 그 대신 북으로 납치해 가서 공산당 공작원으로 만들려고 한 거야. 아주 교활한 놈이야. 어린 너희들을 간첩으로 만들겠다니 얼마나 교활하고 가증스러운가? 이젠 안심해도 좋다. 데리고 가려던 녀석들은 도두 죽었어. 천벌을 받은 거야. 금실이하고 사귀던 젊은 군관도…."

자기와 한기를 납치해서 새벽 3시에 철수하려 했다는 이야기를 들으니 온몸에 소름이 쫙 끼치고 살점이 벌벌 떨렸다.

잠시 한숨 돌린 그녀는 다시 말을 잇는다.

"너도 보았겠지만 나는 이제 귀신이 아니고 사람이다. 귀신이 갖고 있는 능력은 곧 사라지고 만다. 이미 그 능력이 차츰 약해지고 있다. 부활하고서 한 시간이 지나 자정이 되면 신통한 능력은 완전히 사라지고 그와 함께 모든 과거를 잊어버린다. 귀신이면 귀신이고 사람이면 사람이지 귀신인 동시에 사람일 수는 없지 않겠나. 과거를 잊어버리면 너를 만나도 알아보지 못한다. 완전한 새 사람이 되기 때문에 사실은 복례도 아니고 금실이도 아니다. 이제는 세상 어디에도 복례가 없고 금실이가 없다. 과거를 기억하지 못하고 얼굴도 달라졌으니 부모의 슬하로 들어가서 살 수가 없다. 너는 아버지 어머니께 이런 사정을 잘 말씀드려 다시금 나를 찾지 않도록 해 드려라."

"앞으로 누나는 어떻게 할 것인가요?"

"복례는 죽지 않았고 그렇다고 집으로 돌아가 살 수도 없어 내 길을 간다. 먼 나라에 가서 새 인생을 열어 간다. 반드시 성공하는 여자가 되어 많은 사람들을 위하여 봉사하는 일생을 보낼 것이다. 그 성공이 부모형제에 대한 보답이라고 생각한다. 나를 두고 더 이상 기다리거나 걱정하지 말고 여생을 행복하게 사시라고 말씀드려다오. 나를 빨리 잊어버릴수록 우리 가족은 행복해지고 우리 가문은 더욱 번창한다. 과거에 얽매이면 그 비극의 기운이 주변을 떠나지 않아 언제까지나 괴로움에 시달리고 결국은 망할 뿐이다. 명세에게도 잘 일러 주어라.”

“누나, 알겠어. 명세와 아버지는 무사한가요? 교장 선생님은요?”

“무사하고말고….”

“정말 다행이네요.”

“승부야! 내 시신, 일본 형사 발길에 채어 죽었던 그 몸은 조금 전에 폭격으로 생긴 화단의 웅덩이 비탈을 옆으로 조금만 긁어내면 나온다. 금덩이도 함께 나올 것이다. 너도 장소를 알지? 아버지께 말씀드려라.”

“알겠어요, 누나.”

“내 너에게 말했어. 촌음을 아껴 열심히 공부하면 장래에 반드시 좋은 일이 있다고. 우리 명세나 박 교장 댁 한기도 마찬가지다. 너희들은 여태까지 그렇게 앞날을 준비해 왔고 착한 일도 많이 했다. 중단하지 말고 더욱 노력해라. 다만 너는 이름을 바꿔야 한다. 승부(勝夫)는 일본 사람들이 흔히 쓰는 이름이다. 일본이 우리나라를 빼앗았다. 일본 경찰이 날 죽여 아버지 어머니와 할머니 가슴에 대못을 박았다. 일본식 이름은 못쓴다. 바꿔라."

"그럴게. 당장 고치겠어. 그런데 누나, 꼭 한 번만 집에 다녀가면 안 될까?"

그녀는 고개를 흔들며 결연하게 말한다.

"비극의 씨앗을 뿌릴 뿐이다. 금실의 몸을 갖고 있고, 과거를 모두 잊어버리는데 어떻게? 걷잡을 수 없는 혼란을 만들어 낸다."

"그렇구나. 생각해 보니 그러네."

"너에게 다시 한 번 다짐받겠다. 우리의 모든 일은 처음 약속한 대로 평생 비밀로 지켜야 한다. 나와 헤어진 다음 우리 가족에게 꼭 한 번만 일러 주는 것은 괜찮지만 그 뒤로는 서로가 비밀을 지켜야 한다. 우리 가족도 두 번 다시 내 일을 입에 올려서는 안 된다. 그렇게 전해 줘."

"명심할게, 누나."

"이제 주어진 시간이 절반 넘게 지나갔다. 나머지 시간에 신광을 벗어나야 한다. 이 땅을 벗어나 될 수 있는 대로 멀리 가야 한다. 그로써 내게 새 길이 열린다."

그녀는 팔을 들어 끼고 있는 야광 손목시계를 보고 흠칫 놀라면서 승부에게 보여 준다.

"이런, 10여 분밖에 남지 않았구나. 자정이 되기 전에 신광을 벗어나야 하니 머뭇거릴 시간이 없다. 신광(神光)! 신의 찬란한 빛이 가득 내린 축복의 땅이다. 이 성스러운 땅에서 우리 조상들은 착하게 살아왔다. 그 덕분에 나는 죽어서도 죽지 않고 부활할 수 있었다. 신의 은총은 한 번으로 족하다. 자꾸만 거듭되기를 바랄 수 없다. 옛날에 토성을 쌓고 손바닥만 한 땅을 깔고 앉아 힘센 고구려를 막았던 약소국 신라가 마냥 지키지만 않고 거침없이 북으로 나아가 마침내 삼국통일의 대업을 이뤘다. 아버지 어머니도 그동안 복 받고 편안하게 살아온 고향을 떠나서 더 많은 사람들을 위한 새로운 역사에 몸 바쳐야 한다고 아버지께 말씀드려라. 이제 그만 헤어지자. 고맙다, 승부야! 시간이 너무 없구나. 아 참, 한마디만 더. 내가 죽기 전에 우리는 만나질 것이다. 그때에 네가 나를 알아볼는지 모르겠다. 아마 알아볼 게다.”

그녀는 돌아서더니 제방 위에 올라 하류 쪽으로 달려간다. 개울은 오른쪽으로 한 굽이 돌며 골짜기로 급하게 꺾어들었다가 다시 왼쪽으로 돌아 범촌 입구에서 새미걸과 만나고 흥해 들 가운데로 흐른다. 그녀는 어디로 가고 있을까? 이제 10여 분이 지나면 자정이라 했다. 귀신의 신통력이 사라진다는 그 시각에 이를 것이다. 뒤돌아보지도 않는 것을 보면 정말 다급한 것 같았다. 아직은 귀신의 능력이 다하지 않은 듯 뜀박질이 엄청나게 빠르다. 멀어져 가는 그녀의 모습이 눈 깜짝할 사이에 어둠 속에 파묻혀 버린다. 학교는 아직도 불길에 휩싸여 있었다.

29

집에 돌아온 승부는 곧바로 자리에 누웠으나 온갖 생각이 어지럽게 떠올라 뜬눈으로 지새우다 어둠이 걷히지 않은 꼭두새벽에 자리를 박차고 일어났다. 학교로 가 보니 건물은 모두 불타 남은 불덩이가 아직도 이글거리고 있었다.

간밤의 일이 눈에 선하다. 첫 번째 폭탄은 교무실 복도 쪽에 떨어진 것 같고 그 자리는 약간의 재로 덮여 있었다. 두 번째 폭탄은 금실과 함께 앉았던 화단 가에 떨어져 경계석은 사라지고 작은 웅덩이가 생겼다. 마지막 폭탄은 학교 담 너머 소달구지가 놓였던 길 가운데에 떨어져 가장 큰 웅덩이를 만들어 놓았다. 2년 전에 귀신 이야기를 들려주던 추억의 소달구지 잔해가 사방으로 흩어져 버렸다. 미군기가 디딜방아 만들 나무가 실린 소달구지를 포차로 잘못 보았을는지도 모른다. 운동장 곳곳에는 피를 흘린 주검들이 흩어져 있었다. 잿더미에 묻혀 버린 주검은 몇이나 되는지 알 길이 없었다.

여기저기 살피는 동안 불난 가장자리를 돌아다니며 무엇을 찾는 듯 기웃거리는 사람이 눈에 띄었다. 뜻밖에도 한기 어머니다.

한기 어머니는 승부가 찾아오지 않아 속 태우며 기다리다 11시가 가까웠을 때에 더 앉아 있지 못하고 밖으로 나왔다. 다리가 불편하여 재빠르게 움직일 수 없는 데다 이미 조명탄이 터지면서 미군기가 학교를 향하여 다가오고 있었다. 하루 빨리 인민군을 내쫓고 싶은 마음에 용기를 내어 남편이 가르쳐 준 대로 무전 연락을 한 것이 자꾸만 마음에 걸렸다. 교사에 접근하지 못하도록 잡아 놓을 작정으로 만나자고 했는데 끝내 나타나지 않았다. 폭격으로 학교가 불탄 데다 승부마저 온전하지 못하다면 아무래도 자신이 분별없이 서둘렀던 탓이다. 한숨도 자지 못하고 죄책감에 가슴 두드리다 시신이라도 찾으러 나왔다. 그런데 죽은 줄만 알았던 승부가 상처 하나 없이 말짱한 모습으로 나타난 것이다. 너무나 기뻐서 와락 덤벼들어 승부를 부둥켜안았다.

"넌 어디 갔던? 살아 있었구나. 어젯밤에 왜 오지 않았니?"

눈물을 주르르 흘린다. 승부는 도무지 이해할 수 없었다. 다만 어젯밤에 다녀가라던 당부를 어긴 것이 미안했다.

"어머니 말씀을 따르지 못해서 죄송합니다."

"너만 무사하면 상관없다. 아무런 상관없다. 정말 상관없어…."

승부는 집으로 돌아왔다. 그제야 눈꺼풀이 무거워지고 지독한 졸음이 쏟아졌다. 옷을 입은 채로 방에 들어가 눕자마자 곯아떨어졌다.

마을 주민들은 폭격이 잠잠해진 뒤에도 학교가 불타는 것을 손 놓고 지켜볼 수밖에 없었다. 집에 머문 사람들은 방문을 열고 툇마루 끝으로 나왔고, 개천의 모래톱에서 피란하는 사람들은 가까운 산비탈로 올라가 멀리서 일어난 미군기의 폭격과 화재를 구경만 했다. 인민군이 겁나서 가까이 다가갈 수 없었다. 마을이 절반이나 불타 버린 데 이어 학교마저 그렇게 되니 참담한 생각뿐이었다.

이튿날인 22일 아침, 학교 부근은 아주 조용했다. 교사 한 채와 여러 부속 건물이 완전히 타 버렸다. 잿더미에서는 아직도 여기저기에서 연기가 어지럽게 피어올랐다. 교사 앞쪽 화단에서 크게 자랐던 나무들이 검은 숯이 된 채 학교 뒷길에서 훤히 내려다보였다. 모두가 사라져 살아 움직이는 것이라고는 찾아볼 수 없었고, 운동장에서 죽은 자도 열을 넘었다.

마을에 머물던 인민군들도 전혀 보이지 않았다. 40여 일 만에 자취 없이 사라져 버렸다. 다만 어디선가 간간이 대포 소리가 들리는 것으로 보아 멀리서는 아직도 싸움이 계속되고 있는 듯했다.

낮이 되자 흥해 쪽에서 사람이 왔다. 지난 19일 국군이 형산강 도하 작전에 성공하여 20일에는 포항 시내를 거의 탈환했으나 북쪽 변두리 흥해 접경 지역에서 완강한 저항에 부딪혀 오늘 아침에야 흥해 읍내를 수복했다는 것이다. 인민군들은 모두 도망쳤으며, 지금은 국군이 그들을 추격하여 북상하고 있고 청하와 송라에서 잔적을 소탕하는 중이라고 했다.

조금 지나자 국군과 경찰이 지프차와 스리쿼터를 타고 들어왔다. 신광에서는 국군이 우각까지 진출해 왔던 것밖에 달리 큰 규모의 지상군 교전이 없었다. 아군의 무혈입성이었다. 마을 사람들은 악몽 같은 인민군의 지배와 쏟아지는 포화에서 벗어나자 기쁨의 눈물을 흘렸다. 국군과 경찰은 불탄 학교와 마을을 둘러보았다. 후퇴 작전을 모의하러 회의에 참석했던 고급 군관 20여 명을 포함한 50여 명이 학교 안팎에서 목숨을 잃었다고 했다. 마을에 머물던 인민군도 뿔뿔이 도망쳐 버렸다.

소문이 삽시간에 번지면서 개천으로 피란 가거나 땅굴 속에서 숨어 지내던 사람들은 모두 자기 집으로 돌아왔다. 집이 불타 버린 사람들은 이웃을 찾아가 방 한 칸을 빌리거나 인민군이 몰고 가 버린 소가 살던 외양간이라도 얻어 들었다. 불에 그을린 양철 조각이나 이런저런 것들을 주워 모아 우선 자기 집터에 비를 피할 만한 움막을 짓는 사람도 있었다.

명세 할머니는 아들 내외와 손자를 기다리느라 하루 종일 속이 탔다. 저녁때가 되자 모두 돌아왔다. 식구들은 얼싸안고 울었다.

승부는 날이 저물자 명세네 집으로 갔다. 큰채가 불타서 온 가족이 사랑채에 기거하고 있었다. 모두가 활짝 웃는 얼굴로 반갑게 맞았다. 명세 아버지는 두 손을 마주 잡고 감격스럽게 말했다.

"승부야, 네가 힘쓰지 않았으면 나는 지금 이 세상 사람이 아닐 게다. 목숨 살려 준 은인이구나. 이 은혜를 어떻게 갚을꼬. 고맙다, 승부야."

명세 할머니와 어머니도 다가와 손을 잡거나 잔등을 어루만지고 눈물을 흘리며 고마워하고 칭찬해 마지않았다. 명세네 네 식구가 모두 모였다.

승부가 입을 열었다.

"아버님께 드릴 말씀이 있습니다."

"말해 보게나."

"5년 전에 잃어버린 복례 누나 일입니다."

느닷없이 복례 이름이 불쑥 나오자 온 가족이 갑자기 긴장하면서 의아스럽다는 표정으로 쳐다보았다. 명세 아버지가 바짝 다가앉아 묻는다.

"복례 보았나? 혹시 무슨 소문 들었나?"

승부는 명세 아버지가 복례 실종 5년이 지난 지금까지도 간절하게 딸을 기다리고 있는 것에 가슴이 쓰렸다. 그러나 할 말을 두고 입 닫을 수는 없는 노릇이었다. 말할 수 있는 기회는 이번뿐이다.

"제가 지금 드리는 말씀은 여기 모인 가족들만 알고 계십시오. 다른 사람들이 알거나 엉뚱한 소문이 번지면 절대로 안 됩니다. 전 가족이 일생 동안 비밀을 지켜야 합니다. 그걸 약속하시면 누나 일을 제가 아는 대로 말씀드리겠습니다. 비밀을 지켜 주시렵니까?"

승부는 명세 아버지를 쳐다보았다.

"무슨 비밀이 있다는 말이지? 비밀을 지켜 달라는 말이지? 죽을 때까지라…, 복례 소식만 알 수 있다면 백 번이라도 그렇게 하겠네. 우리 모두 약속하겠어. 빨리 듣고 싶네.”

명세 아버지는 승부가 인민군을 통하여 복례 일을 들었을 는지도 모른다고 지레짐작했다. 실종된 복례가 누구에게 끌 려갔다가 어떤 알 수 없는 사정으로 북한에서 살고 있을 실 낱 같은 가능성을 여러 번 생각해 왔다. 심지어 그 비슷한 꿈도 꾸었다. 북한은 살아 있어도 바깥으로 소식을 전하거나 마음대로 벗어날 수 없는 곳이다. 승부가 혹시나 인민군으로 부터 복례 소식을 들었을까? 만일 그렇다면 비밀스러울 수 도 있다.

“그동안 복례 누나 때문에 마음이 크게 아팠을 것입니다. 해방되던 해 여름이지요? 밤에 복례 누나는 아버님 심부름 을 갔습니다. 독립군에게 전할 금덩이 두 개를 지니고 학교 로 갔지 않습니까?”

둘러앉은 가족들은 깜짝 놀란다. 명세 아버지가 물었다.

“네가 그걸 알고 있구나. 어떻게 알았나?”

“복례 누나는 약속된 곳에서 만날 사람을 기다리다 일본 형사 발길에 명치를 채어서 죽었습니다.”

명세네 가족은 그 말에 큰 충격을 받아 모두가 ‘어!’ 하는 외마디 소리를 내뱉고 입을 다물지 못하면서 승부를 쳐다본 다. 복례 심부름 간 것까지 알고 있으니 믿지 않을 수도 없 지만 아직도 실낱 같은 희망을 남기며 그냥 받아들이기 싫다 는 표정이다. 곧 무슨 일이 벌어질 것 같아 틈을 주지 않으 려고 승부는 단숨에 이야기를 이어 갔다.

"일본 형사가 연락책을 잡으러 나타났지만 누나 스스로 애인을 만나러 왔다는 듯이 말하고 또 주재소에서 나온 순사가 얼굴을 알아보아 서울에서 학교 다니는 부잣집 딸이라고 소개한 탓에 설마 하여 누나가 그곳에 간 목적을 알지 못했습니다. 알았다면 아버님을 붙러들였거나 집을 뒤졌거나 어떻든 다른 사태가 일어났겠지요. 누나가 왜 그곳에 왔는지 전혀 모르면서 그렇게 되자 살인의 증거를 없애려고 시신을 화단에 묻었습니다. 저의 말을 믿기 어렵겠지만 내일 가서서 어젯밤에 폭탄 떨어진 화단을 찾아 그 구덩이를 옆으로 더 파면 나올 것으로 믿습니다."

말이 여기에 이르자 살아 있다는 소문을 기다렸던 가냘픈 희망이 아득한 절망으로 바뀌어 모두가 눈물을 주르르 흘리면서 흐느끼기 시작했다. 승부는 하던 말을 잠시 중단하고 울음이 그치기를 기다렸다. 명세 어머니가 울먹이며 묻는다.

"넌 어떻게 그런 것을 알게 되었나?"

"더 들으셔야 합니다. 울지 마시고 마저 들어 주십시오. 누나는 뜻밖의 변을 당했지만 그 혼령은 저승으로 가 버리지 않고 학교 교실에 세워 둔 인체모형 속에 들어가 있었습니다."

그 말이 떨어지자 모두가 '아…' 하며 입을 벌리고 한동안 다물 줄을 모른다. 다만 명세 아버지는 고개를 갸웃거린다. 믿기 어렵다는 표정이 역력했다. 승부는 아랑곳 않고 이야기를 계속했다.

"2년 전 여름에 1학년 아이들 사이에서 모형귀신이 밤에 돌아다닌다는 소문이 났습니다. 저는 황당하다고 치부하면서도 그 소문을 바탕으로 귀신 이야기를 멋대로 꾸며서 명세와 한기에게 들려준 적이 있었습니다. 명세야 기억하겠지?"

"기억하고말고."

"그 일로 말미암아 저는 우여곡절 끝에 실제로 있는 인체모형귀신을 만나 서로 친하게 되었습니다. 다만 그 혼령이 누나의 것인 줄은 알지 못했습니다. 알아도 아는 체하거나 입 밖에 낼 수 없었습니다. 비밀을 지키기로 굳게 약속했던 것입니다. 인체모형 속에 깃들었던 누나의 혼령은 인간으로 환생할 기회를 엿보며 기다려 왔습니다. 그러다 어젯밤 미군 비행기가 학교를 폭격할 때에 그 충격으로 혼이 빠진 사람이 마침 옆에 있어서 그의 몸에 들어가 산 사람으로 변신했습니다. 5년 만에 부활한 것입니다. 그 기적을 이 두 눈으로 똑똑히 보았습니다."

이번에도 모두가 깜짝 놀란다. 할머니가 눈물 얼룩진 얼굴을 들어 물었다.

"살아났다는 말이지?"

"그렇습니다."

"그러면 집에는 언제 오나?"

"누나는 자기가 돌아오면 집안에 나쁜 운세가 계속된다고 했습니다. 그래서 오지 않겠다고 했습니다. 돌아올 수 없다고 했습니다. 되살아나긴 했으나 삶이 새로 시작되기 때문에 한 시간만 지나면 과거를 모두 잊어버리고 전혀 기억하지 못한답니다. 더구나 얼굴이 복례 누나 모습이 아니지 않습니까? 집안이나 마을에서 자연스럽게 받아들여질 수 없으니 돌아오지 못하는 것이 당연하겠지요. 어떻든 다시 살아났으니 더 이상 슬퍼하지 않는 것이 자기에게나 가족들의 앞날을 위해서 좋다고 했습니다."

"돌아오지 못한다면서 더 이상 … 슬퍼하지 … 말라고?"

명세 어머니가 울음 섞인 목소리로 되묻는다.

승부의 이야기가 이어졌다.

"더 이상 슬퍼하지 말고 누나가 살아 있다고만 믿으시며 비밀을 지켜 달라고 했습니다. 꼭 명심해 주십시오. 그러면 가문이 번창하고 모두가 행복하게 살 수 있다고 했습니다. 자기도 크게 성공하여 세상에 이름을 떨치는 여자가 되고 행복하게 살 것이라고 했습니다. 명세도 운세가 좋아져 크게 성공하고 자손이 번창한다고 했습니다. 만일 과거의 슬픔에 얽매이거나 비밀이 세상에 드러나면 불행이 거듭된답니다. 자기의 주검과 가져갔던 금괴 두 개는 폭탄 맞은 웅덩이를 옆으로 조금만 파내면 찾을 수 있다고 했으니 아버님께서 한 번 살펴보십시오."

명세 어머니는 두 눈에 흐르는 눈물을 닦지도 않고 승부에게 물었다.

"혼이 빠진 사람이 옆에 있었다는데 그게 누군가? 누구 몸에 들어갔는가?"

승부는 말할까 말까 한참 망설이다 진실을 알려줄 수 있는 마지막 기회라고 생각하여 결국 말해 버렸다.

"금실입니다."

그 순간 명세 아버지는 큰 충격을 받은 듯 '앗!' 하고 소리 지르며 얼굴을 감싸 쥐었다. 다른 가족도 마찬가지였다. 한동안 침묵이 이어지자 승부는 다시 말을 이어 갔다.

"어젯밤 금실이 누나가 인민군 젊은 군관이 시키는 대로 저를 불러내어 교무실 옆 3학년 교실 앞 화단에서 함께 군관을 기다리고 있었습니다. 인민군들은 한기와 명세와 제가 협력해서 아버님을 탈출시킨 사실을 최근에야 알아차리고 한기와 저를 불러내어 납치하려 했던 것입니다. 하지만 바로 그때 미군기의 폭격으로 가까운 곳에 폭탄이 터져 금실 누나의 혼이 빠져나가 버리자 인체모형에 머물던 복례 누나 혼령이 그 몸에 들어갔고 갈 곳이 없어진 금실의 혼령은 반대로 인체모형에 깃든 것입니다. 서로 몸을 맞바꾼 것이지요. 하지만 금실은 복례 누나의 경우와는 다릅니다. 학교가 불타면서 모형도 타 버렸기 때문에 결국 저승으로 갔습니다."

명세 아버지의 눈물방울이 더 굵어져 방바닥에 뚝뚝 떨어졌다. 승부는 말을 이었다.

"한말씀 더 말씀드립니다. 누나는 부활한 직후 저를 데리고 현장을 벗어나 서로 이야기를 나누고 헤어졌습니다. 제가 금실이 아닌 다른 몸은 없었는지 물었더니 누나는 그것이 오래전부터 서로에게 마련된 운명이어서 자기가 어떻게 할 수 없었다고 했습니다. 금실은 복례 누나가 부활할 몸을 만들어 주려고 이 세상에 태어났으며, 두 형제의 운명이 한 폭 천의 씨줄 날줄처럼 짜여 있었답니다. 그리고 저에게 살아 있는 동안은 우리의 비밀을 지켜야 한다고 몇 번이나 다짐 받았습니다. 저는 처음 한 번 약속하고 적어도 지난 2년 동안 바늘 끝만큼도 어기지 않았습니다. 깨닫고 보니 굳이 비밀을 지켜야 할 이유가 있었습니다. 그래서 앞으로도 평생 그 약속을 지키기로 결심했습니다. 저뿐만 아닙니다. 이 댁에서도 지금 네 분만 알고 계시고 남에게 절더로 발설하지 마십시오. 오늘 밤 이후에는 다른 사람은 물론이고 가족 간에도 이 문제를 말씀하시면 안 된답니다. 가문이나 명세의 장래와 관계가 있다고 했습니다. 그 비밀을 서로 말할 수 있는 기회는 지금 이 시간이 처음이고 마지막입니다. 우리가 생각해 보아도 두고두고 여럿의 입에 오르내려 이상한 소문이 퍼진다면 결과가 어떻게 되겠습니까? 깊이 새겨 주십시오."

명세 아버지와 대화가 이어졌다.

"그처럼 복례 심부름 갔던 일까지 자세히 알고 있으니 자네를 믿지 않을 수도 없네."

"사실은 지난번 아버님이 탈출하실 때 시간이며 경로를 누나가 꿈에서 암시해 주었습니다. 그 암시가 없었다면 계획은 성공하기 어려웠을 것입니다."

"날 위해 꿈에서 암시해 주었다고? 죽어서도 나를 구해 주다니…. 새로 세상에 나가서는 부디 잘 살아야 할 터인데…. 그래 더 남긴 말이 없나?”

“누나가 말했습니다. 신광(神光)은 신의 빛이 비치는 성스러운 땅이다. 우리 가족은 이런 땅에서 유복하게 살았고 그동안 좋은 일도 많이 해 왔다. 그래서 나는 죽어서도 죽지 않고 되살아날 수 있었다. 신의 은총은 한 번으로 족하다. 이제는 더 이상 그 은총을 탐하여 이 고장에 발자국을 찍어서는 안 된다는 것입니다. 옛날에 신라는 고구려를 막아 내던 손바닥만 한 이곳 토성을 박차고 거침없이 북으로 나아가 삼국통일의 대업을 이뤘다면서 고향을 떠나 이제는 더 넓은 세상에서 새로운 역사를 쓰라고 했습니다.”

“역시 그렇구나. 이심전심이던가. 내가 생각해 오던 바와 같다. 할아버지가 장가오신 이후 우리 가문이 은혜로운 이 고장에서 복 받고 살았으니 그 축복을 되갚는 마음으로 바깥 세상에 나가 새로운 시대를 맞아야 하겠구나.”

한동안 침묵을 지키던 명세 어머니가 나섰다.

“명세 아버지, 일본의 강점과 공산당의 침략이 우리 딸을 하나씩 빼앗아 갔네요. 승부 말로 복례가 비록 부활했다지만 그 자취를 알 수 없고 내 평생에 다시 보지 못하니 삶과 죽음이 다르지 않습니다. 하지만 어떻든 세상에 다시 나와 앞으로 크게 성공할 것이라니 불행 중 다행입니다. 조상의 피를 물려받아 뛰어난 자질을 갖췄으니 필시 큰일을 할 것입니다. 너무 슬퍼하지 맙시다. 금실이도 내가 낳지는 않았지만 틀림없는 우리 자식이라 가슴이 아픕니다. 그러나 하늘이 정한 운명은 사람 힘으로 좌우할 수 없습니다. 바꿔 생각하면 금실이 또한 복례의 영혼을 얻어 몸으로써 살아 있습니다. 혼령을 잃은 금실의 몸과 몸을 잃은 복례의 혼령이 함께하여 하나가 된 것이 아닙니까. 그 하나가 우리 딸의 참모습입니다. 마음을 추슬러 과거를 보내고 새로운 앞날을 마련합시다.”

“당신이 그동안 복례 때문에 마음의 상처가 깊었어요. 그래도 내게 내색 한 번 없이 참아 왔다고 알고 있소. 우리가 부부지만 당신의 인격이 참으로 존경스럽소.”

“별말씀을 다 하십니다. 저는 어머님과 당신의 아픔을 걱정하고 있습니다. 그동안 우리 가정은 지난날의 영화에 안주하여 아무 일도 않고 소작료 받아 아쉬운 것 없이 살았습니다. 그렇게 놀고먹다 보니 정신이 나약해져서 닥쳐온 슬픔을 이기지 못했습니다. 지금은 세상이 바뀌고 있습니다. 동서고금이 늘 그러했듯이 전쟁은 이 세상을 재빨리 바꿔 놓을 것입니다. 우리도 시대의 변화에 맞춰야 합니다. 농지 개혁으로 땅도 많이 줄었으니 난리가 그치면 새로운 사업을 경영하는 것이 좋다고 생각합니다.”

“그럽시다. 어머님과 의논해 보세요.”

이번에는 할머니가 거들었다.

“며느리 말이 옳구나. 너희들이 전쟁에서 무사하게 살아남았고 복례 일도 그렇게 알고 나니 내 이제 죽어도 여한이 없다. 너희들이 잘 의논해 보아라.”

승부는 더 이상 남의 집안일에 끼어들고 싶지 않아 자리에서 일어났다. 오랜만에 흐뭇하고 즐거운 마음이 되어 집으로 돌아올 수 있었다.

서임수는 이튿날 일꾼들을 데리고 학교로 가서 폭탄으로 파인 웅덩이를 뒤졌다. 설마 하는 마음이 없지 않았으나 웅덩이 비탈을 사방으로 더 파내자 곧 복례의 온전한 주검이 발견되었다. 썩지 않고 금방 죽은 듯 생전의 모습 그대로였다. 손수건에 싸서 양쪽 발목에 동여매었던 금괴 둘도 나왔다. 화장해서 유골을 선산에다 뿌렸다.

마을 사람들은 인민군 군관과 염문을 뿌리던 금실의 행방이 궁금했다. 폭격 직전에 젊은 군관이 재빨리 빠져나와 함께 도망갔다는 주장도 있었으나 폭격에서 함께 죽었을 것으로 믿는 이들이 많았다. 어떻든 금실의 흔적은 끝내 찾을 수 없었다. 동점댁이 원하는 대로 굿을 해 주었다.

서임수는 인민군을 따라다니며 부역한 혐의로 지서에 붙들려 간 신달수를 풀려나게 변호해 주었다. 할머니가 가택수색당했을 때 도와주었던 것의 보답이었다. 또한 금실을 잃고 혼자된 동점댁을 그냥 버려둘 수 없어 신달수와 맺어지도록 은밀하게 주선했다. 그 둘은 서임수로부터 상당한 재물을 얻어 신달수의 고향으로 옮겨갔다.

인민군이 점령했던 한 달 반 동안에 입은 주민들의 상처는 너무 깊었다. 피란 가지 못한 채 전선이 가까운 포항에서 오래 묶여 있었던 탓이었다. 의용군이나 노무자로 잡혀 이리저

리 끌려다니다 빠져나오지 못하고 이름 모를 산골짜기에서
목숨을 잃어 그 주검조차 찾지 못한 경우는 셀 수 없었다.
공무원 또는 그 가족이라는 이유로 희생된 사람, 저들에게
협조 않는다고 해코지당한 사람도 적지 않았다. 많은 이들이
유탄에 죽거나 다치고 여러 집이 불탔다. 붉은 완장을 차고
멋모르게 우쭐대던 사람들도 일부는 인민군을 따라가고 남
은 이들은 경찰 조사를 받았다. 가을에서 피아간의 대규모
접전이 벌어지지 않았던 것이 그나마 다행이었다.

30

인민군 각 부대의 실질적인 지휘권은 당에서 파견하
는 정치 군관들의 몫이다. 20일부터 포항 일원 전투에 투입
되었던 인민군의 각 부대에서 그들이 전혀 보이지 않는다는
보고가 있었다. 미군 정보 장교 브라운 소령은 그 보고에 주
목했다. 틀림없이 어디에서 회동하여 철수 계획을 논의할 것
인데 도무지 장소나 시간을 알 수 없었다. 그때 박 교장이
보다 정확한 정보를 가져왔다. 9월 21일 밤 11시에 신광 국
민학교 교무실에 모인다는 것이었다.

그 정보가 아군에게는 큰 도움이 되었다. 미군기의 폭격으
로 포항 전선에서 당 중심의 인민군 지휘부가 한꺼번에 사라
지자 일선 지휘관들에게 작전 지시가 제대로 내려갈 수 없게
되었다. 대부분의 부대가 전열이 구너진 채로 흩어져 도망가

는 바람에 아군의 추격이 그만큼 쉬웠다.

브라운은 기뻤다. 흥해 남쪽 5km의 전방 지휘소에서 전황을 지켜보다 오천 비행장의 숙소로 돌아가려고 운전병을 데리고 지프차에 올랐다. 시계를 보니 새벽 1시. 차가 가파른 소티재를 내려와 완만한 길을 달리다 포항 시가지로 들어오는 관문인 나루끝에 가까워졌다. 불타고 시멘트 외벽만 남은 포항 고녀 교사의 윤곽이 어둠에 잠겨 희미하게 건너다보였다. 그때였다. 길 옆 봇도랑에 쓰러져 있는 사람이 눈에 띄었다.

전선에서 이런 사람에게 관심을 갖는 것은 지극히 위험했다. 죽은 듯이 누웠다가 가까이 오면 벌떡 일어나서 수류탄이나 권총으로 공격해 와서 피해가 컸다. 민간인 복장을 하고 피란민 행렬에 섞이거나 때로는 피란민을 위협하여 앞에 내세우고 잠입하는 인민군 편의대 때문에 미군은 골치가 아팠다. 하지만 어쩐지 그냥 지나치기 싫었다. 인민군 패잔병이나 기습하려고 기회를 엿보는 게릴라는 아니라는 예감이 들었다.

차를 길 가운데 세운 채 권총을 빼 들고 조심조심 다가가보니 혼절한 젊은 여인이었다. 차마 버려두고 갈 수 없어 여자를 뒷자리에 싣고 부대에 당도하자마자 마침 절친한 군의관이 자기를 만나러 와서 기다리고 있었다. 그에게 혼수 상태의 이 여인을 진료해 달라고 부탁했다.

군의관은 그녀를 브라운의 애인으로 오해하고 데려가서

성의 있게 돌보았다. 그녀는 곧 깨어났지만 매우 지치고 기억 상실증에 걸려 있었다. 며칠 뒤에 군의관은 말끔히 씻고 단정하게 차려입은 그녀를 데리고 왔다. 한눈에 보아도 고귀한 품위를 갖춘 빼어난 미인이었다.

군의관은 그녀가 기억 상실증에 걸려 지금은 옛날 일을 되살리거나 자기 이름이 무엇이며 가족이 어디에 사는 누구라는 것을 전혀 알지 못하는 상태지만 일상의 생활에는 아무런 장애가 없다고 했다. 건강을 회복한 것을 축하한다는 말을 남기고 돌아갔다.

그녀는 서툴렀지만 영어를 조금은 말할 수 있었고 브라운도 한국말을 몇 마디 알았다. 두 사람은 영어와 한국어를 섞어 가며 의사를 소통했다.

브라운은 민가에 방을 얻어 당분간 기거토록 하면서 한국의 공무원들에게 가족을 찾도록 드움을 청했으나 전쟁 중이라 해결하지 못했다. 손 뗄 수도 없고 옆에 둘 수도 없어 난감했지만 외롭고 향수에 시달릴 때마다 찾아갔다. 그녀의 영어가 나날이 발전해서 자유롭게 의사를 소통할 수 있게 되면서 서로의 관계가 저절로 사랑으로 발전했다.

브라운은 새롭게 겪는 동양적인 아름다움에 매혹되었다. 마치 하늘에서 내려온 천사를 만난 느낌이었다. 둘은 결혼했다. 쉬운 대로 메리(Mary)라고 부르다 결혼하면서 '메리 브라운(Mary Brown)'이 되었다. 브라운은 다음 해 3월에 신부 메리 브라운을 데리고 미국으로 돌아갔다.

31

　시간은 끊임없이 흐른다. 미래는 현재로 다가왔고, 현재는 과거로 밀려났다. 과거·현재·미래가 맞물려 움직인다. 일체 삼라만상도 그처럼 생겨나서 머물다 변하고 사라진다.

　2010년에서 손꼽아 보니 해방 65년, 건국 62년, 전쟁이 일어난 지 60년이나 흘렀다. 해방이든 건국이든 전쟁이든 그 어느 것도 잊혀 가는 과거다. 곳곳에서 따로 흐르던 개울이 모두 바다로 들어가듯 너와 내가 지닌 서로 다른 기억은 하나의 보편적인 역사로 나아간다.

　1950년 이후를 번거롭게 하나하나 말하지 않겠다. 세 친구 가족은 모두 의미 있게 살았다. 나이 든 이들은 누구나 마찬가지로 세상을 떠났다.

　승부는 곧바로 진우로 개명했다. 오랫동안 외교관으로 활약하여 큰 업적을 남겼으며 장관까지 지냈다.

　명세 일가는 휴전되자 서울로 이주하고 대학을 세워 교육 발전에 공헌했다. 명세는 미국에 유학하여 과학자가 되었고 귀국해서 교수로 재직하다 한때 총장도 지냈다.

　박 교장은 학교를 불태운 죄책감으로 교직을 물러난 뒤 일가족이 미국으로 건너가 정착했다. 부모를 따라간 한기는 대학에서 영문학을 공부하여 이름 있는 소설가가 되었다.

변하지 않은 것은 여태까지 이어진 그들의 우정이다. 한국 나이로 진우는 일흔다섯, 명세는 일흔넷, 한기는 일흔셋이다. 모두가 은퇴했다.

브라운은 사업가로 성공했다. 메리 브라운은 대학을 마친 뒤 변호사가 되었고 극빈자를 돕는 자선 단체에서 활동하여 크게 존경받았다. 지금은 투병중이다.

지난 8월 5일이었다. 구십 노령의 브라운은 지병으로 입원한 부인 곁을 지키고 있었다. 잠들었던 부인이 갑자기 눈을 떠서 말했다.

"당신에게 부탁이 있어요."

"잘 잤소? 부탁이란 게 무엇이오?"

"지금 곧 병원 라운지로 가서 한국에서 온 미스터 윤을 찾아 주세요."

"미스터 윤이라는 한국 사람이 라운지에 있을지 없을지 몇 달째 이 자리에 누워 있는 당신이 어떻게 알아요?"

"방금 꿈에서 유령, 아니 천사가 나타나 그를 찾아서 만나라고 일러 주었어요. 그 사람을 만나면 내 잃어버린 과거의 기억을 되살릴 수 있답니다."

"Oh, my darling! 당신의 잃어버린 기억을? 분명히 천사가 그렇게 말했나요? 내가 나가 보겠소."

브라운은 부인이 병중에 헛꿈을 꾸고 헛소리를 한다고 생각했으나 죽음을 앞둔 그녀의 부탁은 무엇이든 들어주고 싶었다. 흔쾌히 응낙하고 병원 라운지로 가서 데스크에 한국인 미스터 윤을 찾아 주도록 부탁하였다.

　그는 깜짝 놀랐다. 한국인으로 자처하는 미스터 윤이라는 노신사가 나타났다. 윤진우였다. 진우는 외교관 시절의 절친한 미국인 친구가 병원장이었다. 그의 초청으로 사흘 전에 입원하여 건강 검진을 마치고 귀국하려고 막 작별 인사를 나누던 참에 자기를 찾는 브라운을 만난 것이다.

　두 사람은 서로 전혀 알지는 못하는 사이였다. 만나거나 이야기를 들은 적도 없었다. 브라운은 진우에게 자기는 한국 전쟁 종군 장교며 한국인인 자기 부인이 임종에 가까워 동포인 미스터 윤을 찾는다고 말했다. 진우는 고개를 갸웃거리며 브라운을 따라갔다.

　진우가 병실로 들어서자 침상의 부인은 눈을 번쩍 뜨고 무거운 고개를 힘껏 쳐들면서 한국말로 부르짖었다.

　"승부야! 너 승부구나."

　진우는 깜짝 놀랐다. 누구기에 60년 전의 내 옛날 이름을 기억하는가? 가까이 다가가 부인의 얼굴을 자세히 들여다보니 늙고 병들었지만 틀림없는 복례의 얼굴이다. 복례가 실종되었을 때에 자기는 열 살이나 먹었고 실종된 뒤에 명세네 집에 가서 사진을 여러 차례 보았기 때문에 확실히 기억할 수 있었다. 다시 보니 금실의 얼굴이기도 했다. 금실의 몸을 얻은 데다 어차피 쌍둥이처럼 서로 쏙 빼닮았다던 형제다.

　"당신이 혹시 복례인가?"

　"나는 복례다. 승부 맞지?"

"그래요, 복례 누나! 누나는 지금까지 어디에서 어떻게 살았나요?"

"아하! 승부구나. 나는 오랫동안 기억 상실증에 걸려 있었어. 내 인생에서 가장 오래된 일은 길가에 쓰러졌다가 남편 지프차에 실려 왔던 1950년 9월 22일 새벽부터야. 새벽 1시라고 공식 문서 기록과 남편 증언이 있어. 그전의 일은 하나도 기억할 수 없었어."

"9월 22일 새벽 1시라고? 그 직전에 내가 누나와 함께 폭격 맞은 학교를 빠져나왔지. 헤어진 것이 9월 21일 밤 11시 50분경이었어."

"그래, 맞아. 그래. 이제야 기억난다. 생각이 난다. 폭탄 터지는 굉음, 불타는 학교, 너의 손을 잡고 뛰쳐나왔어. 앞 걸 둑에 앉아서 급하게 이야기를 나눴지. 너와 헤어지고 범촌을 지나 매산에서 오른쪽 지름길로 접어들고 포항 가는 신작로를 건너 들길을 마구 달리다 또 그 무슨 터널인가? 그렇지, 강원도 가는 철길 만들려고 뚫어 놓은 큰굴 작은굴을 지나고 논을 가로질러 나루끝을 눈앞에 둔 곳까지 갔었어. 전쟁으로 불타고 남은 포항 고녀의 외벽이 왼쪽으로 건너다보였다. 그때까지 나는 힘이 남아 있어 훨훨 날듯이 달린 거야. 봇도랑을 건너 막 큰길로 올라서려는 참이었지. 그런데 갑자기 힘이 쑥 빠지고 다리가 꼬이며 발이 풀에 걸려 쓰러지고 말았어. 그냥 기절해 버렸지. 시간이 되어 주어진 능력이 다했던 것이야. 이제야 내가 누구인가를 알게 되었다. 서 복례라는 이름을 다시 찾았어. 할머니, 아버지, 어머니, 동생 명세와 어릴 적에 신광에서 살았던 일, 심부름 갔다 일본 경찰을 만났던 것까지도 모두 기억나는구나.”

“누나가 나를 만나 과거와 미래를 보여 주었던 일도 기억나나?”

“기억하고말고.”

“학교가 폭격당할 때는 어떻고?”

“내게는 마지막 기회였어. 너를 납치하려는 그들의 극악한 흉계가 나에게 천금 같은 기회를 주더군. 너는 알잖아. 함께 토성으로 가서 토성신(土城神)의 계시를 받고 미군기가 폭격하는 틈에 부활했다. 부활하는 나를 보았지? 네가 아닌 어느 누구에게도 영원히 말할 수 없어.”

“그래, 죽을 때까지 비밀을 지킨다는 약속을 지금도 실천하고 있어.”

“훌륭하다, 승부야!”

“누나는 헤어질 때 우리가 죽기 전에 서로 만날 수 있고 알아볼 것이라고 했어. 여기에서 이렇게 만날 줄이야….”

“그렇게 말했었지. 우린 정말 만났네. 아! 정말 만났어.”

“그토록 오래 기억 상실증에 걸렸다가 어떻게 이제 와서…?”

“나도 틀림없이 어느 부모에게서 태어나고 어디에서 자랐을 터인데 도무지 알 수가 없었어. 내가 누구인지를 모르고 삶을 마칠 운명이었어. 여태까지 남편은 내가 만난 첫 번째 사람이야. 이 병상에서 사흘 전부터 꿈을 꾸었어. 귀신들이 나타나서 한국인 미스터 윤을 만나 보라고 했어. 그러면 잃 었던 기억이 되살아난다고 했지. 그냥 흘려 버리자 같은 꿈 이 세 차례나 반복되었어. 조금 전에는 이제 마지막 기회며, 그걸 위해서 너를 여태껏 살려 드었는데 뭘 꾸물거리느냐고 막 꾸짖었어. 그래서 남편에게 라운지에서 찾도록 부탁한 거야.”

“우리가 용케도 만나졌구나. 내가 막 떠나려고 병원장과 악수하고 돌아서던 순간이었어. 조금만 늦었으면 만날 수 없 었어.”

“우리 집은 어떻게 되었나? 그것만이라도 알고 싶어.”

“아버지 어머니가 서울에서 대학을 세우셨지만 두 분 모 두 돌아가셨어. 명세는 미국에 유학 와서 과학자가 되었어. 한때 그 대학에서 총장을 지내다 은퇴했지. 지금도 건강하게 살고 있고 아들딸 줄줄이 낳아 기르고 손자손녀도 열 넘게 두었지.”

“아버지 어머니가 돌아가시다니…, 날 끔찍하게 사랑해 주시던 할머니가 보고 싶다. 세월이 너무 많이 흘렀어. 부모 님께 큰 죄를 지었다. 아버지 어머니가 새로운 길을 연 것은 정말 훌륭한 선택이었어. 명세 이후에도 집안이 번창하고 있 다니 기쁘다. 신의 빛이 새롭게 으리를 비춰 주었구나.”

“누나! 명세가 지금 미국에 머물고 있어. 명세에게 연락 할게.”

"고맙다. 만나 보았으면 좋으련만 아마 어려울 거야. 토성의 영령을 만났을 때 내게는 지나간 과거로 통하는 길이 오로지 너 하나뿐이라고 분명하게 말하더군. 그게 정해진 내 운명이고 한계일 거야. 하늘의 비밀을 지키려는 것이지. 우리 둘만 비밀을 지키면 천기가 누설되지 않는다는 계산일 거다."

복례가 뭐라고 말하든 진우는 휴대 전화로 명세를 찾았다. 명세는 며칠 전에 뉴욕에 와서 마침 병원에서 멀지 않은 곳에 있었다.

"지척에 와 있구나. 정말 기적이다."

명세는 진우와 친하게 지내면서도 누나의 일은 반신반의 했으나 가족들 사이에도 다시는 입 밖에 꺼내지 않고 오랜 세월이 흐르면서 잊혀져 갔다. 그런 누나가 살아 있다고 하니 크게 놀라며 곧바로 오겠다고 했다.

다시 부인이 말했다.

"한국전쟁이 일어난 지 60년이 지났구나. 그때 너는 내게 큰 도움을 주었어. 네가 아니었으면 이 세상을 살아온 지난 60년이 없었겠지. 승부는 역시 대단하더구나. 아니, 진우라고 했지? 죽어서라도 은혜를 잊지 않을래. 그렇지! 토성의 세월만큼 너를 기억할게."

복례는 차차 힘이 빠지는 듯했다. 겨우 입을 열었다.

"나는 천사로부터 마지막 한 시간 동안을 허락받았어. 우리는 어려운 시대에 태어나 최선을 다했다. 우리의 아픔은 거부할 수 없는 운명이었어. 운명의 굴레를 쓰고서도 최선을 다했던 것을 자랑스럽게 기억하자.”

둘의 긴 대화가 무슨 말인지 알지 못하여 마냥 지키고 선 남편을 보며 마지막 사랑의 말을 남긴다.

“여보, 사랑해요. 천당에 가서 당신을 기다리고 있겠어요.”

병실 안에 있던 아들딸과 손자손녀들을 차례로 불러 말한다.

“너희를 사랑한다. 행복하게 살아라.”

갑자기 숨이 가빠지자 간호사가 달려와 산소마스크를 걸었다. 마지막 숨을 거두고 조용해지자 의사가 임종을 선언했다.

“여보, 사랑해.”

브라운이 울부짖었다. 바로 그때 명세가 허둥지둥 병실로 들어섰다. (끝)

남기고 싶은 말

　　이 소설에 나오는 마을과 학교, 해방과 전쟁의 파노라마, 인체모형과 귀신 나온다는 철부지들 사이의 소문까지도 모두 60여 년 전에 실재했던 것들이다. 그 무대 위에 꾸며 낸 몇몇 인물과 약간의 사건이 등장한다.

　　언제나 마찬가지로 이 땅의 운명이 크게 소용돌이칠 때마다 이름 없는 민초들도 함께 부딪혀 왔다. 그 흘린 피와 도려내는 슬픔과 사무친 한은 정말 예사롭지 않았다. 여러 해가 지난 다음에도 그때의 이야기는 우리들 일상의 한가운데를 차지했었다.

　　그 시대가 과거 속에 고스란히 녹아 오늘의 우리를 있게 했다는 것을 어느 누구도 아니라고 못한다. 하지만 박제된 한 다발 역사 속에서 다시 들여다볼 수 있을 따름이다. 소중한 추억을 가슴에 고이 간직하여 간절하게 쓰다듬던 이들은 거의가 세상을 떠났다. 어느덧 일흔셋이 된 나 역시 아슬아슬 난간에 매달려 있다. 흘러가는 세월을 원망할 까닭은 없지만 한국전쟁 60주년을 맞는 깊은 감회로 이 글을 썼다.

다른 동기도 있다. 나는 초등학교 시절의 4년을 소설
이 말하는 그곳에 살았다. 초록빛 산과 들, 따뜻한 햇볕 아
래 깃든 마을과 개울, 골짜기를 스쳐가는 바람 소리가 아직
도 기억에 생생하다. 그런 인연으로 이 고장이 얼마나 아름
답고 이곳 사람들이 얼마나 자랑스러웠던가를 글로써 남기
고 싶었다.

　　내가 이 늘그막에 첫 장편 소설을 발표한다는 것이 스
스로 생각해 보아도 우스꽝스럽다. 솔직히 말해서 좌우 돌
아보지 않고 멋대로 쓴 이 글을 문학적으로 평가받을 용기
는 전혀 없다. 누가 뭐래도 상관치 않겠다.

　　이 책을 돌아가신 아버지 영전에 올립니다.

2010. 12. 31.

斗湖洞 寓居에서 成洪根 쓰다.

성홍근 장편소설

전쟁과 부활

2011년 3월 25일 초판 1쇄 인쇄
2011년 3월 30일 초판 1쇄 발행
지은이 · 성홍근
펴낸이 · 이미례 | **펴낸곳** · (주)학은미디어
주　소 · 서울 영등포구 문래동 3가 82-29
　　　　우리벤처타운 903호
전　화 · 02)2632-0135~7 | **팩　스** · 02)2632-0151
등록번호 · 제13-673호

편집책임 · 육은숙 | **편집** · 박수진
디자인 · 신우진
ⓒ 2011, 성홍근, (주)학은미디어
ISBN 978-89-8140-385-0　　03810